Aslı Erdoğan

Die Stadt mit der roten Pelerine

W0249722

Zu diesem Buch

Rio de Janeiro: Stadt des Karnevals, Meisterin im Spiel der Täuschungsmanöver, der Zufälle und der Maskerade. Özgür, eine introvertierte junge türkische Akademikerin, kann sich von der ebenso faszinierenden wie bedrohlichen Stadt nicht lösen. Weit entfernt hat sich dabei die junge Frau von der traditionellen Frauenrolle, wie sie die türkische Gesellschaft vorsieht. Nicht wie eine Touristin führt Özgür den Leser durch die Labyrinthe dieser Metropole, sondern wie eine Migrantin, die das zunächst Fremde als Vertrautes und Eigenes akzeptiert.
Atemberaubend ist die nuancierte Feinzeichnung der Menschen, die in Liebe und Leid auf oftmals tödliche Weise miteinander verschmelzen.

»Aslı Erdoğan erzählt von Freiheit und Einsamkeit, von Leid und Ungerechtigkeit. Ein vielschichtiger Roman, klug, anregend und aufwühlend, ein Feuerwerk an Metaphern – ein intensives, ergreifendes Leseerlebnis.« *Emel Korkmaz, Hessischer Rundfunk*

Die Autorin

Aslı Erdoğan (*1967) studierte Informatik und Physik. In ihren Werken erkundet sie stets das Fremde, das andere vor dem Hintergrund der türkischen Gesellschaft und der globalen Entwicklungen. 2010 wurde sie mit dem bedeutendsten Literaturpreis der Türkei ausgezeichnet. Als Kolumnistin und Beiratsmitglied der kurdischen Tageszeitung Özgür *Gündem* wurde sie im August 2016 verhaftet, seit 2017 lebt sie in Deutschland im Exil.

Im Unionsverlag ist als E-Book außerdem lieferbar: *Der wundersame Mandarin.*

Die Übersetzerinnen

Angelika Gillitz-Acar (*1958) studierte Sozialpädagogik, Geschichte und Kultur des Nahen Orients, Turkologie und Pädagogik. Sie arbeitet als Übersetzerin und in Projekten zur Integration junger Ausländer.
Angelika Hoch (*1969) studierte Kunstgeschichte und Turkologie. Sie ist u. a. als freie Übersetzerin aus dem Türkischen tätig.

Mehr über die Autorin und ihr Werk auf *www.unionsverlag.com*

Aslı Erdoğan

Die Stadt mit der roten Pelerine

Mit einem Nachwort von
Karin Schweißgut

Roman

Aus dem Türkischen von
Angelika Gillitz-Acar und
Angelika Hoch

Unionsverlag

Die Originalausgabe erschien 1998 im Verlag Adam Yayınları.
Die deutsche Erstausgabe erschien in der Türkischen Bibliothek im Unionsverlag, Zürich, herausgegeben von Erika Glassen und Jens Peter Laut, einer Initiative der Robert Bosch Stiftung.

Im Internet
Aktuelle Informationen, Dokumente und Materialien
zu Aslı Erdoğan und diesem Buch
www.unionsverlag.com

Unionsverlag Taschenbuch 819
© by Aslı Erdoğan 1998
Originaltitel: Kirmizi Pelerinli Kent (2001)
© by Unionsverlag 2018
Neptunstrasse 20, CH-8032 Zürich
Telefon +41 44 283 20 00
mail@unionsverlag.ch
Alle Rechte vorbehalten
Die erste Ausgabe dieses Werks im Unionsverlag erschien 2008.
Reihengestaltung: Heinz Unternährer
Umschlagbild: Elvan Alpay, »Dolch« (1998)
Umschlaggestaltung: Andreas Gähwiler
Druck und Bindung: CPI – Clausen & Bosse, Leck
ISBN 978-3-293-20819-3

Der Unionsverlag wird vom Bundesamt für Kultur mit einem Verlagsförderungs-Strukturbeitrag für die Jahre 2016–2020 unterstützt.

Auch als E-Book erhältlich

Du warst mein Tod:
Dich konnte ich halten,
während mir alles entfiel.
Paul Celan

Eine Reisende in den Straßen von Rio – I

»Rio ist der schönste Ort der Welt!«, sagen die Einwohner über ihre Stadt. Wie im Chor tönt es einstimmig: »Der schönste Ort der Welt!« Reisehandbücher und exotisch angehauchte Filme verbreiten diese Ansicht, ebenso Entdeckungsreisende längst vergangener Tage und heute Pauschaltouristen im Karneval. Von so unterschiedlicher Seite war dieses Urteil schon zu vernehmen. Ich schließe mich ihm an; auch wenn ich nicht genau weiß, was hier mit »Welt« gemeint ist, glaube ich dennoch, genug von ihr gesehen zu haben.

So sieht sie aus, die typische, allseits bekannte, atemberaubende Fotografie von Rio: unendlich weite, silbrig glänzende Sandstrände unter wolkenlosem Himmel; die bis ins Herz der Stadt reichende, verschlungene Küste der Guanabarabucht; Berge, wie in die Erde gestoßene Dolche, die die Linie des Horizonts zerteilen; schwindelerregende Abgründe; mächtige, wilde, schroffe Felsen; der nur aus einem einzigen Granit bestehende, wie herausgemeißelte Pão de Açúcar, der Zuckerhut, der mir manchmal wie ein Daumen, manchmal wie ein Grabstein vorkommt; der Dschungel, der über Jahrtausende seine Geheimnisse bewahrte, der trotz all der Plünderungen noch immer unberührt ist und im Feuer der Jugend knackt und knistert. Eine Stadt, die sich unter dem gleißenden Licht der Tropen und dem rötlichen Dunst, der sich um die Berghänge legt, in ein Märchenreich verwandelt.

Und dennoch werde ich keine Loblieder auf die so oft beschriebene, überirdische Schönheit Rios anstimmen. Mich ver-

bindet ohnehin seit Langem nichts mehr mit dieser Stadt. Nur so viel: Das früheste Bild, das mir von Rio im Gedächtnis geblieben ist, zeigt genau diese Ansicht, die ich zum ersten Mal auf einer billigen Postkarte sah. Ich war wie verzaubert. Am stärksten beeindruckten mich die Felsen. Diese aschgrauen, bronze- und kupferfarbenen, violetten und ziegelroten Felsen, so alt wie die Erde, die verharren, als seien sie Skulpturen einer erstarrten Bewegung. Wäre ich sentimentaler gewesen, hätte ich diese Postkarte über einer Kerze verbrannt und ihre Asche ins Tal von Santa Teresa verstreut, aus dem die Schüsse zu hören waren. Ich habe sie jedoch lediglich verloren.

Nun bleibt mir nichts weiter, als denjenigen, die an diesen »schönsten Ort der Welt« reisen, eine gesunde und wohlbehaltene Heimkehr zu wünschen. Aber ich erinnere daran: Sämtliche Abenteuer in Brasilien endeten bisher blutig, und seit dem 16. Jahrhundert hat dieses wilde Land noch jeden Weltenbummler, Herumtreiber, Goldgräber und tollkühnen Draufgänger bezwungen. Deshalb warne ich davor, jemals Rios gewaltige Aids- und Kriminalitätsraten zu vergessen, und sei es nur für einen Augenblick; ich warne davor, alleine herumzulaufen, eine Uhr, echten oder falschen Goldschmuck zu tragen. Man sollte alle nur erdenklichen Vorsichtsmaßnahmen ergreifen, um nicht vom Blut der Stadt bespritzt zu werden. Außerdem empfehle ich, vom Gipfel des Corcovado aus, dem Berg mit der berühmten, monumentalen Christusstatue, den Sonnenuntergang zu verfolgen – ein in den Tropen eindrucksvolles, aber nur flüchtiges Schauspiel. Und man sollte unbedingt den frischen Papayasaft probieren.

Dann gibt es da noch das Rio der Journalisten, der internationalen Hilfsorganisationen, der Menschenrechtler und der diversen »Ohne-Grenzen-Institutionen«. Rio, das ist die Stadt, in der jeder Dritte Hunger leidet, die in Kriminalität zu versin-

ken droht und die durch den Handel mit billigem Mischlingsfleisch, mit Kokain und Waffen groß geworden ist. Ihre sechshundert Hügel werden allesamt von unzähligen Favelas in Beschlag genommen. Hunderttausende von Obdachlosen verrotten in diesen Straßen wie verrostete Nägel, die man weggeworfen hat. Es ist die Stadt der Massaker, der öffentlichen Hinrichtungen, der Meningitis- und Aidsepidemien. Die Stadt, wo im Garten der Candelária-Kathedrale Straßenkinder erschossen wurden, wo räuberische Banden mit Maschinenpistolen die Strände heimsuchen. Rio ist die Heimat der Justiceiros, dieser selbsternannten Gerechtigkeitsfanatiker, die nicht einmal so viel vom Rechnen verstehen, um die Zahl ihrer Mordopfer auf ihrem Kerbholz einzuritzen. Rio ist der Ort, wo naive, wohlmeinende und großzügige Organisationen versuchen, ein ausgebeutetes, schlecht ernährtes und geknechtetes Volk – vor wem? – zu schützen. Rio zwinkert nur teuflisch mit den Augen und belächelt sie. Die Stadt weiß, dass sie schnell aufgeben und, nachdem sie sich ein, zwei Punkte auf ihrem Gewissenskonto gutgeschrieben haben, wieder zurückkehren werden in ihre wie ein Uhrwerk funktionierende, langweilige, mit Freud und Leid geizende Erste Welt; übersät mit Moskitostichen, voll von Darmparasiten und Erinnerungen an gelungene, bequeme und hygienisch einwandfreie Abenteuer. Und denjenigen, die Rio immer noch nicht satthaben, sieht die Stadt amüsiert hinterher, wie sie sich verdrossen nach Nicaragua aufmachen oder sich auf die Seite der Zapatisten schlagen. Rio, diese launische, verführerische Gaunerin, die man nie zu fassen bekommt.

Ein prächtiges Foto von Rio und sein Negativ, zwei Masken, mehr nicht. Das sind nur zwei der vielen verschiedenen Kostüme, die sich diese Stadt überstreift, die seit Jahrhunderten ihre Karnevalstradition pflegt. Das Rio jedoch, von dem ich erzählen werde, ist ein Labyrinth, das aus mehr als zwei Dimen-

sionen besteht. Genauer gesagt, es ist eine Reihe sowohl zeitlich als auch räumlich ineinander verschlungener Labyrinthe, voller Sackgassen, toter Winkel, geheimer Kammern, schaudererregender Echos, krampfhafter Befreiungsschläge, vager Prophezeiungen.

Bald werden Sie die Straßen Rios betreten. Es wird eine Reise in die gefährliche Nähe eines Wesens sein, das uns seine Schrecklichkeit ständig spüren lässt; dauernd wird Ihnen der stechende Atem des Todes ins Gesicht wehen, und ununterbrochen werden Ihnen finstere, verderbte Blicke im Nacken sitzen. Es wird sein, als würden Sie sich über einen Brunnen beugen und hineinsehen und plötzlich feststellen, dass eigentlich er es ist, der Sie belauert. Sie werden dem menschlichen Körper begegnen, der im Reich der Begierde auf einen kläglichen Thron gesetzt wurde und den man jetzt billig verschleudert. Das nie erlöschende Feuer des Fleisches, seine Torheit und seine einzigartige Schönheit; ein leichtes, schnell vergängliches, unstetes Leben, und an jeder Ecke ein Tod.

Es war vor zwei Jahren. Auf einem Fest in einer Favela sah ich eine Frau. Sie war in Lumpen gehüllt, Beine und Hintern waren nackt. Es dauerte Minuten, bis ich wusste, zu welchem Geschlecht sie gehörte. Die Frau sah aus, als hätte man sie zu spät aus einem Konzentrationslager befreit und als wäre es ihr Schicksal, innerhalb von wenigen Tagen zu sterben. Vielleicht war sie zwanzig, sie hätte aber auch siebzig sein können. Sie hatte fast alle Zähne verloren, und ihre Ellenbogen hatten die Haut durchbohrt und ragten spitz heraus. Eine Sambatänzerin, sie war im Freudentaumel, lachte schallend. Ihr Gesicht strahlte diese naive, reine Freude aus, wie man sie sonst nur bei Kindern sieht. Wenn Sie je in die trüben, matten und leeren Augen einer Frau gesehen haben, die gerade am Verhungern ist, und dem Glück, dem wahren Glück begegnet sind, dann werden Sie ins

Innere der Labyrinthe Rios eingedrungen sein. Alles, was Sie danach sehen, bezahlen Sie mit Ihrem Leben. Genauso wie ich.

Nun brauchen Sie – und ich – nur noch die nötige Portion Mut. Vielleicht so viel, wie man bräuchte, bevor man von einem Boot aus in tiefes, dunkles Wasser springt oder bevor man beim Pokern seine Karten aufdeckt. Vergessen Sie eines nicht! Es ist Rio de Janeiro, das Sie vor sich haben. (Wussten Sie eigentlich, dass Rio de Janeiro »Januar-Fluss« bedeutet?) Diese Stadt hat es im endlosen Spiel der Zufälle zu einer solchen Meisterschaft gebracht, dass im Vergleich zu ihr selbst der Teufel als Amateur gilt. In dem Moment, in dem sie einen glauben macht, sie würde bluffen, zieht sie das Karo-Ass.

Schließen Sie jetzt Ihre Augen. Ich zähle leise bis zehn. Bei zehn sind Sie in Rio. Aber sagen werde ich Ihnen nicht, wann Sie die Augen wieder aufmachen müssen.

Tag des Feuerwerks

Wanderer, wer bist du?
Ich sehe dich deines Weges gehn …
feucht und traurig wie ein Senkblei,
das ungesättigt aus jeder Tiefe wieder an's Licht
gekommen – was suchte es da unten?
Friedrich Nietzsche

Schließlich hatte sie es geschafft, eine echte Vagabundin zu werden. Sie war verloren gegangen in dieser südamerikanischen Stadt, die für Morde an Straßenkindern und für ihren Karneval berühmt ist. Sie war eine von Millionen Heimatlosen geworden, die auf diesem Planeten hin und her geschleudert werden, zu einer dieser verlorenen Seelen, die ganz der Gnade eines ungerechten und grausamen Schicksals ausgeliefert sind. Dieses abenteuerlustige Mädchen aus gutem Hause, dieses kleine, zerbrechliche, scheue Mädchen ist nun eine wirkliche Vagabundin. Jetzt glaubt sie nicht mehr an Märchen, sie kann allein durch dunkle Straßen gehen, und sie prahlt nicht mehr mit den Ohrfeigen, die sie einstecken musste. In dieser Stadt, die mit niemandem Erbarmen hat, windet sie sich auf dem Boden, als hätte man ihr die Gedärme herausgerissen, und findet nicht einmal Trost beim Gedanken an den Tod.

Sie hatte den Ozean durchquert, den Äquator überschritten und einen Kontinent betreten, über den sie zuvor nicht das Geringste gewusst hatte. Alles, was sie zurückließ, hatte sie den Flammen übergeben. Vor ihr tauchte ein vollkommen geschän-

detes Universum auf. Die Gesetze der Alten Welt hatten hier keine Gültigkeit. Ihre Wertvorstellungen glichen nunmehr dem schweren, unhandlichen Koffer, den sie aus der Türkei mitgebracht hatte: unten abgewetzt, der Griff beinahe schon ausgerissen, in der Feuchtigkeit der Tropen der Fäulnis überlassen, abgeschrieben bis zur Rückkehr, die sie immer wieder aufschob.

Dieses kleine Mädchen, das dem Leben so mutig trotzte, hatte sich »die gefährlichste Stadt der Welt« ausgesucht, um sich ganz allein die dunklen Seiten der Menschheit anzusehen, sie aus sicherer Entfernung zu betrachten. Doch in der Hölle, der sie sich zuwandte, fingen ihre Haare Feuer. Rio de Janeiro hetzte die schwindelerregende Unbezähmbarkeit des Leibes auf sie, seine weißglühenden Tage, seine mit Verheißungen, Drohungen und Zärtlichkeiten erfüllten Nächte, seine Morde. Ihr Wille war nun erschlafft, ihre Persönlichkeit in Fetzen. Ein vernichtetes Heer, das seine Verletzten liegen lässt und sich davonmacht.

Plötzlich waren wieder Schüsse zu hören. Özgür fuhr vor Schreck zusammen, das Glas in ihrer linken Hand fiel zu Boden. Ihr ganzer Körper zuckte, als würde man ihm Stromschläge verpassen. Aus jeder Pore drang Schweiß, dennoch war ihr eiskalt. In ihren Augen standen Tränen, die brannten wie Säure, aber sie konnte nicht weinen. »Aufhören! Genug! Ich halts nicht mehr aus! Mein Gott, mach dieser Folter endlich ein Ende! Siehst du denn nicht, dass ich nicht mehr kann?«

Der Nervenzusammenbruch dauerte nur ein paar Minuten, dann hatte sie sich wieder gefasst. Mit der Gewissenhaftigkeit eines Offiziers lauschte sie dem Monolog einer halb automatischen Schnellfeuerwaffe. Als ihr klar geworden war, dass die Schüsse nicht aus den auf der Anhöhe gelegenen Favelas, wie die Elendsviertel in Brasilien heißen, sondern aus dem benachbarten Tal kamen, ging sie wieder ins Haus zurück. Es tröstete sie zu sehen, dass ihr einziges Glas nicht zerbrochen und kein einziger Tropfen Tee auf ihr Heft gefallen war. Sie lächelte sogar, als sie merkte, dass die verschwitzten Finger ihrer rechten Hand den Stift während des ganzen Anfalls krampfhaft festgehalten hatten.

Die beiden riesigen Favelas, die sich von den Flanken der Anhöhe von Santa Teresa bis zum Dschungel erstrecken, bekämpften sich nun schon seit acht Tagen. Die etwa sechshundert Favelas, die das sonst so überwältigend schöne Gesicht Rios wie Pockennarben entstellen, werden seit der Zeit der Militärjunta von einer der mächtigsten Organisationen Lateinamerikas kontrolliert, dem Comando Vermelho. In den Favelas verging kein Tag ohne Kämpfe: Entweder gerieten konkurrierende Banden beim Verteilen von Kokain aneinander, oder die Polizei unternahm Razzien mit fünfzig Mann starken, bis an die Zähne bewaffneten Einheiten, wenn ihnen das Schmiergeld zu gering erschien.

Aber nun waren in Santa Teresa die schrecklichsten Kämpfe ausgebrochen, die Özgür während ihrer zwei Jahre in Rio erlebt hatte. Seit letztem Samstag setzte schon morgens mit den ersten Sonnenstrahlen ein Getöse ein, entfacht von Infanteriegewehren, Uzi-Maschinenpistolen und Handgranaten, das, abgesehen von wenigen Unterbrechungen, den ganzen Tag andauerte. Özgür, die noch vor zwei Nächten in den jetzt dunklen und totenstillen Straßen von Santa Teresa mit seinen berühmten Bars herumspaziert war, sah, wie ein halbes Dutzend Busse, die vollgestopft waren mit Soldaten und aus deren Fenstern lange Gewehrläufe ragten, lautlos und ohne Licht den Berg erklommen. Mit dem Eingreifen des Militärs waren die Kämpfe keineswegs beendet, im Gegenteil, sie gerieten völlig außer Kontrolle.

Noch bis gestern hatte sie diese Schüsse bloß als eine weitere Lärmquelle in diesem unablässig dröhnenden Rio empfunden, als eine weitere Störung, die sie daran hinderte, sich auf ihren Roman zu konzentrieren, zumindest hatte sie sich das zunächst eingebildet. Bis es mit ihren Nervenzusammenbrüchen losging.

Sie versuchte zu ergründen, wie dieser unumkehrbare Prozess eigentlich genau begonnen hatte. Wenn sie ihn eingrenzen, ihn ausloten könnte, dann wäre es ihr vielleicht möglich, ihn zu kontrollieren. Hätte sie einen Nullpunkt bestimmen müssen, wäre es der Tag gewesen, an dem sie dieser Mulattin an der Copacabana begegnet war, der letzte Osterfeiertag, an dem in Rio alle Uhren stillstanden, die Hitze plötzlich auf über vierzig Grad stieg und die Stadt zitterte, als wäre sie von Malaria befallen.

Es war irgendein Sonntag. Ein ganz normaler Sonntag. Wieder so ein trister, trostloser Tag, der, wie schon die Tage zuvor, ohne irgendeine Hoffnung, Erwartung oder Bedeutung verstrich. Der Tag des Feuerwerks.

Obwohl es erst Anfang Dezember war, breitete sich eine Hitzewelle über der Stadt aus, die immer mehr anschwoll. Die Temperatur sollte nun wochen- und monatelang nicht mehr unter vierzig Grad sinken. Die überall in den Straßen der Stadt angebrachten Thermometer sollten jetzt wie unter der Achsel eines Gelbfieberkranken Werte um die zweiundvierzig Grad anzeigen. In Rio, das von zahlreichen Buchten und steil aufragenden Bergen umgeben ist und das von Meeresstürmen gepeitscht wird, regt sich während der Monate der sogenannten Trockenzeit kein Blatt mehr, und der strahlende, indigoblaue Himmel wird von keiner Wolke getrübt. Wie im Wahn stürzt sich die Hitze auf die Menschen, drückt ihnen die Kehle zu und raubt ihnen den Atem. Die Stadt verwandelt sich dann in einen riesigen Ofen, in dem die Menschen bei lebendigem Leib langsam schmoren. Die Sonne reißt sich die Maske der freigiebigen Königin, die sie das ganze Jahr getragen hat, herunter und gebärdet sich wie eine mordlüsterne Tyrannin. Die Luft saugt so viel Feuchtigkeit wie möglich auf und kondensiert sie zu Wasser. Die legendäre Feuchtigkeit der Tropen.

Die Straßenkinder bettelten jetzt nicht mehr um Salgadinhos – gefüllte Teigtaschen –, sondern wollten eine Cola. Nun würden sie an Ruhr, Cholera oder schlichtweg an Wassermangel sterben. Sämtliche Brunnen und Fontänen der Stadt waren ausgetrocknet, die Obdachlosen rochen jetzt noch strenger. Weil ihre »Freiluft-Toiletten« auf den Bürgersteigen nicht mehr vom Regen gespült wurden, zog der Gestank von Fäkalien und Verfaultem durch die Straßen. Die Verkäufer nahmen die Bonbons, die mit Schokolade überzogenen Cashewnüsse und die frittierten Bananen vom Ladentisch und tauschten sie gegen kalte Getränke und frische Kokosmilch aus. »Gelada, gelada – kalt und erfrischend«, riefen sie. Die Bewohner der Stadt hatten keine Kraft mehr. Das Gehen, das Sprechen, ja sogar das Atmen verlangsamte sich. Das Leben erlahmte und stockte wie ein Fluss, der auszutrocknen droht. In Aufzügen, Wartezimmern und Bussen begann jedes flüchtige Gespräch mit dem gleichen Satz: »Que calor! Was für eine Hitze!« Auf den Werbeplakaten, mit denen Rio von oben bis unten zugepflastert ist, standen skandinavisch aussehende Mädchen knietief im Schnee und versprühten ihr strahlend blondes Lächeln. So wie sich die Beduinen nach allem Grünen sehnen, so lechzen die Bewohner von Rio nach Schnee.

An diesem ersten Sonntag im Dezember belagerte die Stadtbevölkerung die Strände, oder sie flüchtete sich in die Bergdörfer. Die Zeit schien fast stillzustehen. Die Stunden verrannen langsam und zäh wie Schweißtropfen. Im Tal von Santa Teresa, das in eine tiefe Siesta versunken war, bekämpften sich die Banden unbarmherzig.

Özgürs Unterkunft bestand aus einem Wohnraum, so schmal und lang wie ein Trog, einer Küche, die sie »Gruft« nannte, und einem Bad voller Blutegel, die sie nicht umbringen konnte, weil sie sich so vor ihnen ekelte. Die Wohnung war eines von sechs Appartements einer schneeweißen, mit Säulen und ähnlichem Schnickschnack verzierten Villa, die den hochtrabenden Namen Villa Branca trug. Der Abhang ins Tal von Santa Teresa war derart steil, dass sich der Balkon auf der Vorderseite mindestens drei Meter über dem Boden befand, die hinteren Fenster sich jedoch ebenerdig zu einem Dschungel aus wilden Gräsern und dornigen Sträuchern öffneten. Durch die Fenster, die wegen der Hitze Tag und Nacht geöffnet waren, drangen Termiten, Eidechsen, Heuschrecken, handtellergroße fliegende Kakerlaken und manchmal sogar herrenlose, vom Hunger geschwächte Katzen ein. Auch Özgür war einmal hinausgeklettert und hatte versucht, sich durch diesen Dschungel zu kämpfen, aber sie hatte noch keine zwei Schritte getan, da waren ihre Hände und ihr Gesicht schon völlig zerkratzt. Obwohl sie wusste, dass kein Tier, das größer war als eine Katze, das Dornendickicht durchdringen konnte, erschreckten sie die nächtlichen Geräusche aus dem Garten zu Tode. Sie hatte kein Geld für einen Ventilator. Und der ausgesprochen geizige und halsabschneiderische Hausbesitzer Professor Botelho verweigerte seinen Mietern, obwohl er widerwärtig reich war, eine Klimaanlage, die hier ebenso lebenswichtig ist wie in Stockholm die Heizung. Er war der maßgebliche Berater des rechtsgerichteten Bürgermeisters, spielte sich wegen seines akademischen Titels und seiner rein europäischen Abstammung auf und war sehr darauf bedacht, vornehm und bedeutend zu erscheinen, wie es seinem eigenen und dem Rang seiner Vorfahren angemessen war. Obendrein war er auch noch Sauberkeitsfanatiker; er vergötterte Regeln, Ordnung und Formalien. Den der Straße zugewandten Teil des Gartens schmückte er mit griechischen Götterstatuen aus feinstem Marmor, mit Lampen, die aufdringlich an Paris erinnern sollten, und mit eleganten Treppen, die zwischen Bananenstauden und Mangobäumen zu schweben schienen. Doch die Art, wie er die Appartements eingerichtet hatte, offenbarte, dass seine goldglänzende Persönlichkeit nur Fassade war. In Özgürs Wohnzimmer hatte er ein riesiges, hässliches, steinhartes Bett, Aluminiumregale und ein kunstledernes Klappsofa gestellt, das aussah, als hätte man es aus dem Rathaus entwendet; zwischen all dem Gerümpel stand ein schwerer, wuchtiger Mahagonitisch mit acht Stühlen, die viel zu viel Platz wegnahmen. Auf dem Balkon hatte er außerdem die für Rios Häuser obligatorische Hängematte angebracht; an der Tür hingen auf Schnüre gefädelte Muscheln, die beim leisesten Windhauch ohrenbetäubend rasselten, denn nach einer brasilianischen Glaubensvorstellung, die ursprünglich aus Afrika stammt, bringen Muscheln Glück. An einer der grauen Wände, die unangenehme Assoziationen an die Korridore von Krankenhäusern oder Gerichtsgebäuden wachriefen, hing ein Schwarz-Weiß-Poster, das Professor Botelho im New Yorker Metropolitan Museum gekauft und aufwendig hatte rahmen lassen: die Nahaufnahme eines Paares, das sich küsst und dessen geöffnete Lippen leicht ölig schimmern. Früher einmal hatte Özgür die steife, verhaltene, fast förmliche Sinnlichkeit der Fotografie erregend gefunden. Sie sehnte sich danach, ihre Lippen auf die Lippen dieses krawattetragenden Mannes auf dem Bild zu pressen. Vor allem nachts, wenn sie ihre Einsamkeit in dieser so bedrückenden, erstickenden Atmosphäre des Hauses als ein von ihr unabhängiges, schwer zu zähmendes, überschäumendes, unkontrollierbares, fast zerberstendes Wesen wahrnahm. Nicht um ihn zu küssen, sondern wie ein hungriger kleiner Vogel, der sich nach dem Schnabel seiner Mutter reckt.

Ich bin allein in diesen halbwilden Gegenden, bin alleine und habe dieses ganz neue Gefühl von Freiheit und Isolation. (Einsam, allein, herrenlos, frei, verwaist ... Im Türkischen kann ich nacheinander mehrere Adjektive dafür aufzählen, aber ich kann keine Brücke schlagen zwischen diesen Ausdrücken und der Wirklichkeit.) Es ist eine absolute, eine infernalische Freiheit, niemanden zu haben, der meine Bedürfnisse erahnt, ja nicht einmal einen Aufpasser zu haben. Ich kann irgendwelche Lügen in die Welt setzen, ich kann mir die Vergangenheit so zurechtbiegen, wie sie mir passt, und ich kann den sündigsten Fantasien nachhängen. In dem Moment, in dem ich merke, dass ich mir sicher bin, dass ich durch die Hintertür entwischen kann, bin ich fähig, die entsetzlichsten Verbrechen zu begehen. In einem Buch habe ich einmal gelesen, dass ein Kanarienvogel, dem man den Käfig öffnet, sofort herausflattert und zum Fenster fliegt. Wenn man ihm aber auch noch das Fenster aufmacht, tut er das einzig Richtige und fliegt – so der Autor – in seinen Käfig zurück, was ihn vor dem Tod bewahrt.

Manchmal jage ich einigen bruchstückhaften Erinnerungen bis an die andere Seite des Atlantiks hinterher. Im grellen Licht der Tropen verwischen oder, besser, verschwinden die Umrisse der Vergangenheit. Der Ozean, dieser tosende, stürmische, unsterbliche Ozean begrub all meine Meere unter sich. Das schrille Krächzen von Papageien löst jetzt mehr Assoziationen in mir aus als das Schreien der Möwen.

Filterkaffee zu trinken statt starken Tee, mit den Wellen des

Atlantiks zu ringen statt im stillen, zurückhaltenden Binnenmeer so weit wie möglich hinauszuschwimmen, in einer romanischen Sprache zu träumen … Das sind Veränderungen, über die ich hinwegkommen konnte, aber es gibt auch solche, an die man sich niemals gewöhnt. Ich spreche nicht von launischen Gelüsten nach Schafskäse, Salbeitee und dem Bosporus. Ich sehne mich nach schlichteren Dingen, Kirschen zum Beispiel. Manchmal lege ich mich aufs Bett und träume von einer Schale voll dunkelroter Kirschen mit winzigen Eisstückchen darauf, fast ein erotischer Traum. So einfach, so unkompliziert, so schlicht. Ich sehne mich nach dem Wechsel der Jahreszeiten, danach, wie die Blätter, die sich erst Ader für Ader mit roten Linien schmücken, in Flammen aufgehen und mit dem Verglühen des Feuers vertrocknen und vergilben … Wie sie plötzlich eines Morgens keine Kraft mehr haben und majestätisch zu Boden sinken. Ich sehne mich nach ziellosen Spaziergängen mit blau gefrorenen Lippen, wenn mir der Nordostwind ins Gesicht peitscht, nach dem unvergleichlichen ersten Schluck eines verdammt guten und starken Tees, den man trinkt, wenn man die Kälte nicht mehr aushalten kann. Ich sehne mich sogar nach diesem schrecklichen Februarschnee, der mich früher immer angewidert hat, nach den verschneiten Buchenwäldern, Tundren und Steppen, die ich noch nie gesehen habe. Hier ist das Thermometer ganze sechs Wochen nicht unter vierzig Grad gefallen, und der Geruch von Lederjacken steigt mir in die Nase. Außerdem sehne ich mich danach, spazieren zu gehen, wann immer ich Lust habe, ohne meine Uhr in der Tasche verstecken zu müssen, ohne mich ständig umsehen und die Handtasche krampfhaft festhalten zu müssen, ohne mich vor einer Pistole zu fürchten, die mir irgendwer jeden Moment an den Kopf halten könnte. Ich sehne mich nach Schlaf, der nicht von Schüssen unterbrochen wird. Ich reiße meine Augen sperrangelweit auf, bin ständig auf der Hut, zünde immer wieder eine Zigarette an der anderen an, aber was ich auch mache, es gelingt mir nicht, das ständige Zittern meiner Lippen zu unterdrücken.

Trotz allem gibt es auch etwas, was ich gewonnen habe. Zum Beispiel muss ich keinen Ausweis mit mir herumtragen. In meinen Stammkneipen, die die ganze Nacht geöffnet haben, erregt es kein Aufsehen, wenn ich keinen Büstenhalter trage. An Tagen, an denen es über vierzig Grad heiß ist, trage ich sogar überhaupt keine Unterwäsche. Ich habe Faltenröcke, die knapp unterm Po enden, knallenge Shorts und Tangas, und ich liebe es, meinen eigenen Körper zu betrachten, der erst spät seine Weiblichkeit entwickelt hat. Es gefällt mir zu spüren, wenn meine Haare, die seit einem Jahr keine Schere mehr gesehen haben, wie bei wilden Fohlen auf dem Rücken hin und her schwingen. Wenn diese Stadt nicht so windstill wäre und ich meiner Wahrheitsliebe einen Augenblick entwischen könnte, hätte ich geschrieben: »Sie wehten im Wind.« Aber Rio ist völlig windstill, die Stadt hat keinen Atem, oder, besser gesagt, sie hat keine Seele. Ich kann in Restaurants, Bars oder auf Gehsteigen tanzen, in Bussen rauchen oder mit jedem beliebigen Mann schlafen. Hier habe ich den Freibrief, meine niedrigsten Triebe voll und ganz auszuleben. Wenn ich vierhundert Dollar übrig hätte, könnte ich einen Killer engagieren. Sehne ich mich etwa nach den Zwängen der Alten Welt, die ein Teil meiner Persönlichkeit, vielleicht auch ihre Stütze sind?

Flieg zurück in deinen Käfig, kleiner Kanarienvogel, flieg in deinen Käfig! Solange noch Zeit ist. Dieses offene Fenster ist dein Verderben!

Diesen Text fand sie beim Durchblättern ihrer alten Hefte zwischen Notizen zur Geografie und zur Beugung portugiesischer Verben. Sie musste ihn während ihrer ersten Trockenzeit in den

Tropen geschrieben haben. Sie mochte diese Unschuld, diese kindliche Naivität, die sich hinter ihren Klagen verbargen. »Ich konnte meine Einsamkeit keineswegs besiegen«, dachte sie. »Aber ich bin anscheinend über sie hinausgewachsen – indem ich sie ganz fest umschlang, bin ich gereift. Wie einen Embryo trage ich sie nun in mir, sie liegt an meiner Brust wie ein Medaillon.«

Mit einem Bierglas voll strohgelben brasilianischen Tees, der nicht dunkler wird, egal wie lange man ihn ziehen lässt, saß sie vor ihrem Heft; sie kaute auf ihrem Stift, der zu einer Verlängerung ihres Körpers geworden war und ihr wie eine Prothese als dritte Hand diente, und hing dabei ihren Gedanken nach. Sie spürte, wie sich die Hitze des stickigen Zimmers auf ihren Körper legte, wie diese Hitze ihr Gewebe allmählich schmelzen ließ und es auflöste. Mal atmete sie schneller, mal langsamer; die Gedanken flogen wie blinde Fledermäuse wirr durch ihren Kopf, und nach jedem Schluck brach ihr der Schweiß aus allen Poren. Sie nahm den säuerlichen Geruch unter ihren Achselhöhlen wahr, den Geschmack billigen Tabaks in ihrem Mund und die Träger, die das Hauskleid, das an ihr klebte, so unbequem machten. Noch vor Einbruch der Nacht musste sie diesen »Nullpunkt«, komme, was wolle, beschrieben haben. Plötzlich fiel ihr auf, dass die Schießerei im Tal vorbei war und nun laut dröhnend der populärste Rap der Favelas gespielt wurde, *Ele foi um bandido*. (Er war zwar ein Bandit, aber ein guter Mensch.) Verwundert stellte sie fest, wie dieses Meisterwerk an Oberflächlichkeit sie berührte, und vor allem, wie es sie schmerzte, dass der Text von Vergangenem sprach. Der Song ließ sie den Tod dieses Banditen betrauern, den sie gar nicht kannte. Der Sänger hatte die kräftige, schwermütige Stimme eines Schwarzen, eine Stimme, die nach Schießpulver roch. Sie kam aus der Welt der Schnellfeuerwaffen und der zahllosen

Tode, und Özgür wusste so sicher, wie sie ihren Namen wusste, dass auch dieser Sänger, genau wie sein Freund, einer dieser Banditen war, die nicht mehr lange zu leben hatten, dass auch er einer dieser guten Menschen war. Eine Erinnerung aus den vielen Gräbern ihres Gedächtnisses. Ein weiteres Lied, noch ein Lied, das tief berührte. Sie begann in den Seiten von *Die Stadt mit der roten Pelerine* zu blättern.

Der erste Tag in Rio
Rio empfing sie mit hoher Luftfeuchtigkeit und bleigrauem Himmel. Schon vom ersten Moment an lockte die Stadt die Reisende, die voller tropischer Träume war, auf die falsche Fährte. Nach achtzehn Stunden Flug sank sie in ein Taxi und hörte, vollkommen übermüdet und erschöpft, apathisch dem Fahrer zu. In seinem wirren Englisch wiederholte er ununterbrochen wie ein Papagei: »Rio schönster Ort der Welt, schönster Ort der Welt.« Kaum hatte sie sich eine Zigarette angezündet, da tauchten auch schon die Favelas auf. Tausende und Abertausende ineinander verschachtelter, verfallener, heruntergekommener Behausungen zogen sich Kilometer um Kilometer bis in Rios Zentrum hin. Hütten ohne Dächer, Baracken aus ungebrannten Lehmziegeln, Karton oder Wellblech; Labyrinthe, die knietief in einem Meer aus Schlamm versanken.

Es hatte nicht einmal eine Zigarette lang gedauert, da erteilte ihr Rio schon die erste Lektion. Das Land, in dem sie geboren und aufgewachsen war, hatte sie vor einem der Abgründe des Lebens, vor dem schrecklichsten und tiefsten Elend, in das ein Mensch stürzen kann, bewahrt. Ein solches Elend hätte sie sich nie träumen lassen. Eine starke Vorahnung warnte sie leise, dass sie in einen entgleisenden Hochgeschwindigkeitszug gestiegen war und dass sie in dieser Stadt, die sich vom Leid der Menschen ernährt, zugrunde gehen würde. Aber dann hatten sie schnell das Zentrum und die Copacabana, den »schönsten Ort der Welt«, erreicht, und Rio de Janeiro fesselte sie mit all den betörenden Buchten, den wilden Abgründen und der tropischen Lebenslust. Die Favelas vergaß sie sofort wieder, genau wie es die Einwohner aus der Mittelschicht Rios auch tun.

Sie fuhr zur einzigen Adresse, die sie in Rio kannte, zur Wohnung des Professors. Man ließ sie spüren, dass sie nicht willkommen war, und wies ihr auch kein Zimmer zu. Stunden später hatte man dann doch Mitleid mit dieser blassen Fremden, die in einem Sessel eingeschlafen war, und bot ihr an, dass sie erst einmal im dunklen Dienstbotenzimmer auf der Hofseite schlafen könne.

Als sie vom Lärm der Trommeln wach wurde, war es bereits dunkel. Sie wusste nicht gleich, wo sie war – in Istanbul oder im Flugzeug? Rhythmen von etwa einem Dutzend gut harmonierender Trommeln, die so enthusiastisch, einzigartig und außergewöhnlich klangen, dass sie einen zu Tränen hätten rühren können. Eine eindringliche, schwermütige Männerstimme setzte ein. Sie konnte nur einem Schwarzen gehören, und sie konnte nur aus den Slums kommen. Diese Stimme schien alle Abgründe, alle Sümpfe und Peitschenhiebe des Lebens zu kennen. In diesem Moment fing Ö. an zu verstehen. Sie befand sich in den Tropen, an der Küste des Ozeans, an der Schwelle eines vollkommen anderen Lebens. Sie war in Rio de Janeiro. Am liebsten wäre sie ins nächste Flugzeug gestiegen und zurückgeflogen. Doch da war diese Stimme! Sie fühlte den tiefen inneren Drang, barfuß der Zukunft entgegenzurennen. Sie wollte ihr Schwert ziehen und mit ihrem Pferd an die grausame Front des Lebens galoppieren. Wahrscheinlich war dies das Gefühl, das man »Lebenslust« nennt.

Sie schüttete die letzten Schlucke Tee in sich hinein, wie ein echter Bayer sein Bier trinkt. Ihr Durst ließ nicht nach. An Tagen, an denen es über siebenunddreißig Grad heiß wurde, konnte sie trinken, so viel sie wollte, und dennoch fühlte sich ihr Mund andauernd wie Schleifpapier an. Als würde alles, was sie trank, geradewegs in den Magen fließen, ohne den Gaumen zu berühren. Sie hatte diesen Durst, der typisch für die Tropen ist, vorher nie erlebt. »Tee oder so etwas löscht meinen Durst nicht. Ich brauche irgendetwas Kaltes. Wassermelonen- oder Guaranálimonade«, murmelte sie vor sich hin.

Eigentlich hätte sie wissen müssen, dass lauwarmer Tee den Durst besser stillt als kalte Limonade. Die nötigen Verhaltensregeln, um die Trockenzeit gesund und wohlbehalten zu überstehen, wie zum Beispiel jede halbe Stunde einen Viertelliter Wasser zu trinken, hatte sie sich in leidvollen Experimenten aneignen müssen, für die sie schwer büßen musste. Ihr verzärtelter und launischer Körper war für ihr unerschrockenes Wesen nicht geschaffen. Das kaukasische, mit ein, zwei Tropfen Mittelmeerwasser vermischte Blut verlieh ihr eine schneeweiße, fast durchscheinende Haut, die von den Farbigen als »zeitungspapierfarben« bezeichnet wird und die jämmerlich unter der erbarmungslosen Sonne Rios litt. Auf den staubbedeckten Straßen hatte sie ständig Asthmaanfälle, und wegen der Allergien, die durch das unterschiedlichste Ungeziefer ausgelöst wurden, kratzte sie sich Tag und Nacht, als würden Tausende von Ameisen auf ihr krabbeln. Ihr Magen vertrug die säurehaltigen tropischen Früchte und die fette brasilianische Küche nicht. Darüber hinaus ging sie ziemlich achtlos mit sich um. Sie schlug alle guten Ratschläge in den Wind und hatte sich in Stadtteilen, in denen alle möglichen Seuchen von Meningitis bis Aids grassieren, und in nach Pisse stinkenden, versifften Kneipen des Öfteren schon Amöbenruhr und Darminfektionen eingefangen.

Ihre Küche war schon seit Langem von Fruchtfliegen und Ameisen bevölkert. Ekelerregende Maiskonservendosen, über denen irgendeine Flüssigkeit ausgelaufen war, lagen kreuz und quer herum. Den Kühlschrank machte sie nicht auf, um etwas herauszuholen, sondern um sich abzukühlen. In ihm gab es lediglich Kaffeepulver, ein Stück gelb gewordenen Minas-Käse – ein entfernter südamerikanischer Verwandter des Schafskäses – und zwei Zitronen, die bereits zu faulen begonnen hatten, mehr nicht. Seit etwa zehn Tagen war sie nicht mehr einkaufen gegangen. Sie brachte den verschlammten Wasserfilter, den ihr der Vormieter hinterlassen hatte, zum Laufen und fing an, mit einem Hammer unbeholfen Eisstückchen aus dem Kühlschrank zu schlagen. Sie ärgerte sich wieder einmal über sich selbst, weil sie seit Monaten weder eine Eiswürfelform noch einen Filter gekauft hatte, fluchte über ihre unverbesserliche Trägheit und hämmerte weiter schweißgebadet auf den Kühlschrank ein. Sie gab eine ziemliche Menge Eis und Süßstoff in ein Glas Zitronensaft, und mit diesem Getränk, das die aufgewendete Mühe sicher nicht wert war, ging sie ins Wohnzimmer zurück. Der Schweiß rann nur so an ihr herab, und sie hatte mehr Flüssigkeit verloren, als sie nun trinken würde. Dann zündete sie sich eine Zigarette an und warf sich auf die Couch aus Kunstleder.

Die Salven der Maschinengewehre hatten sich gelegt, nur der unregelmäßige Rhythmus einer müden Pistole war noch zu hören. Drei, vier Schüsse, Stille, dann wieder drei, vier Schüsse. Es waren die Schüsse eines verdrossenen Kämpfers, der nicht etwa die Absicht hatte zu töten, sondern einfach nur die Stille nicht ertragen konnte. Die Kämpfe in Rio hatten keine Ähnlichkeit mit den Kämpfen, die man in Filmen sieht. Die Banditen hier ballern nicht aus vollem Rohr drauflos wie die unmenschlich grausamen und verwegenen Hollywoodgangster. Sie sind zurückhaltend und gehen die Sache ruhiger an. Als Özgür den zweiten Monat in Rio war, saß sie vor einem Theatergebäude und tat so, als würde sie dem Dialog der Schauspieler eines Straßentheaters folgen, als sie sich plötzlich inmitten einer Schießerei befand. Sie war von einer rasant fliehenden Autoräuberbande, die von der Polizei verfolgt wurde, überrascht worden und zwischen die Fronten geraten. Die erfahrenen Cariocas – so nennen sich die Einwohner Rios selbst – warfen sich sofort auf den Boden. Özgür aber sprang auf, ein Glas Guaranálimonade in der einen Hand, eine Zigarette in der anderen, und starrte mit der Neugier eines Kindes, das zum ersten Mal einen Piranha sieht, dem Räuber hinterher, der seinen Oberkörper aus dem vorderen Seitenfenster herausstreckte und unaufhörlich drauflosballerte. Er hatte die Augen eines aufgeschreckten Wildes, die immer größer und größer wurden und die fast sein gesamtes Gesicht ausfüllten. Aber man merkte ihm keine Spur von Angst an. Nichts dergleichen. Der Mann hatte – wie ein Pfeil, der von der Sehne schnellt – nur ein einziges Ziel: sicher zu treffen. Um diese Wagenladung Tod hinter sich zum Stehen zu bringen, hatte er bloß eine Pistole und eine ruhige Hand. Vielleicht auch noch einen Talisman, von dem er sich nicht trennte, wenn er auf Raubzug ging. Die Todesangst musste, immer wenn sie sich verdichtete, ausgelöscht werden, genau wie das Unglück. Roberto packte Özgür am Gürtel, riss sie zu Boden und rettete ihr damit das Leben.

Sie nahm den *O Globo*, der mit seiner Sonntagsbeilage auf über hundert Seiten kam, in die Hand in der Hoffnung, irgendetwas darin zu finden, was sie noch nicht gelesen hatte. Die Spalten sind voll von Klatsch und Liebesaffären, Fußball, opportunistischen politischen Artikeln, abgedroschenen Phrasen ohne Tiefgang, Astrologie, Persönlichkeitstests. Seitenweise Kleinanzeigen aus dem horizontalen Gewerbe: dunkelhäutige

Raubkatzen, europäisch aussehende Blondinen mit blauen Augen, Amazonen mit Peitschen. Ein Stich von Rio aus einer schlechten Perspektive in knalligen Farben, auf dem alles durcheinandergewürfelt ist. In dieser Stadt mit ihren, nach offiziellen Verlautbarungen, zwanzig Morden pro Tag reichen manchmal die beiden für die Rubrik »Gewalt« reservierten Seiten nicht aus, und es wird noch eine dritte Seite erforderlich. Özgür durchforstete diese Nachrichten und machte sich, wie ein Statistiker mit einem Faible für penibel recherchierte Fakten, Notizen dazu. Polizeispitzel, denen man Zunge und Ohren abgeschnitten hatte, Hausfrauen, die in einen Kugelhagel geraten waren, weil sie ihre Einkaufstaschen nicht loslassen wollten, Straßenkinder, die umgebracht worden waren, nachdem maskierte Polizisten sie kastriert hatten. Die Geschichten, die auf drei bis fünf Sätze komprimiert waren, ließen einem die Haare zu Berge stehen und erschütterten Özgür bis ins Mark. Sie identifizierte sich sowohl mit den Mordopfern als auch mit den Mördern, die in die Hände der Polizei fielen. Insgeheim spürte sie sogar eine perverse Lust an diesen Verbrechen. In Rio hatte sie den erotischen Beigeschmack von Menschenblut entdeckt. Außerdem ist es irgendwie beruhigend, die entsetzliche Dimension des Sumpfes zu erkennen, in dem man erstickt. Der auf Zahlenspielereien reduzierte Tod lenkt von persönlichen Tragödien ab.

Maria de Penha (42) geriet im Stadtbus in ein Feuergefecht. Während sich sämtliche Passagiere auf den Boden warfen, klemmte sie im Drehkreuz fest.

Eine andere Maria (13) schwänzte die Schule und ging an den Strand, wo sie eine verirrte Kugel am Kopf traf. Bei der Autopsie stellte man fest, dass sie schwanger war. Weder der Mörder noch der Vater des Kindes ist bekannt.

Interview mit dem Straßenkind João (9):

Welches Buch magst du am liebsten?

Das Lesebuch aus der ersten Klasse. Danach habe ich keins mehr gelesen.

Wen bewunderst du?

Pelé, Romario, Ayrton Senna.

Was ist deine beste Eigenschaft?

Ich beschütze die Mädchen, die auf der Straße leben. Sie würde ich nie schlagen.

Und deine schlechteste?

(Er zögert.) Ich glaube ... Stehlen.

Wer ist dein Vorbild?

Ich kenne niemanden so gut, dass ich ihm ähnlich sein will.

Im Wetterbericht stand, in Rio sei es siebenunddreißig Grad heiß, wolkenlos und sonnig. In Istanbul dagegen habe es zwei Grad Celsius und Schnee. »Wenn ich jetzt dort wäre, würde ich Salep trinken«, dachte Özgür. Sie hatte ihren Zitronensaft schon ausgetrunken, aber diesen metallischen Geschmack im Mund war sie noch immer nicht losgeworden.

Es waren Sommerferien, und der Kurs, in dem sie seit etwa Ende November Englisch unterrichtete, fand nicht statt. So war es auch mit dem bisschen Ordnungs- und Pflichtgefühl vorbei, die Özgürs freien Tagen, mit denen sie sonst nichts anzufangen wusste, Halt gegeben hatten, so wie eine Mumie von Leinenbinden zusammengehalten wird. Nun verließ sie das Haus nur noch, wenn es unbedingt nötig war. Zwei Tage in der Woche hatte sie ausschließlich für Privatunterricht reserviert. Vom Morgengrauen bis nachts um zwölf lief sie dann ihren Schülern hinterher, die jede zweite Stunde schwänzten, ohne Entschuldigung dem Unterricht fernblieben oder einfach von der Bildfläche verschwunden waren. Die meiste Zeit lief sie sich die

Hacken ab, um ihre Außenstände einzutreiben. Die Methoden, die sie dazu anwandte, reichten von Drohungen bis zu Schmeicheleien und passten eigentlich überhaupt nicht zu ihr. An den übrigen Tagen kam sie erst gegen Mittag mit Müh und Not aus dem Bett. Ihr Schlaf war unruhig und wurde immer wieder von Albträumen unterbrochen, die ihr wie Todeskämpfe in einem brodelnden Sumpf vorkamen. Dann wachte sie schweißgebadet auf und fühlte sich noch erschöpfter als vor dem Schlaf; ihre Augenlider klebten aneinander, als würden sie sich weigern, sich zu öffnen. An ihre Träume konnte sie sich nicht erinnern, aber sie wusste, dass sie jede Nacht – und zwar ausnahmslos jede Nacht – im Schlaf leise schluchzte und still weinte, und sie wusste, dass es die aufrichtigsten Tränen waren, die sie je vergossen hatte. Minutenlang wusste sie nicht, wo sie war. Sie wusste nicht einmal, wer sie war. Sie rieb sich die vom grellen Mittagslicht geblendeten Augen und versuchte in die Realität zurückzukehren. Oder auch nicht, denn schließlich holte die Wirklichkeit, die ihre schrecklichsten Albträume noch übertraf, sie doch immer wieder ein. Mit absoluter Gewissheit erinnerte sie sich jedoch, dass sie in Rio war. Mit einem tiefen Seufzer erhob sie sich; auf dem Weg in die Küche stieß sie türkische Flüche aus, noch immer mit dem Geschmack kalter Zigaretten auf der Zunge. Nachdem sie das Teewasser aufgesetzt hatte, ging sie wieder zurück und sank erschöpft in das völlig zerknitterte, muffelnde, feuchte Bettlaken. Die erste Zigarette des Tages ... Das ist die Zigarette, deren heimtückischen und zärtlichen Rauch man sich zu Beginn eines neuen Tages, der es sich vorgenommen hat, einem eine weitere Kerbe in die Seele zu schlagen, in die Lungen zieht.

Ein Bierglas voll Tee und noch zwei Zigaretten ... Wieder Tee, eine weitere Zigarette ... wieder frischen Tee aufbrühen, das nächste Zigarettenpäckchen aufmachen. Sie zog eine leere

Konservendose zu sich heran, die noch vom Abendessen dastand, weil sie zu faul war, den Aschenbecher auszuleeren, den sie am Abend zuvor mit ihren Kippen bis zum Rand gefüllt hatte. Dann legte sie sich auf die Couch. Özgür verschloss die Augen vor der Außenwelt und starrte die Wand an, dabei schaffte sie es, an nichts, rein gar nichts von Bedeutung zu denken und vor allem jegliche Analyse oder Interpretation ihrer selbst zu vermeiden. So gelang es ihr meisterhaft, Entscheidungen, die normalerweise zwangsläufig daraus resultieren, hinauszuzögern. Diese Zeit gehörte nur ihr, aber nicht, um sie zu nutzen, sondern um sich in ihrer unendlichen Leere wie ein Leichnam einzurichten. Einige Kännchen Tee und eine Schachtel Zigaretten später fühlte sie einen Schmerz im Magen, ein Stechen, das dem Hungergefühl ähnelte, an das sie sich nun kaum noch erinnern konnte. Nur um weiterrauchen zu können, aß sie ein Stück Minas-Käse und ein Stück Pide, das in Brasilien »arabisches Brot« heißt. Wie ein Soldat, der unter keinen Umständen seinen Wachposten verlassen darf, verbrachte sie den lieben langen Tag auf der Couch, ihre Zigaretten und ein Getränk immer in Reichweite. Ihre Position veränderte sie nur, wenn sie vor lauter Rückenschmerzen nicht mehr sitzen konnte. Wenn ein Mensch so erschöpft ist, er seine Augen nicht mal mehr von einer stumpfsinnigen Wand lösen und einem Buch zuwenden kann, wenn er nicht mehr in der Lage ist, seine Blicke über die Bananenstauden oder den wilden Dschungel im Tal von Santa Teresa schweifen zu lassen oder über die unschuldigsten und liebsten Kindheitserinnerungen zu schmunzeln, und wenn ihn auch der Sonnenuntergang nicht mehr berührt, dann werden Teekochen und Rauchen zu überlebensnotwendigen Tätigkeiten. Auch die Eidechse, die sich mit Özgür seit Monaten die Wohnung teilte, saß seit Tagen reglos auf der Fotografie mit den küssenden Lippen. Als sei sie in tiefsinnige

Gedanken versunken, musterte sie verständnisvoll dieses riesenhafte Wesen, das da ebenso still und bewegungslos saß wie sie selbst. Es schien, als wären beide der Leere und Banalität des Lebens überdrüssig und als hätten sie sich verzweifelt, teilnahmslos und restlos erschöpft auf ihrer letzten Etappe in dieser Welt für immer zur Ruhe gebettet.

Erst als es dämmerte und der laute Fernseher der Nachbarn ihre Gruft mit künstlich schrillem Geschrei und Gelächter erfüllte, schien sie wieder zu sich zu kommen. Sie aß eine Dose Mais und machte sich an die ersten Seiten ihres Romans. Die Nacht schritt voran; Adelino aus Nummer vier griff nach seinem Saxofon, seinem jahrelang unerreichbaren Traum; die Hunde von Santa Teresa fingen an zu heulen; aus den Favelas waren Schüsse und die Tanzrhythmen eines Pagode zu hören; der Papagei von João aus Nummer sechs empörte sich fluchend über diese Kakofonie. Schließlich wurde alles vom lustvollen Liebesgestöhne übertönt, das aus der Wohnung über ihr drang. Überall hörte man dann das Gelächter, Schreien und Getrampel einer ganzen Reihe von Frauen, die mal Roseanna, Lucy, Katja oder Thais hießen, der Mann war immer Marcello. Wie all ihre Gleichgesinnten in Rio liebten diese Paare Übertreibung und Maßlosigkeit und wollten aller Welt beweisen, dass Sexualität das großartigste Vergnügen ist, das man erleben kann. Im Gegensatz zu diesen regelmäßigen Darbietungen drang LIEBE in Özgürs Texte nicht einmal in höchst symbolischer Form ein. Auf diesen weißen Blättern voller Kritzeleien, voller Entwürfe und durcheinanderschwirrender Pfeile tauchte nur immer das Wort TOD auf. Ein Tod, der stets aufs Neue seinen Kopf hob, vergeblich bemüht, sich aufzurichten, und mit aller Kraft bestrebt war, das Netz aus blauer Tinte über sich zu zerstören. Er versuchte zwischen den Kreisen und Linien, die man lateinisches Alphabet nennt, Gestalt anzunehmen, aus seinem glatt und platt gefeilten Kosmos auszubrechen und die dritte Dimension zu erreichen.

»Wie soll man Rio de Janeiro beschreiben?«, murmelte sie vor sich hin. »Die Geschichte welcher Maria soll ich auswählen?« Diese Stadt bot viel zu viele Oberflächlichkeiten, Widersprüche, Tragödien. Abartige Gestalten waren allgegenwärtig, Spuren von Folter, dazu Leichen und Sexualität. Gleich hinter dem prächtigen Strand von Ipanema, an dem sich die »teuersten Appartements der Welt« aneinanderreihen, liegt Rocinha, der mit dreihunderttausend Menschen größte Slum der Welt, der an den gekrümmten Rücken eines Verletzten erinnert, der aufzustehen versucht. Schreiben, das bedeutete zuallererst einmal ordnen, und könnte man Rio über ein einziges Wort definieren, dann wäre es das Wort CHAOS. Rio erfassen zu wollen, käme dem Versuch gleich, in einem Regenwald voller giftiger Sträucher, Krokodile und Anakondas den Spuren eines äußerst raffinierten Raubvogels folgen zu wollen. Mit welchen Worten könnte sie jemandem, der aus der Stadt kommt, gebildet ist, sich bequem in einen Sessel gefläzt hat, sich der ungefährlichsten Beschäftigung der Welt, dem Lesen, hingibt und der noch nie Hungerfantasien hatte, das Wort Hunger erklären? Mit wessen Worten?

Sie dachte an die Fremden, die von nördlichen Strömungen in tropische Gewässer gespült worden waren und in die Netze Rios gerieten, und daran, dass diese Stadt jede Beute, die sie einmal in ihren Fängen hält, mühelos zermalmt und verschlingt. All diese europäischen Namen, die sich ihr eingeprägt hatten und aus denen die ganze Schwermut der Auswanderung widerhallte: Ronaldo, Mara, Lothar, Katja. Sie pflegten jetzt ihre Wunden in den gemäßigten Breiten, ohne zu wissen, welche größere oder kleinere Rolle ihnen in Özgürs Roman zukam. Da war zum Beispiel der Dramaturg Ronaldo, der jeden Tag, den er gezwungenermaßen in Rio verbrachte, wie ein Strafgefangener in seinem Notizbuch markierte. In der Theaterszene von Rio galt er als Spinner, weil er ein strenggläubiger Buddhist und ein richtiger Asexueller war, nie auf Partys ging und Alkohol, Tanz und Lärm verabscheute. Er war noch keine zwei Monate in Rio, da schloss er sich in sein unmöbliertes, von Räucherstäbchen vernebeltes Zimmer ein und suchte Heilung in der Meditation. Er sagte immer: »Auf der ganzen Welt regiert die Seuche der Oberflächlichkeit, aber in dieser Stadt wurde sie zur Religion erhoben.« Ungefähr zu dem gleichen Schluss, gepaart mit genau der gleichen Verzweiflung, kam auch Mara: »Ganz egal, wohin ich in dieser großen weiten Welt bisher meinen Fuß gesetzt habe, ich bin immer der Oberflächlichkeit begegnet, aber hier ist sie zur Kunst geworden.« Mara war Anthropologin. Sie war fünf Jahre durch Mittelamerika gereist, hatte in Nicaragua gekämpft und mit wilden Stämmen im dichtesten Urwald gelebt. Rio bezwang selbst diese kompromisslose Akademikerin, diese harte, unnachgiebige Frau mit dem eisernen Willen. Nach einer Liebesaffäre, die sie an den Rand des Selbstmords getrieben hatte, brach sie ihre Forschungsarbeit ab mit dem Titel »Das Verhältnis der Mulattinnen brasilianischer Slums zu ihrem Körper« und kehrte, völlig an ihren eigenen Werten zweifelnd, überstürzt in das neblig trübe London zurück. Arme Mara! Diese unbarmherzige Realität, konkreter als wissenschaftliche Thesen, Analysen und Theorien, hatte sie in der Arena des realen Körperkults zu Fall gebracht. Ein weiterer Nicaraguakämpfer, der Veteran Lothar, bezeichnete seine Zeit vor Rio als »Zeit der Unschuld«. Sein Ego war von sexuellen Stürmen so aufgebläht, dass es fast platzte. Nach jeder Liebesnacht murmelte er glücklich und zufrieden: »Diese Stadt lässt einem nicht einmal das, was man den ›freien Willen‹ nennt.« Die gutmütige Kleinstadtschönheit Katja fiel in die erste ernst-

Im letzten Moment entschied sie sich doch, den Anruf anzunehmen. Sie sprang vom Sofa und erwischte das Telefon, noch bevor es auf den Anrufbeantworter des Mieters von Nummer sechs umschaltete. »Quem esta falando?« »Hello, I – want – to – talk – to – ÖZ-GÜR.«

Es war ihre Mutter, die in ihrem mit sehr starkem Akzent durchsetzten Englisch ganz langsam und deutlich redete, wie eine Nachrichtensprecherin, die die Meldungen für Gehörlose verliest. Sie merkte, wie ein aufrichtiger Funke der Freude in ihr aufblitzte. »Hallo, Mama!« »Hello, I want ...« »Mama, ich bins! Kannst du mich hören? Wo warst du denn die ganze Zeit?«

Sie hatte schon so lange kein Türkisch mehr gesprochen, dass es ihr auf einmal ganz merkwürdig vorkam, die eigene Stimme in ihrer Muttersprache zu hören, fast so, als würde sie im Schlaf sprechen. Sooft ihre Mutter es auch bestritt, Özgür glaubte dennoch, inzwischen einen leichten brasilianischen Akzent angenommen zu haben und die Wörter falsch zu betonen.

»Bist du es? Gott sei Dank. Dieser Kerl, dieser Joa oder so, legt immer sofort den Hörer auf. Entschuldige, dass ich dich schon so lange nicht mehr angerufen habe. Ich musste in unsere Ferienwohnung fahren. Wir hatten einen Wasserschaden. Wie gehts dir?«

Eine Weile wusste Özgür nicht, was sie sagen sollte, dann antwortete sie bedrückt: »Immer gleich. Und dir, wie gehts dir? Was treibst du die ganze Zeit?« »Ich überlege mir, ob ich im Januar nach Moskau fahren soll. Um diese Zeit kann man günstiger reisen. Ich kann leider nicht lange mit dir sprechen, letzten Monat habe ich eine Telefonrechnung über ganze drei Millionen bekommen.«

Özgür verschlug es die Sprache. Die Worte ihrer Mutter trommelten auf ihr Gehirn ein wie unsichtbare Geschosse. Eine eiserne Hand packte ihren Kopf wie ein Schraubstock und drückte sie zu Boden. Wieder diese vertraute Übelkeit.

»Und, was gibt es Neues?«, fuhr ihre Mutter fort, die ganz offensichtlich krampfhaft nach etwas suchte, was sie fragen konnte. »Wie stehts mit deiner Gesundheit?« »Gar nicht gut. Ich kann überhaupt nichts essen. Ich esse nicht.«

Sie hatte eigentlich gehofft, dass ihre Mutter den lebenswichtigen Bedeutungsunterschied, der zwischen diesen letzten beiden Sätzen lag, begreifen würde, aber ihre Mutter verstand ihn nicht.

»Hoffentlich rauchst du nicht mehr so viel.« »Ich zähle die Zigaretten nicht.«

Dann herrschte eine Stille, die schmerzte wie die Stacheln eines Igels. Sie erkannte, dass ein Ozean zwischen ihnen, Mutter und Tochter, lag; dass sie miteinander redeten, ohne etwas zu sagen; dass sie miteinander redeten, um nichts zu sagen.

»Was hast du nur in dieser schrecklichen Stadt verloren? Warum kommst du denn immer noch nicht zurück? Du machst ja überhaupt nichts, hängst doch nur rum. Du hast dein Studium abgebrochen, hast keine Arbeit, aber dauernd beklagst du dich, dass du kein Geld hast. Du bringst dich selbst unnötig in Gefahr. Hier steht alles für dich bereit, eine Wohnung, ein Auto … Wenn du willst, fahren wir zusammen nach Moskau.«

Özgür dachte: »Ein Bestechungsversuch. Sie hat Angst davor, alleine zu verreisen.« »Ich komme ja zurück.« »Wann? Wenn du vor Januar zurückkommst, dann …«

Die Stimme der Mutter war mitten im Satz abgebrochen. Özgür sprach nur noch mit einem Gerät, einem uralten Plastikding, das in ihrer verschwitzten Hand lag: »Ich komme zurück – sobald ich mit Rio abgerechnet habe. Wenn ich jetzt davonlaufe, dann lässt mich diese Stadt nie mehr los. Kannst du das verstehen, Mama?«

Stille …

»Mama, diese Stadt bringt mich um, jeden Tag, jeden Augenblick, bei jeder Gelegenheit, auf alle möglichen Arten. Ganz langsam und heimtückisch macht sie es. Gnadenlos nimmt sie mir alles, was ich habe, eins nach dem anderen. Ich fühle mich, als wäre ich innerlich und äußerlich eingeschnürt. Ich muss über Rio schreiben. Vielleicht kann ich es nicht so gut erklären …«

»Ich kann dich nicht hören. Es ist so laut. Da knallen doch wieder diese Feuerwerkskörper! Neulich habe ich Freunden davon erzählt … Diese Favolos in Rio … Es heißt doch Favolo, oder? Dass immer, wenn am Sonntag die wöchentliche Kokainlieferung in den Favolos eingetroffen ist, die Käufer über Feuerwerk informiert werden und dass dann überall in der Stadt Feuerwerksraketen abgeschossen werden. Kein Mensch hat mir das geglaubt. Und weil sie keine Ahnung von Rio haben, fragten sie völlig naiv, wie es sein kann, dass die Polizei davon weiß und nichts dagegen unternimmt.«

»Welches FEUERWERK, Mama? Von welchem FEUERWERK sprichst du?«

Özgürs Zorn war nicht mehr zu zügeln, er ging mit ihr durch, galoppierte geradewegs in Richtung Dschungel mit seinem undurchdringlichen Dornengestrüpp. »Erkennst du denn nicht, dass das Schüsse von Maschinenpistolen sind? Das sind MASCHINENPISTOLEN! Keine Feuerwerkskörper oder so was. Herrgott, kannst du das denn nicht mal von einer Schießerei unterscheiden?«

Als ihre Mutter nach einem langen, traurigen Seufzer wieder zu reden anfing, klang ihre Stimme, als wäre sie von einer dünnen Eisschicht bedeckt. Ein Nordwind aus dem schneebedeckten Istanbul.

»Was ist denn da los? Führt die Armee wieder eine Militäroperation durch? Verstehst du denn nicht, ich bin krank vor Sorge um dich. Ohne ersichtlichen Grund läufst du weg und kehrst uns allen den Rücken. Hast du eigentlich Kontakt zu deinem Vater?« »Er hat seit September nicht mehr angerufen.« »Der ist sauer auf dich, weil du das Studium abgebrochen hast. Jahrelang rackerst du dich ab, und dann lässt du alles sausen. Er begreift nicht, was du da machst. Dein Vater ist ja sowieso ein engstirniger Typ.«

Irgendwie hatte Özgür das Bedürfnis, ihren Vater in Schutz zu nehmen: »Aber er hat mir einen ganzen Koffer mit Klamotten geschickt. Und Lokum!« Natürlich erwähnte sie nicht, dass diese Kleider für Rio viel zu warm und hochgeschlossen waren, und sie beschuldigte ihren Vater nicht, nach so vielen Jahren nicht bemerkt zu haben, dass seine Tochter gar kein Lokum isst. »Er hat mir Lokum geschickt. Lo-kum ...«

Sie tat so, als hätte sie ein riesiges, mit Zucker bestäubtes Stück Lokum im Mund, das sie hin und her schob und langsam lutschte. Wenn die Buchstaben »o«, »k« und »u« aufeinanderfolgten, klang es sehr komisch. Sie fing an zu kichern: »Lo-kum. Lo-kum mit Minze, mit Rosenwasser, mit Limonen, mit Pistazien ...« »Was ist los mit dir? Weinst du etwa?« Özgür konnte nur mit Mühe sprechen: »Nein, ich lache. Ist das nicht witzig? Ich meine ›Lo-kum‹?« Ein glucksendes Lachen, als würden blubbernde Blasen plötzlich aus den Tiefen eines gärenden und brodelnden Sumpfes an die Oberfläche steigen und zerplatzen.

»Du bist ganz schön mit den Nerven runter. Diese Schüsse gefallen mir gar nicht.« »Ach, warum sagst du denn so was? Mir gefällt das sehr gut. Die Türkei ist für ihr Lokum berühmt und Brasilien eben für seine Schießereien, nicht nur für Karneval und Fußball, glaub das bloß nicht ...«

Sie fing wieder an zu lachen. Eine innere Stimme sagte ihr: »Das reicht jetzt! Lass den Unsinn! Reiß dich zusammen!« Sie war kurz davor, sich zu übergeben. »Wie dem auch sei, ich muss jetzt aufhören. Brauchst du irgendwas?«

Diese Frage regte Özgür am meisten auf. Wenn es ihr möglich gewesen wäre, ihr Lachen zu unterdrücken, hätte sie am liebsten geschrien: »Ja, sehr vieles, am allermeisten jemanden, der mich fragt, ob ich was brauche.« Aber sie hielt den Mund.

»Also dann ... Auf Wieder...« »Mama, warte! Rufst du nächste Woche wieder an?« »Ich glaube nicht. Vielleicht, wenn ich aus Moskau zurück bin. Also, ich vermisse dich sehr, meine Kleine. Pass gut auf dich auf!« »Warte! Einen Moment noch, Mama!« Schweigen, langes Schweigen. »Ja?« Özgür war schon drauf und dran, ihre Mutter anzuflehen: »Mama, leg jetzt bitte nicht auf. Erzähl doch noch ein bisschen was!« Stattdessen kicherte sie. Dann meinte ihre Mutter noch: »Also, vielleicht sind wir im Januar in Moskau. Machs gut, mein Schatz!« »Machs gut, Mama.«

Sie hielt das Telefon in der Hand wie einen toten Vogel und lauschte der Stille, die sich allmählich ausbreitete, einer Stille, die bedeutungsvoller und quälender war als Worte. Sie war wie taub. Dieses »Machs-gut-mein-Schatz« wanderte in ihrem Kopf ruhelos hin und her wie ein Gefangener in seiner Zelle. Die türkischen Silben, die in regelmäßiger Formation mit kurzem Gleichschritt wuchtig schallend dahinmarschieren, verkünden ihre Botschaft ohne irgendwelche Spielchen oder Täuschungsmanöver, im Gegensatz zum Portugiesisch aus Rio, das an einen über Kieselsteine plätschernden Fluss erinnert. Das moderne Märchen, das man Kommunikation nennt, rieselt aus den Telefonleitungen wie der Puderzucker vom Lokum. Sie fröstelte, als sie in die Küche ging, um Teewasser aufzusetzen.

Plötzlich und ohne abzuwarten, bis das Wasser heiß war, gab sie einem unwiderstehlichen Drang nach und setzte sich an den Schreibtisch. Auf eine neue, unbeschriebene Seite notierte sie den Titel: »Reisende ohne Hafen«. Minutenlang schrieb sie, ohne abzusetzen, ja fast ohne Atem zu holen. Sätze ohne Punkt und Komma, von einer Autorin, die nicht die geringste Entschlusskraft zeigt, einen Satz zu beenden.

Sie schrieb, bis der Impuls erloschen war, durch den ihr Stift aus eigener Kraft zu tanzen angefangen hatte wie Zauberschuhe auf einer berühmten Musicalbühne. Sie kratzte sich am linken Ellbogen, an dem ein Mückenstich in Größe einer riesigen Kirsche prangte, erst behutsam mit ihrem Stift, dann mit der Fingerspitze um die Schwellung herum. Doch das Jucken ließ nicht nach, es wurde sogar noch heftiger. Schließlich wusste sie sich nicht mehr anders zu helfen, als ihren schmutzigen Fingernagel entnervt genau in die Mitte der Schwellung zu bohren. Wutentbrannt, wie ein Bauer, der den rissigen Boden harkt, kratzte sie sich so lange, bis sich ein ganz feines Rinnsal aus Blut seinen Weg zu ihrem Handgelenk bahnte. Schließlich beruhigte sie sich wieder.

Als sie das Summen des Teekessels hörte, griff sie nach der Zigarettenschachtel. Da, noch ein Unglück, eine weitere Katastrophe an einem ohnehin schon ziemlich unglückseligen Tag. Nur noch drei Zigaretten. Auf der Suche nach ihrer Notration wühlte sie panisch im heillosen Durcheinander des Tisches. Professor Botelhos Mahagonitisch, ein Spiegelbild seiner Sehnsucht nach einer vornehmen Herkunft, zierten Gegenstände, die keinen Hauch von Erlesenheit an sich hatten und von denen einer billiger und minderwertiger war als der andere. Ein treffendes Abbild des Elends, das aus einem Zwölf-Dollar-Kassettenrekorder made in Paraguay bestand sowie einem Stapel verstaubter, vergessener Kassetten mit Bandsalat, die aussahen wie Kriegshelden, denen die Mullbinden in Fetzen herabhängen, aus verbogenen, rußschwarzen Teelöffeln, Konservendosen voller Zigarettenkippen, gebrauchten Heftpflastern, verstopften Salzstreuern, die der Feuchtigkeit der Tropen nicht einmal drei Wochen standhielten, Schrauben, Nägeln, Wäscheklammern, Batterien, Medikamentenschachteln. Papier in allen Größen und Breiten: Zeitungen, Zeitschriften, Kinoprogramme, Eintrittskarten, Plakate, Gebrauchsanweisungen, alte Notizhefte für ihre Rohentwürfe, alte, ausgemusterte traurige Fotos, unbeantwortete Briefe von Menschen, an deren Existenz sie inzwischen sogar zweifelte. Ein hellgrünes Heft, auf dem *Die Stadt mit der roten Pelerine* stand: überall griffbereite Stifte. Muschelschalen, dann noch ein paar eigentlich unbedeutende und unansehnliche Dinge, denen allerdings in einem Singlehaushalt eine lebenswichtige Bedeutung zukommt: eine Zange, ein Schraubenzieher, ein Dosenöffner und ein Sieb. Diese primitiven, zuverlässigen Proletarier unter den Dingen, die in erprobteren Händen zum Mindestlohn schuften, widersetzten sich Özgür bei jeder Gelegenheit und schlugen sie als Preis für ihre Unabhängigkeit halb tot. Nein, in diesem Chaos gab es keine Zigarettenschachtel. Eine Zigarette reichte für zehn Minuten, sie musste also spätestens in einer halben Stunde aus dem Haus, um in Santa Teresa, wo immer noch geschossen wurde, einen Kiosk zu suchen, der geöffnet hatte.

Frustriert sank sie auf einen Stuhl, natürlich erst, nachdem sie sich frischen Tee aufgebrüht hatte. Während sie an ihrem Mückenstich herumzupfte, nahm sie ihr Zimmer genau unter die Lupe, wie ein junges Mädchen, das nach Hinweisen auf den Mann sucht, dessen Schlafzimmer sie das erste Mal betreten hatte: eine Art schriftstellerische Gewohnheit.

Sie war eine altgediente Migrantin, die schon lange wusste, dass alles, was für einen Menschen unverzichtbar ist, in eine einzige Tasche passt und dass man das, was dann noch übrig ist, getrost zurücklassen kann. Sie konnte dem Besitz von Dingen und Räumen und deren Deutung als Spiegel der Persönlichkeit nichts abgewinnen. In dieser Wohnung, die vom typisch modrigen Geruch der Tropen durchdrungen war, gab es keinen Gegenstand, der nicht funktionell gewesen wäre oder der ihr ästhetisches Empfinden angesprochen hätte, weder Vasen noch Nippes, Blumen oder Deckchen, rein gar nichts. So, wie sie als Kind Puppen aufs Tiefste verabscheut hatte, hielt sie sich als Erwachsene von allen Dingen fern, die man als »weiblich« charakterisiert, als ob sie mit einem tödlichen Virus infiziert wären. Sie war so abgebrannt, dass sie sich nicht mal einen Fernseher, eine Waschmaschine, eine Lampe, einen Spiegel, einen Teppich oder Vorhänge leisten konnte. Die Gardinenstangen benutzte sie in einem von ihr entwickelten technischen Verfahren zum Aufhängen der Wäsche. Denn zu den zwölf Paragrafen der Verbotsliste, die Professor Botelho mit seinen zarten Händen selbst auf der Schreibmaschine getippt hatte, gehörte auch das Aufhängen von Wäsche auf den Balkonen. Diese Wäsche, die, auch wenn es noch so heiß war, wegen der Feuchtigkeit tagelang nicht trocknete und schon wieder schmutzig war, bevor man sie abnahm, verschliss sehr schnell, verlor jede Form und ging an den Nähten auf. Ohnehin konnte nichts der Feuchtigkeit der Tropen lange standhalten. Obst verfaulte nach zwei oder drei Stunden, die Milch wurde sauer, die Schuhsohlen gingen innerhalb von einem Monat aus dem Leim, die Kleidung verschimmelte im Schrank, und die Bücher, die dem Angriff verschiedenster Pilze und Bakterien ausgesetzt waren, vergilbten.

Sie ließ ihre Augen über die Bücher im Aluminiumregal schweifen, als wollte sie sich von ihnen verabschieden. Fünfzig türkische Bücher, die sie mit Sorgfalt ausgewählt und mit hierher gebracht hatte – pro Woche ein Buch, hatte sie ausgerechnet, weil sie dachte, sie würde ein Jahr bleiben –, englische Romane, die ihr zufällig in die Hände gefallen waren, ein einziges portugiesisches Buch, das sie wegen des Nâzım-Hikmet-

Gedichts auf der ersten Seite gekauft hatte, Boals *Krankenhaustagebuch*. Eine Indianergottheit, Roberto hatte sie ihr vom Amazonas mitgebracht, ein Schlangenmensch mit blutigen Augen und Zähnen, der jetzt an einem Buch von Tolstoi lehnte, musterte Özgür wütend, weil man ihn aus dem Regenwald verschleppt hatte. Ihr klobiger Koffer stand beleidigt in einer Ecke wie ein alter Boxer, der seine besten Tage hinter sich hat und nach dem kein Hahn mehr kräht.

»Diese Wohnung ist für mich nur ein Unterschlupf. Ich lebe in einem geistigen Raum, der nicht geschmückt zu werden braucht«, dachte sie. Vor einigen Monaten allerdings hatte sie ihrer geheimniskrämerischen Zurückhaltung ein Ende gesetzt wie ein Krebspatient, der sein Krankenzimmer freundlicher gestalten will; hatte ein Ballettposter an die Wand gehängt und damit sozusagen etwas Persönliches preisgegeben. Aber kaum einen Monat später, als sie einmal nicht zu Hause war, kontrollierte Professor Botelho ihr Zimmer, riss das Poster herunter, warf es auf den Tisch, den er offenbar als Mülleimer betrachtete, und hinterließ einen Zettel mit dem Hinweis, die Verbotsliste durchzulesen. (Offensichtlich traute Professor Botelho dem Geschmack seiner Mieter nicht und wollte das Monopol der Wandverschönerung für sich selbst beanspruchen.)

Es war ein spottbilliges Schwarz-Weiß-Poster aus hauchdünnem Papier. Der Druck war dermaßen schlecht, dass die Gesichtszüge der Tänzer so verschwommen waren wie von Wasser aufgelöste arabische Buchstaben einer Kalligrafie. Weder der Name des Fotografen noch der des Balletttänzers war angegeben, aber sie hatte Orpheus sofort erkannt. Balanchines Orpheus. Leidenschaft, Aufbegehren und Hoffnungslosigkeit, die sich in der Makellosigkeit ausdrücken, die zwei Menschen in der Bewegung erlangen und sie zu einer Skulptur werden las-

sen. Die Unendlichkeit, die in einer einzigen Bewegung, einem einzigen Augenblick festgehalten wird, der kurze, elende, absolute Sieg des Menschen über den Tod.

Sie konnte sich die Szene lebhaft vorstellen, wie der Hausbesitzer ihr Wohnzimmer majestätisch wie ein römischer Feldherr auskundschaftete, im Gefolge den treuen reinrassigen Schäferhund Oscar sowie seinen Verwalter, diesen noch treueren und noch reinrassigeren Rio-Mulatten; sie konnte sich vorstellen, wie er sich angeekelt von den Fliegen ein Papiertaschentuch vor die Nase hielt, ihre Bücher einer eingehenden Prüfung unterzog, Marc Aurel aus dem Regal nahm, um darin zu blättern, und wie er mit seinen hochwohlgeborenen Fingerspitzen dieses geschmacklose Poster von der Wand riss.

Indem er sein Haus von allen symbolischen und kultumwitterten Objekten säuberte und so den einzigen Reflex ihrer Seele nach außen vernichtete, erteilte er ihr eine Lektion: In der Stadt der Vampire sind Spiegel überflüssig. Durch die kahlen Wände gab er ihr zu verstehen, wie einfältig es ist, sich angesichts von Massenmord, Folter und Tod in die Kunst zu flüchten. Weiße, nackte Wände mit abblätterndem, rissigem Putz, Wände voller Flecken, die wie die Tränen eines Dämons aussehen, übersät von Blutstreifen erlegter Mücken und von Spinnweben.

Als Özgür nach Monaten wieder einmal las, was sie geschrieben hatte, erinnerte sie sich daran, dass der erste Film, den sie je über Rio gesehen hatte, zufälligerweise *Orfeu Negro* war. Das war ihr völlig entfallen. Orfeu, ein Musiker aus den Favelas, begibt sich auf die Suche nach Eurydike, die vom maskierten Tod entführt wurde, und irrt durch das Karnevalstreiben in Rio, das von Ekstase, Tod und Chaos regiert wird. Mit Hilfe seiner Gitarre, die ihm verschlossene Türen öffnen kann, gelangt er in die Abgründe des Totenreiches und begegnet während eines Candomblé-Rituals seiner Geliebten wieder. Aber als er den Tod für besiegt hält, öffnet er seine Augen, die er während der gesamten Zeremonie geschlossen halten sollte. Zu früh, wie jeder Orpheus in der Geschichte. Von Orfeu, dessen Schicksal es war, irgendwann in einer Favela zu sterben, blieb nichts als seine Gitarre.

Özgür zündete sich die letzte Zigarette an. Sie war noch immer in den Anblick der weißen Wände versunken. Etwas ließ ihr keine Ruhe, als hätten sich Nagetiere in ihr Herz eingenistet. Sie ärgerte sich über sich selbst, weil sie ein so lange ersehntes Telefongespräch kaputt geredet hatte, weil sie ihre Wohnung auch an diesem Sonntag wieder nicht aufgeräumt hatte und weil sie ihre Notration an Zigaretten einfach nicht finden konnte. Sie trat immer auf der gleichen Stelle, dem »Nullpunkt«. »Solange ich schreiben kann, sind meine Hoffnungen nicht völlig zunichte«, dachte sie. »*Die Stadt mit der roten Pelerine* ist wirklich kein Text, den man lesen kann, während sich auf dem Plattenspieler Chopins *Nocturnes* drehen. Er kann es auch gar nicht sein. Denn wo ich schreibe, hört man Gewehrschüsse.«

Lange, sehr lange sah sie den Stift in ihrer Hand an, der ihr vorkam wie ein ausgemergeltes Lasttier. Dann schrieb sie mit riesengroßen Buchstaben ihren Namen in die Mitte einer leeren Seite: ÖZGÜR – die Freie, die Unabhängige. Sie hasste ihren Namen, wie sie überhaupt allzu eindeutige Symbole hasste. Wahrscheinlich gab es keinen, der noch absurder, noch ironischer war; er machte seinen Träger in den eigenen Augen zum Gespött. Während sie ihre Zigarette rauchte, kritzelte sie das Ö mit irgendwelchen Zeichen voll: mit vierblättrigen Kleeblättern, Totenköpfen, mit Violinschlüsseln und Unendlichkeitssymbolen.

Unvermittelt richtete sie sich auf und zog aus dem Kleiderhaufen auf dem Sofa eine schwarze Bluse, auf der man die alten

Teeflecken nicht sah, und eine an den Knien zerschlissene Jeans. Sie hatte kein Geld für eine neue Hose, und sie war zu ungeschickt, um die alte zu flicken. Die Löcher wurden immer größer, und so blieb ihr mit ihren fast dreißig Jahren nichts anderes übrig, als auf Punk zu machen. Sie steckte einen Zehnrealschein in ihre Geldbörse. Gleichgültig registrierte sie, dass ihr bis Dienstag nur noch fünfzehn Real blieben. Sie stopfte Feuerzeuge, Stifte, eine Sonnencreme, die Armbanduhr, das Telefonbüchlein und ihren Schlüssel in die fast koffergroße Lederhandtasche. Dann noch die Glückskette aus Muschelschalen, die ihre Unwirksamkeit schon häufig bewiesen hatte, und das Heft mit dem grünen Umschlag.

Sie hatte ihren Roman wie einen Talisman ständig bei sich, und immer, wenn sie sich in ihre innere Welt einschließen wollte, schrieb sie, ganz gleich, wo sie war: im Bus, im Schnellimbiss, am Strand. Die Schusswechsel waren vorbei, im Moment herrschte Ruhe. Ins Geheimfach ihrer Tasche schob sie einen kleinen Spiegel und ihr letztes Kokain, das sie zwischen den Seiten des Romans *Rayuela: Himmel-und-Hölle* versteckt hatte. Vor der Tür kniete sie nieder und betete, dass sie diesen Ausflug gesund und wohlbehalten überstehen möge. Mit siebzehn war sie einmal im Religionsunterricht aufgesprungen und hatte vor allen Mitschülern, die sie anstarrten, als wollten sie ihr bei lebendigem Leib die Haut abziehen, verkündet, dass sie Atheistin sei. Aber in Rio tat sie keinen einzigen Schritt, ohne die Götter anzurufen, die sie ihr Leben lang geleugnet hatte.

»Der Tag des Feuerwerks! War ich früher naiv!« Sie hatte die Feuerwerkskörper, die jeden Sonntag aus den sechshundert Favelas in den Himmel geschossen wurden, auf die Lebensfreude der Brasilianer zurückgeführt und war hingerissen gewesen von diesem feurigen Volk. Erst Monate später hatte sie erfahren, dass diese Kometen mit ihren künstlichen Schweifen über eingetroffene Kokainlieferungen informierten. »Was hatte ich an jenem Tag nur verloren? Was war das bloß – an jenem Tag, an dem ich das funkelnde Labyrinth am Himmel enträtselt hatte? Die Unschuld? Aber nein, es war nichts, was man in ein derartig mächtiges, überwältigendes Wort fassen könnte.«

Eine Reisende in den Straßen von Rio – II

Eine Reisende, die ziellos und allein durch Rios Straßen streunt; sie hat sich in sich selbst verkrochen, wie eine Schnecke in ihr Gehäuse; ständig in der Angst, jemand könnte ihr eine Waffe an den Schädel halten; ihr Mund trocken wie Schleifpapier; zitternde Beine; monströse Schweißränder unter den Achseln. Sie kann auf nichts vertrauen, außer auf ihre müden Augen und das eingeschränkte Gesichtsfeld, das sich ihnen bietet.

Den Dschungel, der vor gar nicht allzu langer Zeit, noch bis vor dreihundert Jahren, unangefochten über diesen Boden herrschte, gibt es immer noch; zwischen den riesigen, von Eisengittern umzäunten Mietskasernen sind seine Geräusche zu hören. Die Europäer, die jedem Kontinent, auf den sie ihren Fuß setzten, ihr blutiges Kreuz aufdrückten – zudem Schwert, Brand, Folter, Tuberkulose, Syphilis –, wurden Opfer der Tropen. Der weiße Mann, der den Dschungel, das Chaos und das Unbekannte nicht ertragen kann und der alles, was er in Angriff nimmt, umgehend erledigen, analysieren und verwalten möchte, verfiel in diesen Regionen dem Kannibalismus und dem Wahnsinn. Die Feuchtigkeit der Tropen ging ihm unter die Haut, sein moralisches Gewand löste sich im Regen und unter der Sonne in Nichts auf. Der Gott, der sich von seinem eigenen Sohn am Kreuz abgewandt hatte und das Schwert zückte, konnte den afrikanischen Eros nicht bezwingen, bot ihn zum Kauf an, verleumdete ihn und erklärte ihn zur Sünde. Die Rhythmen des Candomblé vermischten sich mit religiösen Gesängen, Totenklagen und Peitschenschlägen.

Diese Stadt, die genau auf dem Wendekreis des Steinbocks liegt, stellt alle nur erdenklichen Spielarten der Gattung Mensch zur Schau. Als hätte sie sich jedem Gast ferner Welten hingegeben: Mulatten, Mestizen, Cafusos, Japaner, Inder, Russen, Deutsche und Schweizer, die auf jedem Hügel, der auch nur im Geringsten an die Alpen erinnert, eine Kolonie gründen; »die Türken«, und damit meint man die Araber aus Syrien, die ihre Melodien aus der Wüste und gefüllte Fleischbällchen mitgebracht haben; die von der Sonne ausgemergelten Nordestinos, die Bewohner des Nordostens, die die unfruchtbaren Böden des Sertão, wo heute noch Feudalismus herrscht, verlassen haben und in deren Mägen nie etwas anderes als Kaffee und Maniok gelangt war; die Bahianos, die seit unzähligen Generationen von den blutigen Spuren der Sklaverei gezeichnet sind; die Ureinwohner des Amazonas, die die undurchdringlichsten Augen der Welt haben. Alle möglichen Mischungen, Schwarze mit indigoblauen Augen, strohblonde Indianer, Japaner mit afrikanischen Lippen, Araber mit Kalmückenstirn; jede Schattierung und Tönung, die die menschliche Haut annehmen kann: Zimt, Siena, Orange, Milchkaffee, Honig, Kakao.

Die schwindelerregende Anarchie des Körpers, Leiber, die kein Geheimnis kennen, keine dicken Pullover, keine Stiefel, nicht die vielfältigen Gefängnisse der Moral; immer frisch und lebendig, nackt, frei von Mysterien. Gott hat diesem Stück Erde einen unendlichen Sommer, eine ewige Jugend beschert. Im Wind flatternde bunte Röcke, Marihuanarauch, der über die Strände hinwegzieht; Rhythmen, die von den lodernden Bürgersteigen in die Hüften klettern, Verlangen, das sich wie ein Raubvogel in die Tiefe stürzt. Rio de Janeiro, eine Stadt, die sogar im stickigen Dampf der Sexualität atmen kann. Immer nackt und doch maskiert, immer satt und doch hungrig.

Der Verrückte von Santa Teresa

Von einem gewissen Punkt gibt es keine Rückkehr mehr.
Dieser Punkt ist zu erreichen.
Franz Kafka

Der Geldmangel, die unverzichtbare Voraussetzung für ein Vagabundendasein, hatte sich zunächst ganz langsam in Özgürs Leben eingeschlichen. Dann hatte er auf einmal voll und ganz Besitz von ihr ergriffen wie ein heimtückisch und unbemerkt gewachsenes Geschwür, das Metastasen bildet, die sich schließlich im ganzen Körper ausbreiten. Als man sie der Universität verwiesen hatte, hoffte sie, in einem der vielen Institute unterrichten zu können, die an jeder Ecke Englischkurse anboten. Aber leider ging diese Rechnung nicht auf. Die besten Stellen hatten sich schon längst abenteuerlustige Amerikaner auf Sommerurlaub oder professionelle Lehrer, die sich ganz und gar dem Englischunterricht verschrieben hatten, unter den Nagel gerissen. Niemand traute dieser Frau mit ihrem sonderbaren Namen über den Weg, die aus einem Land kam, von dem keiner wusste, wo auf der Karte es zu finden war. Den ganzen Januar über mit seinen vierundvierzig Grad im Schatten stürzte sie sich in überfüllte Busse, in denen es aufdringlich nach Menschen roch, schrieb zwischen halb ohnmächtigen Fahrgästen ihre diversen Lebensläufe und hetzte so von morgens bis abends kreuz und quer durch die Stadt. Sie führte erfolglos Vorstellungsgespräche mit Direktoren von Sprachschulen, von denen einer schicker und hochnäsiger war als der andere. Lauter junge, in ihre eigenen Visitenkarten verliebte Managertypen, die glaubten, ihr Beruf als Englischlehrer sei das Wichtigste auf der Welt – was sie zweifellos von allen ihren Aktivitäten dachten –, und die ihr Kinn stets in die Höhe reckten, als wollten sie aller Welt ihre Adamsäpfel präsentieren. Sie taxierten die blasse Frau, die da vor ihnen saß, ihre ausgebeulte Handtasche, die schiefen Absätze und die Haare, die seit Monaten keine Schere mehr gesehen hatten. Ein Kurs, den sie nach langen Bemühungen dann doch einmal ergattert hatte, wurde ihr nach kürzester Zeit wieder entzogen, weil sie ihren Schülern nicht nach dem Mund redete und sich aufführte wie ein selbstherrlicher Universitätsprofessor. Mit Müh und Not konnte sie ein paar Privatschüler gewinnen. Oft waren es Ingenieure mit inzestuösen Beziehungen zu ihren Computern, die an ihrer Einsamkeit fast krepierten und deren Leidenschaft für Englisch prompt nach der ersten zurückgewiesenen Essenseinladung erlosch. Özgür sah sich gezwungen, ihre Sparmaßnahmen und -strategien nach und nach auszubauen. Es konnte keine Rede mehr davon sein, neue Kleider zu kaufen, zum Friseur, Zahnarzt oder ins Restaurant zu gehen. Auf den Märkten feilschte sie beschämt und verlegen, sie las die Zeitung nur noch einmal in der Woche und besuchte ausschließlich kostenlose Veranstaltungen oder Konzerte. Im Gegensatz zu den Geschichten über Einwanderer, die es in der Neuen Welt vom Tellerwäscher zum Millionär gebracht hatten, hatte ihre Reise im populärsten Viertel der Stadt, Copacabana, begonnen: mittelmäßig, unspektakulär. Entlang den Buchten von Botafogo und Flamengo, mit ihren zahlreichen Kirchen, Krankenhäusern und Supermärkten, führte ihre Route vom Strand direkt hinein ins Zentrum. Vom hellhäutigen, touristischen, klimatisierten, repräsentativen Rio in das farbige, vergessene, höllische Rio, das wahre Rio. Von dem Rio, das am unstillbaren Verlangen verdient, in das Rio, das nicht einmal merkt, dass es ständig auf der Verliererseite ist.

Auf die frittierten Teigbällchen, die sie anfangs öfter in einer japanischen Garküche im Stehen aß, folgte, als ihr empfindlicher, kleinbürgerlicher Magen zu rebellieren anfing, schlichtweg Hunger. Statt frisch gepresster Säfte aus Amazonasfrüchten gab es Milchkaffee, statt PARLIAMENT, der Zigarette für die Karrierefrau, die Marke der Kassiererinnen, L.M. Selbst für FREE, gewissermaßen ihre Namensvetterin, für die sich Akademiker entscheiden, reichte ihr Geld jetzt nicht mehr. Es fiel ihr schwer, jeden Centavo zweimal umzudrehen. Mit dieser Krankheit, die man »Armut« nennt, mit diesem ganz normalen, alltäglichen Zustand, unter dem neun Zehntel der Menschheit leiden, wurde sie nicht fertig. Bedauerlicherweise konnte sie das selbstbewusste Verhalten von Intellektuellen, ein derartiges Problem nicht an sich heranzulassen und über den materiellen Dingen zu stehen, nicht länger aufrechterhalten. Sie fing an, ihren alten Schmuck durchzusehen und ihre Seidentücher, Hüte und klobigen Holzketten zu tragen. Heißt es bei den Afrikanern etwa nicht: »Je ärmer der Mann, desto mehr gibt er an«? Immer, wenn ihr Geld zur Neige ging, warf sie es noch enthusiastischer zum Fenster hinaus, verprasste es für bescheidene Leidenschaften, Launen und kleine Freuden, die ihrem Ego schmeichelten. So kaufte sie zum Beispiel Importpfirsiche, zwölf Dollar das Kilo, die sie dann genüsslich verspeiste, und leckte sich den Saft von den Fingern. Sie ging häufig in die Cinemathek und sah sich reihenweise Filme aus kühleren Regionen an, in denen die Stille dominierte, oder kaufte manchmal sämtliche englischen Romane am Stand eines Straßenverkäufers auf. Gelegentlich gab sie ihren letzten Groschen sogar einem schüchternen Straßenkind. Geld für »etwas Besonderes« auszugeben, war für sie wie ein Waffenstillstand mit dem Leben. Vielleicht halfen ihr diese

Freudenhäppchen, ihren Kummer in kleinen Portionen hinunterzuschlucken.

»Geld ist wie ein Spazierstock, es sorgt dafür, dass der Mensch aufrecht stehen kann.« An die tiefe Weisheit dieses Satzes, den sie vor Jahren einmal von einem Taxifahrer in Istanbul gehört, aber erst in Rio begriffen hatte, erinnerte sie sich nun jeden Tag. Jedes Mal, wenn sie sich beugen musste, bei jeder Kriecherei, jedem Zugeständnis – immer wenn sie die Grundprinzipien wohlerzogener Menschen mit Füßen trat.

Eines Freitagabends war sie in einer Wechselstube in Flamengo gewesen. Sie hatte nur noch zehn Dollar für ein endlos langes Wochenende. Wegen des nervtötenden brasilianischen Bürokratismus und der fast paranoiden Sicherheitsvorkehrungen kam es zu einem Chaos beim Wechseln des Geldes, das von Hand zu Hand wanderte und von Unterschrift zu Unterschrift. Man händigte ihr das Geld eines zehnjährigen Jungen aus, an dessen Overall sie erkannte, dass er Lehrling war – alles in allem dreiundzwanzig Real und vierzig Centavo. Einen Moment lang stand sie reglos da, mit glühenden Wangen und Ohrensausen. Vor ihr lagen zwei lange Tage und zwei ebenso lange Nächte und außerdem ein belastetes, angegriffenes, strapaziertes Gewissen, das trotz häufigem Straucheln immer noch funktionierte. Sie steckte das Geld in die Tasche. Als sie fast fluchtartig die Wechselstube verließ, beobachtete sie, wie der junge Lehrling seine Geldscheine nachzählte, dann entsetzt wie angewurzelt stehen blieb und schließlich, den Tränen nahe, wieder in Richtung Kasse ging.

Eine Weile drückte sie sich in den Straßen herum wie ein entflohener Sträfling. Dann stürzte sie in das erstbeste italienische Lokal und verschleuderte ihr ganzes Geld, das Geld des Lehrlings, diese schwer verdienten dreiundzwanzig Real und vierzig Centavo, für ein einziges Abendessen. Es gibt doch Unverzichtbareres als Tugenden: die Zitrone im Tee, die Sonntagszeitung oder italienischen Mozzarella.

Das war vielleicht das aufrichtigste Kapitel des Romans. Weil es so gnadenlos persönlich war, hatte sie einen staubtrockenen, schlichten, knallharten Stil gewählt. Özgür konnte sich jedoch nicht einmal durch das Schreiben von dieser beschämenden Erinnerung befreien. Die Augen des Lehrlings kamen kriechend wie ein riesiger Krake aus den dunklen Gängen ihres Gehirns auf sie zu und packten sie ganz unvermittelt von hinten.

Um dem Pförtner der Villa Branca, dem Mestizen Romario, nicht zu begegnen, schloss sie ganz leise ihre Tür und schwebte wie ein Gespenst die Treppe hinunter. Sie war ganz und gar nicht in der Stimmung, von dem einsfünfzig kleinen und devoten Pförtner verlegen noch einmal an die Miete erinnert zu werden. Der Scheck, den sie für die zwei Monate ihres letzten Sprachkurses erhalten hatte, war geplatzt. Seit Wochen konnte sie ihren Chef mit seinem Bulldoggengesicht und dem Al-Capone-Outfit – Zigarre, Lackschuhe und Melone – nicht dazu bewegen, bar zu zahlen. Eigentlich war es ja auch Romario, der diese für sie beide peinliche Angelegenheit nicht ansprechen wollte. Schließlich war sie doch die einzige Mieterin gewesen, der dieser arme Kerl sein neugeborenes Kind gezeigt hatte.

Um diese Zeit war es still im Haus. Die Bewohner der Villa Branca, von denen sich viele seit Beginn der Kämpfe kaum noch sehen ließen, waren an die Strände oder in die Bergdörfer geflüchtet. Vermutlich schliefen Romario, seine sechzehnjährige Geliebte und das zwei Monate alte Baby in ihrem feuchten, dunklen Loch. Der ganze Stolz Professor Botelhos, der reinrassige Schäferhund Guarda – Wächter –, hatte vergeblich auf der Terrasse, die in der Sonne wie ein Spiegel glänzte, nach einem schattigen Plätzchen gesucht, um sich schließlich unter einem niedrigen Mauervorsprung hinzukauern. Romario wollte das ihm schutzlos ausgelieferte Tier die offene Rechnung des weißen Mannes zahlen lassen, indem er es den ganzen Tag hungrig und ohne Wasser auf der glühend heißen Terrasse liegen ließ. Außer Özgür hatte der arme Hund ohnehin niemanden, der Mitgefühl für ihn zeigte.

Heute war ihr Glückstag. Ganz leise hatte sie die mit drei Hängeschlössern versehene Gartentür geöffnet und konnte unbehelligt entwischen. Sie schleppte sich zu dem kleinen Kiosk auf dem Hügel, dem einzigen Ort, an dem man in Santa Teresa an Sonntagabenden noch Zigaretten kaufen konnte. Die Hitze stürzte sich wie eine Anakonda auf sie und schnürte ihr die Kehle zu. Es konnte nicht mehr als sechsunddreißig oder siebenunddreißig Grad haben. So viel Erfahrung hatte sie in den letzten beiden Jahren durch den Schweiß gesammelt, der aus all ihren Poren trat, wenn die Hitze über Körpertemperatur stieg. Für Rio war es ein milder, ganz gewöhnlicher Sommertag. Trotzdem fühlte sie sich, als würde sie direkt vor einem Döner-Grill stehen. Wohin sie auch ging, ein unentrinnbares Feuer.

Reisehandbücher mit ihren rosaroten Klischees beschreiben dieses Santa Teresa als »pulsierendes Zentrum der Boheme« und empfehlen es vor allem Abenteuerlustigen oder Reisenden mit »knappem Budget«. Sie schlagen vor, mit der hundert Jahre alten Straßenbahn zu fahren, die sich ächzend und stöhnend die steilen, kopfsteingepflasterten Straßen hinaufquält, und die Bar Sobre Natural zu besuchen. Außerdem legen sie einem ans Herz, auf keinen Fall Armbanduhren und Goldschmuck, weder echten noch falschen, zu tragen. Der Straßenbahnbetrieb war eingestellt worden, nachdem vor ungefähr zwei Monaten ein japanischer Geschäftsmann, der sich dagegen wehrte, ausgeraubt zu werden, aus der Straßenbahn stürzte und dabei zu

Tode kam, und das ausgerechnet in der Woche der Japanisch-Brasilianischen Freundschaft, was einen internationalen Skandal ausgelöst hatte. Dieser Vorfall befreite Özgür von dem Beben, das ihre Wohnung wie Malariaanfälle im Dreißig-Minuten-Takt erschüttert hatte, und von dem Quietschen der Bremsen, das an die alles zerreißenden, schrillen Schreie eines riesigen eisernen Vogels erinnerte. Bedauerlicherweise waren dann die Busse die einzigen Fortbewegungsmittel, denn kein Taxifahrer wagte sich nach Santa Teresa, das für seine Autoüberfälle berüchtigt ist. Die klapprigen Busse von Santa Teresa, diese Heringsdosen, deren Fahrpreise von immerzu angeheiterten Busfahrern festgelegt werden. Vor allem die Fahrten um Mitternacht! Wenn sich die Busse mit mindestens zwanzig Minuten Verspätung ganz langsam und gemächlich der Haltestelle in Lapa nähern, kommt Bewegung in die umliegenden Bars. Das dem Alkohol verfallene Volk von Santa Teresa stürmt mit dem letzten Glas Bier oder Cachaça-Rum in der Hand auf die Einstiegstüren zu. Dann vergehen noch einmal zwanzig Minuten, bis die etwa achtzig Betrunkenen endlich in den Bus eingestiegen sind. Die Fahrkarten werden nicht entwertet, was ein ungeschriebenes Gesetz zwischen den routinierten Fahrkartenschaffnern und den Anwohnern zu sein scheint. Jeder zahlt, so viel sein Geldbeutel hergibt, und kalkuliert dabei auch einen Anteil für den Fahrer ein. Jeder gibt, was er freiwillig geben will. Der Bus, unter dem eigenen Gewicht wie eine Hochschwangere ächzend, setzt sich dann brummend, manchmal hustend, niesend und vom Schluckauf gebeutelt in Bewegung, um die steile Anhöhe zu erklimmen. Jedes Mal, wenn er hält und wieder anfährt, werden die zusammengepferchten Körper noch dichter aneinandergedrängt ... In den hinteren Reihen setzt die volltrunkene Stimme eines Schwarzen zu einer Samba an. Erst einer, dann zwei, und schließlich singen alle zusammen. Von irgendwoher stimmt eine Trommel mit ein, und wenn am Ende auch noch der altgediente Schaffner seine Fahrkartenschachtel umdreht und darauf den Takt schlägt, gerät alles außer Rand und Band. Aus dem Nichts wird plötzlich ein mitternächtliches Fest geboren. Bis dahin hatte es bei diesen Fahrten um zwölf Uhr nachts nie bewaffnete Überfälle gegeben, ja nicht einmal einen Taschendiebstahl, obwohl die meisten der Fahrgäste aus den Favelas kommen und Trunkenbolde, Diebe, Räuber oder Drogenhändler sind. Die Verzauberung von Kürbissen in Kutschen und von Fröschen in hübsche Prinzen ist nun mal in diesem Rio, das so viel Blut an den Händen hat, das vergängliche Märchen von Gleichheit und Brüderlichkeit.

Santa Teresa ist der einzige Hügel der Stadt, der nicht von Favelas in Beschlag genommen ist. Und außerdem das einzige Künstlerviertel, vor allem eines für schwarze Künstler. Ein Reservat für Musiker, Tänzer, Maler und Leute, die sich, von kleinen Schnitzereien bis zur Parfümherstellung, mit tausenderlei Dingen beschäftigen und die sich so, dank ihres Talents, vor dem Elend bewahren. Hier fängt der Karneval schon einen Tag vor seinem offiziellen Beginn an. Nur hier feiert man die Geburtstage Nelson Mandelas und des legendären Widerstandskämpfers Zumbi, der erstmals in der Geschichte eine unabhängige schwarze Republik gründete. Die Meisterinterpreten der Samba singen in den Schenken von Santa Teresa das Lied *Sohn des Leids, Vater des Glücks.* (Die kühnen Touristen, die sich noch nach Einbruch der Dunkelheit ins »Revier der Schwarzen« wagen, können nicht glauben, dass es sich bei diesen Männern mit ihren verfaulten Zähnen und zerlumpten Klamotten um die gleichen Musiker handelt, deren Namen auf Plattencovern bis in die nördliche Hemisphäre vorgedrungen sind.) In diesen Bars, deren Holzhocker an den kaputten Tischen immer restlos besetzt sind, in denen nur Fassbier und Cachaça ausgeschenkt wird, sich unendlich lange Schlangen vor den Toiletten ohne fließendes Wasser bilden und sich der Urin in Pfützen sammelt, spielt man grundsätzlich keinen verwässerten, schalen Bossanova, diesen Liebling der Mittelschicht. Die Sambas gehen in Pagoden über und die Pagoden in Maracutas, aus denen schließlich pure afrikanische Rhythmen werden, und dann nehmen alle Gäste, außer den Gringos, mit Trommeln, Marimbas oder Streichholzschachteln den Takt auf und begleiten lauthals singend und tanzend die Musiker.

In Santa Teresa, mit diesem nie endenden Karneval, wohnt eine im Straßenbild nicht in Erscheinung tretende Minderheit mit Bodyguards und Dobermännern in Villen hinter hohen Mauern: Botschafter, Politiker, öffentlichkeitsscheue Mafiabosse und ehemalige, korrupte und reich gewordene Polizeichefs. Özgürs Vermieter Professor Botelho gehört genauso zu dieser Kaste wie die Gangster, die den größten Postzugraub in der Geschichte Englands durchgeführt hatten und dann in Brasilien untergetaucht waren.

Am Ende der Gartenmauer des Palácio Azul, einer dieser Villen mit Glasscherben- und Elektrodrahtsicherung, lag Özgürs »Istanbul-Punkt«. Auf jedem Zwischenstopp ihres Nomadendaseins fand sie oder schaffte sie sich immer wieder einen solchen »Istanbul-Punkt«, in jedem Küstenort, jeder mitteleuropäischen Alpenstadt und jedem Hafen, in dem sie Zuflucht suchte. Das waren Stellen, die aus dem richtigen Blickwinkel, bei richtiger Beleuchtung und – zugegeben – im richtigen Seelenzustand an Istanbul erinnerten. Dieses Rio mit seinen Stränden, die durch die Steilfelsen der Adlerhorste voneinander getrennt sind, mit seinen Buchten, die so verschlungen sind wie die Arme des Amazonas, mit seinen wilden Klippen, die den Horizont zerteilen, dieses Rio mit seinem unendlichen Dschungel, der aussieht wie ein riesiges, über die Stadt geworfenes

Fischernetz, dieses Rio hat zweifellos nichts gemein mit Istanbul. Rio, das Extreme, Widersprüche und die Maßlosigkeit liebt, ist von betörender Schönheit. Es stürzt sich erbarmungslos auf den Menschen, macht ihn trunken, treibt ihn in die Enge. Rio ist Herr über die erschreckende Magie der Masken Afrikas. Die Stadt hingegen, in der Özgür geboren und aufgewachsen war, glich einem antiken silbernen Amethyst-Armreif: steif, vornehm, stolz, geheimnisvoll, mit Patina überzogen. Aber genau hier, genau an dieser Stelle, an die Özgür gelangte, wenn sie die Imbissbude an der Straßenbahnhaltestelle passierte, die Mauern des Palácio Azul vorsichtig meidend, genau hier zog sich dieses sich gern in Illusionen verlierende Rio die Maske vom Gesicht und hüllte sich in das Gewand, nach dem Özgür gesucht hatte. Der Atlantische Ozean, der mit wild wehenden Mähnen auf die Stadt zugaloppiert, kommt plötzlich an der Mündung der Guanabarabucht zum Stehen, zügelt seine Wellen, in denen die Unendlichkeit widerhallt, und entsagt seinem unendlichen Thron. Er verwandelt sich in ein moosgrünes, artiges, blasses Binnenmeer, leckt behutsam wie ein Kätzchen an den sanft abfallenden, unscheinbaren Hügeln von Niterói. Das Goldene Horn, wie man es vom Café Pierre Loti aus sehen kann.

Wenn Özgür sich aufraffen konnte, aus dem Haus zu gehen, kam sie jedes Mal hierher. Dann stand sie kerzengerade und regungslos zwischen den Holzbänken, auf denen sich Obdachlose, Säufer und Kokainsüchtige zusammenkauerten, und wartete darauf, von der Brise des Ozeans in die Vergangenheit getragen zu werden. Meistens kam auch eine Brise auf, aber in Gestalt eines Wüstensturms. Er blies Sand in ihre Augen und bombardierte sie mit verzerrten, verwackelten Bildern aus ihrem Leben, die so schnell in den Tiefen ihres Gedächtnisses untertauchten wie ein leckgeschlagenes Boot im Meer und Erinnerungsfetzen hochwirbelten wie Sägespäne. Erinnerungen an das jenseitige Meer, spärliche, beiläufige. Erinnerungen, deren Atem nicht ausreichte, um die weiten Gewässer zwischen ihr und ihrer Vergangenheit zu überwinden. Ein Geruch, ein Geräusch, eine Schiffssirene, ein granatroter Sonnenuntergang. Mit vollen Segeln zurück in die Kindheit, eine stets verschlossene Tür. Vögel, die mit aller Kraft mit den Flügeln schlugen und dennoch nicht in die Lüfte aufsteigen konnten, flatterten auf ihr Gedächtnis zu, lösten ein oberflächliches Vibrieren aus, eine leichte Schwermut; nicht schlimm, nicht so, dass es brannte. In solchen Momenten wollte Özgür schreiben. Doch erst wenn sie erneut über die verblassten Bilder nachsann, bekam ihre Vergangenheit ein Gesicht.

Dabei erschien ihr unter dem tief hängenden, gebieterischen Himmel der Tropen manchmal sogar der Begriff »Erinnerung« wie eine schriftstellerische Erfindung. Lediglich ein Wort, eine leere Hülle, ohne Substanz und ohne Geist. Das beste Versteck vor der Wirklichkeit. Özgür konnte nun auf einem zweidimensionalen, aus Wörtern geschaffenen Planeten existieren, einem Planeten, auf dem sich der Tod auf die aneinandergereihten Buchstaben »T«, »O«, »D« reduziert.

Heute war wirklich ihr Glückstag, alle Holzbänke waren frei. Ruhig zog sie ihr Heft mit den grünen Blattornamenten aus der Tasche. Auf der Rückseite des Schutzumschlags stand »Salve a Natureza. A extinçao é para sempre – Schütze die Natur! Wenn sie zerstört ist, gibts kein Zurück.«

Warum habe ich mich für diese Stadt entschieden, die meine Todfeindin geworden ist? Für Rio de Janeiro, diese Stadt, deren rote Pelerine – Faser für Faser aus menschlichem Leid gewoben – meine Persönlichkeit erstickt, die ihre scharfen Zähne hinter Karnevalsmasken verbirgt? Nur für eines verlassen wir die vertrauten Gewässer, trennen uns von unseren Wurzeln. Nur für das eine, für das Adam seine Unsterblichkeit aufgab: DAS UNBEKANNTE.

Es war vor langer, sehr langer Zeit. Ich hatte mir die Einsamkeit wie einen Panzer angelegt und überließ mich den Ozeanen. Jetzt, da ich diese letzte Station erreicht habe, verstehe ich, dass ich ständig im Kreis gelaufen bin; schwer beladen mit meinen rostigen Schilden, gerüstet mit verbogenen und stumpfen Schwertern; immer wieder nur die Umlaufbahn ändernd, ohne mich dabei je dem Zentrum genähert zu haben. Was mich von Abenteuer zu Abenteuer getrieben hat, ist weder Leidenschaft noch Mut, sondern vielleicht der Wunsch zu fliehen; aber nicht vor meiner Vergangenheit, sondern gemeinsam mit ihr. Wie ein Taschendieb, der sich mit einer gestohlenen Geldbörse hastig aus dem Staub macht und das Geld dabei überall verliert.

Jede neue Reise ist nur ein Wechsel des Bühnenbilds, mehr nicht. Eine Sperrholzkulisse mit der Silhouette von Moscheen wird weggeschoben, und im Bühnenbild geht die goldgelbe Sonne auf. Drei, vier Palmen, vorgetäuschte Strände, eine Welt, geschaffen mit wenigen Pinselstrichen. Eine billig zusammengeschusterte Bühnendekoration, Laiendarsteller und Hauptdarsteller in einem verfremdeten Drama. Und die Musik? Diesmal: Samba.

Wenn die Vergangenheit zum versunkenen Atlantis wird und wenn sich der dunkle Schatten der Stadt über alle künftigen Gedanken legt, dann bist du gezwungen, im Jetzt Schutz zu suchen. Du kannst dich nur noch ziellos hin und her treiben lassen, zwischen Meer und Dschungel, den nackten Armen der Schwarzen und Weißen, den körperlichen Genüssen, die leicht zu befriedigen sind, aber von Mal zu Mal einen immer noch brennenderen Durst auslösen. Presse dich an feuchte Lippen, bis Schweiß aus jeder Pore deines Körpers rinnt, zerteile eine

Mango mit deinen Händen und sauge ihren süßen Saft von deinen Fingern, zieh an deiner Zigarette, als würdest du reinen Sauerstoff atmen, und tanze! Entferne dich mit jedem Trommelschlag ein wenig mehr von deiner Persönlichkeit. Vergiss nicht: Diese Musik, die dich an den Schultern packt und dich ins Land der Euphorie schiebt, ist das Einzige, was von Orfeu geblieben ist.

Sie ging geradewegs auf den Kiosk zu, der nicht größer war als der Stand eines Zeitungsverkäufers. Er erinnerte sie an ein Paket, in glänzend blaues Geschenkpapier gewickelt, das irgendjemand mitten auf dem Platz vergessen hatte. Für einen Guaranásaft und eine Zigarette würde sie jetzt ihr Leben geben. (Plötzlich kam ihr jener Augustnachmittag in den Sinn, als sie in Sultanahmet auf einen für Touristen auf alt getrimmten Kiosk zugegangen war. Die Sonne, die ihren Rücken wärmte, die staubige Straße, die Sesamkringelverkäufer ... An diesem Kiosk wurden Sandwiches mit Olivenpaste oder Schafskäse verkauft. Aber das war ja gar nicht in Sultanahmet, sondern in Beyazıt, am Eingang des Cafés, in dem sie Wasserpfeife geraucht hatte. Damals war sie achtzehn, Studentin, und es war ein belangloser Tag.)

Die absonderlichsten Saufbolde von Santa Teresa, die ganz hartgesottenen also, waren Kunden dieses Kiosks, wo es nur Alkohol, Zigaretten und alte Kekse aus Paraguay gab, die kein Mensch kaufte. Obdachlose, Busfahrer, Meisterganoven aus der kleinen Favela, die sich durch den Handel mit gestohlenen Autos über Wasser hielten, Capoeira-Tänzer, die Vorführungen mit Messern gaben – Capoeira, ein Kampftanz aus Afrika, der aus Angriff und Rückzug besteht, wobei sich die Gegner nie berühren. All jene, die lieber im Stehen trinken beziehungsweise so lange im Stehen trinken, bis sie umfallen. Dass der Platz mit

Glasscherben und Blutflecken übersät war, sah Özgür nur an den seltenen Vormittagen, an denen sie es schaffte, früh aufzustehen.

Ein barfüßiger, etwa achtzehn oder neunzehn Jahre alter Mulatte lag ausgestreckt auf dem Gehsteig und schnarchte. Auf seinem hageren Gesicht, das aussah, als habe man seinen Schädel nur notdürftig mit einer Lederhaut überzogen, wimmelte es von Fliegen. Sein rechtes Bein lag in einer Pfütze seines eigenen Urins. Der reinrassige Husky neben seinem Kopf bellte kläglich und winselte unablässig. Auch wieder eine dieser für Rio typischen Merkwürdigkeiten. Die meisten Obdachlosen fütterten einen Hund durch, und zwar Rassehunde wie zum Beispiel einen Dobermann, Deutschen Schäferhund oder Afghanischen Windhund. Für Özgür war das vollkommen unbegreiflich. Warum stiehlt jemand, der selbst nicht genug zum Beißen hat, unter Lebensgefahr einen jungen Hund, den er dann unter tausend Opfern großzieht? War es das Bedürfnis nach Freundschaft oder das nach Sicherheit? Nachdem der Hund eine Weile verzweifelt gebellt hatte, nicht ohne Özgür zwischendurch aus den Augenwinkeln genauestens zu beobachten, um schließlich zu begreifen, dass er auch von ihr nichts zu erwarten hatte, streckte er sich beleidigt neben seinem Herrn aus, schmiegte den Kopf an dessen Leib und schlief schnell ein. »Mit Menschen, die am Ende sind, hat man nicht so viel Mitleid wie mit so einem hilflosen Tier. Man muss sich zwingen, sie zu bedauern, empfindet eher Bestürzung, meist aber Abscheu. Der Mensch ist gegenüber seiner eigenen Gattung gnadenlos«, dachte Özgür.

Vor dem handbreiten, vergitterten Fenster des Kiosks standen zwei finster dreinblickende Favelados. An die Theke gelehnt, genossen sie das kalte, frisch gezapfte Bier. Özgür, die schon vor langer Zeit gelernt hatte, dass sie immer auf der

Hut sein musste, waren die beiden Typen nicht ganz geheuer. Die langen T-Shirts, die über ihre Hüften hingen, die sündhaft teuren Turnschuhe, die vergoldeten Uhren ... Möglicherweise zwei Banditen des Comando Vermelho, die zwischen zwei Kämpfen eine Bierpause eingelegt hatten. Verzweifelt überlegte Özgür, wie sie unbehelligt an den beiden Männern vorbei zum Fenster gelangen könnte. Rios Sterberegister wimmelte von Leuten, die von Kugeln durchsiebt worden waren, weil sie am falschen Ort das Falsche gesagt hatten. Aber Özgür war am Verdursten, und außerdem wäre sie bereit gewesen, wie ein Gladiator zu kämpfen, um nur eine einzige Zigarette zu bekommen.

In ihrem entschlossensten und herrischsten Tonfall rief sie schon aus zwei Metern Entfernung: »Um guaraná por favor e um L.M. Lights!« Auf einer Theaterbühne hätte ihre Stimme mühelos auch noch die hintersten Ränge erreicht.

Der fast siebzigjährige portugiesische Kioskinhaber ignorierte seine Kundin erst mal, wie alle Verkäufer in Rio. Erst nach vier oder fünf Anläufen, also erst, nachdem er sie lang genug geärgert hatte, war er zufrieden. »Du kannst es wohl nicht erwarten? Glaubst wohl, du schaffst es nicht mehr rechtzeitig in die Hölle?« Gegen keine Ungerechtigkeit, Erniedrigung oder Benachteiligung hatte sich Özgür in dieser Stadt jemals gewehrt, aber ihre Wut über die Dreistigkeiten dieser Verkäufer hatte sie nicht im Griff. Sie kratzte sich nervös an ihrem Mückenstich, der inzwischen zu einer blutigen Wunde an ihrem Ellbogen geworden war.

»Por favor, um guaraná bem gelado e um L.M. Lights! – Einen eiskalten Guaranásaft und eine Packung L.M. Lights, bitte!« Ohne die Miene zu verziehen, fuhr der Portugiese fort, Bierflaschen zu sortieren. Özgür schoss das Blut in den Kopf. Wenn sie in diesem Moment eine Waffe gehabt hätte, hätte sie ihm eine Kugel zwischen seine überheblichen, ignoranten Rippen gejagt.

»He, du! Gibst du mir jetzt einen Guaranásaft oder nicht? Ich warte jetzt schon seit zehn Minuten in dieser Hitze.«

Wie ein Rheumatiker richtete sich der Portugiese ganz langsam auf und musterte Özgür von oben bis unten. Seine gelblichen Augen glichen denen eines toten Fisches. Der Übergang zwischen Iris und Augenweiß war verlaufen, wie wenn man Wasser und Olivenöl in dasselbe Glas schüttet. Seine Blicke verrieten, dass es ihm lieber wäre, sein Gegenüber würde gar nicht existieren, als dass er es vernichten müsste. Der Portugiese hatte schon längst mit der Welt abgeschlossen. »Perverser Sack! Dieser Kinderschänder!«, schoss es Özgür durch den Kopf.

»Immer mit der Ruhe, Gringa!«, antwortete der Mann und legte so viel Verachtung und Geringschätzung wie möglich in diese wenigen Worte. Diese portugiesischen Einwanderer ertrugen es einfach nicht, in diesem Land, das sie über Jahrhunderte bis auf die Knochen ausgebeutet hatten, niedrige Arbeiten zu verrichten, und ließen ihren Hass dann an den übrigen Ausländern aus. Nun geschah genau das, was Özgür befürchtet hatte: Kaum hatten die beiden Favelados das Wort »Gringa« gehört, spitzten sie ihre Ohren wie Polizeihunde und musterten Özgür unverhohlen mit aufdringlichen, düsteren, schmierigen Blicken. »Keine Uhr, kein Schmuck, ihre Tasche geht aus dem Leim, aber gutes Leder, offensichtlich argentinische Ware. Schiefe Absätze, und dann noch die durchgewetzten Hosen. Auch eine von diesen armen Schluckern. Aber bei der ist die Armut nur vorübergehend, die gönnt sich nur ein Päuschen inmitten dieser Menschen, die ohne Protektion anfangen und keine Gönner haben. Unsereiner wird ja schon in dieses Schicksal hineingeboren, leiden zu müssen; aber die suchen sich's ja erst später freiwillig aus. An dem Tag, an dem sie kapieren, dass die Welt nicht so funktioniert, wie sie sich das vorgestellt haben, und dass sie sich nicht mit irgendwelchen billigen Zugeständnissen aus der Affäre ziehen können, kriechen sie in ihr sicheres Nest zurück und beschaffen sich wieder ihre Privilegien, die sie so leichtfertig aufgegeben haben. Uns hat doch noch nie jemand was geschenkt, also nehmen wir uns, was wir wollen und was wir können.«

Özgürs Wahrnehmung war jetzt so geschärft wie bei einem nachtaktiven Raubtier. Eindeutig konnte sie Hass in diesen abgründigen Augen lesen. Trotzdem kam sie, fast platzend vor Wut, näher heran. Mit einer halb kindlichen, halb männlichen Geste, die sie sich höchstwahrscheinlich aus irgendwelchen John-Wayne-Filmen abgeschaut hatte, schob sie eine Bierflasche beiseite und stützte ihre Ellbogen auf die Theke. Damit machte sie unmissverständlich klar, dass sie ohne ihren Guaranásaft und ihre Zigaretten nicht mehr verschwinden würde. Wie ein Spieler wollte sie ihr Blatt aufdecken, und wie alle echten Spieler wollte sie eigentlich verlieren. »Einen Guaranásaft!«, forderte sie langsam und deutlich. »Und zwar jetzt, sofort! Und ein Paket L.M., L.M. Lights!«

Sie merkte, dass der Mulatte mit dem schmalen Schnauzbart rechts neben ihr regelrecht erstarrt war, als hätte man ihn gerade in eiskaltes Wasser geworfen. Als sie sich zu ihm umdrehte, sah sie, dass er ihr funkensprühende Blicke zuwarf. Sie hatte einen schrecklichen Fehler begangen. Diese Gringa hatte sich zu viel erlaubt und verdiente eine gründliche Lektion. Verfluchter Portugiese! Hätte er wenigstens den Guaranásaft herausgerückt, dann hätte sie sich schon längst aus dem Staub gemacht. Blicke, die sie trafen wie brennende Geschosse. Özgür war sich ihrer schutzlosen Lage bewusst, aber dennoch war sie entschlossen zu kämpfen. Möglicherweise aber war nicht sie es, die diesen Entschluss fasste, sondern eine ganz andere, eine kaltblütige, hinterhältige höhere Macht. In diesem Moment heftete sie ihre Aufmerksamkeit nur auf eines – die herumstehenden Bierflaschen. Sie überlegte, ob sie sie zerschlagen sollte und was danach passieren würde. Sie dachte nicht einmal an den Kerl links neben ihr, nur an den bevorstehenden Angriff. Der Asphalt unter ihren Füßen kam ihr vor wie feuchter Sand, ihre Knie wurden allmählich weich. Sie spürte aus dem tiefsten Inneren ihrer Seele eine blutrünstige Welle heranrollen. Ein Vorgeschmack des Todes, der Wollust glich. Wer würde wohl zuerst losschlagen? Die an den Umgang mit Waffen gewöhnte schwarze Hand oder die weiße, die nichts anderes als ihren Stift führen konnte? Gerinnende, zähflüssige Sekunden. Özgürs Gesichtskreis war nun beschränkt auf die Bierflaschen und die Halsschlagader an der Kehle des Mulatten, die so regelmäßig pulsierte wie die Unruh einer Uhr. Zwei Gegner, die sich starr wie Statuen gegenüberstanden, gleich einem Paar, kurz bevor es Walzer tanzt. Sie würden gern den gleichen Tanz tanzen – doch sie empfanden nichts füreinander. Sie waren nichts weiter als Marionetten, die sich dem teuflischen Willen der Stadt unterwarfen. Lächerliche, unglückliche, tötende Marionetten. Aus dem Tal waren drei Salven einer Pump-Gun zu hören.

»Hallo, Gringa! Alles klar, wie läufts?« Özgür sank in sich zusammen. Ihre Anspannung war wie weggeblasen. Um ein Haar wäre sie ohnmächtig umgekippt. Durch dieses Wort »Gringa«, das sie kurz zuvor beinahe das Leben gekostet hätte, kehrte sie wieder zu ihrem Ich zurück und wurde wieder sie selbst. Es war Eduardo, der Neffe des früheren Polizeipräfekten von Rio. Für dieses Mal war sie gerettet. Es dauerte Minuten, bis sie sich wieder gefasst hatte. Ihre Hände zitterten, das Herz schlug ihr bis zum Hals. Sie war schweißgebadet. Ein nicht vollendeter Todestanz, der einem Koitus interruptus glich. Mit Beben, Krampfen und Zucken versuchte der nicht zum Höhepunkt gelangte Körper sich der aufgestauten Energie zu entledigen. Sie hatte einen weiteren Flirt, ein weiteres Liebesspiel, eine weitere Capoeira mit der *Stadt mit der roten Pelerine* überstanden.

»Hallo! Gut! Mir gehts gut!«, brachte sie nach einer Weile stammelnd hervor.

Eduardo, der netteste Herumtreiber von Santa Teresa, hatte die kleine herrschaftliche Villa in der Murtinho-Straße – das Einzige, was ihm sein Vater, der von einer Autobombe zerfetzt worden war, vermacht hatte – der Allgemeinheit zur Verfügung gestellt und sie Obdachlosen, Trinkern, Kokainsüchtigen, polizeilich Verfolgten und Schutzsuchenden überlassen. Er selbst lebte am Rand der kleinen Favela in einer selbst gebauten Hütte aus Schilfrohr, die er von Pflanzen des Amazonasufers, Kakteen und Orchideen überwuchern ließ. Doch meistens schlief er betrunken in der zuletzt besuchten Bar ein oder blieb einfach auf dem Bürgersteig liegen. Es hieß, er sei ein begabter Maler und voll und ganz dem Kokain verfallen. Ein Penner reinsten Wassers, empfindsam und gutherzig, ein liebenswerter Verrückter, der seine Abrechnung mit der Welt auf unbestimmte Zeit vertagt hatte.

»Bonjour, Mademoiselle!«, rief Eduardo und verneigte sich, wie ein Japaner, zweimal mit einer übertriebenen Geste. Er wusste weder, wie spät es war, noch ahnte er etwas von dem Todestanz, der sich kurz zuvor für einen Moment abgespielt hatte. »Sie scheinen heute Morgen etwas schlecht gelaunt zu sein!«, stellte er fest.

Eduardos Gesichtsfarbe war gräulich fahl, wie es für Menschen, die über einen sehr langen Zeitraum nichts gegessen haben, charakteristisch ist. Seine Wangen waren eingefallen, seine Augen blutunterlaufen. An seiner Nase hing Rotz. Er hatte offenbar kurz zuvor eine beträchtliche Menge Kokain geschnupft. Aber trotz seiner zerrissenen, mit Fett und Farbe bekleckerten Kleidung, den völlig ausgelatschten Sandalen, aus denen seine pechschwarzen Zehen ragten, und den wie ein Vogelnest verfilzten Haaren hafteten ihm immer noch Reste der sozialen Schicht an, der er den Rücken gekehrt hatte. Er stank zum Beispiel nicht wie jemand, der auf der Straße geboren und aufgewachsen ist, und er war jeden Tag gut rasiert.

»Bonjour, Monsieur«, antwortete Özgür, bemüht, dem Mann dabei nicht ins Gesicht zu sehen. Körperflüssigkeiten brachten sie eigentlich nicht so schnell aus der Fassung. Rio hatte sie an eitrige, brandige Wunden, mitten auf der Straße ihre Notdurft Verrichtende oder Masturbierende gewöhnt, aber vor Rotz ekelte sie sich. Den Guaranásaft, für den sie fast ihr Leben riskiert hatte, würde sie nun mit diesem Rotzfaden vor Augen trinken müssen.

»Willst du vielleicht eine Halskette kaufen?« Eduardo trug immer einen kleinen Bauchladen mit sich herum. An einem Tag verkaufte er winzige, blaue Glasperlen, am nächsten Halbedelsteine oder Astrologiebücher. Doch eigentlich verschenkte er das meiste an alle möglichen Leute, am liebsten jedoch an Mädchen, die ihm gefielen. Wie dem auch sei, er war jedenfalls niemand, dem Geld viel bedeutete.

»Ich hab kein Geld für Halsketten.« Ihr war nicht bewusst, dass Portugiesisch ihr ganzes Wesen veränderte und die Sprache sie zu einer harten, strengen Person machte, die sich nicht um ihre Wortwahl scherte. Sie verstand diese Sprache zwar mittlerweile fast problemlos, aber für gewandte, höfliche Umgangsformen reichte es noch nicht. Sie konnte sich nur in einer sehr direkten Form ausdrücken. »Dann schenk ich dir eine. Such dir eine aus! Wenn du willst, kannst du auch alle haben. Das Geschäft läuft sowieso mies. Wegen dieser ständigen Ballerei.« Mit einer imaginären Pistole nahm er das Tal von Santa

Teresa und den Kiosk ins Visier. Özgür neigte den Kopf ein wenig, atmete dabei geräuschvoll durch die Nase ein und spitzte ihre Lippen. Sie versuchte zu lächeln. »Nein, vielen Dank, ich möchte wirklich keine!«

Eduardo musterte die blasse, traurige Gringa von Kopf bis Fuß. Das Gesicht dieser Frau wirkte teilnahmslos, als hätte sie Opium geraucht. Doch das Gespinst der Linien, die aussahen wie die Spuren des Wellenspiels auf Kieselsteinen, verriet, dass sie mit dem Leben zu kämpfen hatte, das ihr übel mitspielte. Bei ihr fand sich keine Spur dieser koketten Fröhlichkeit und aufreizenden Sinnlichkeit der Frauen von Rio. Eine schmucklose, schlichte, ziemlich mitgenommene Schönheit. Er hatte sie schon in den Bars von Santa Teresa aus der Ferne beobachtet. Immer war sie allein, saß an abseits stehenden Tischen, rauchte eine Zigarette nach der anderen und kritzelte ständig irgendetwas auf Servietten. Ein halb verfallenes Monument der Melancholie, das niemanden mit seiner Traurigkeit anstecken wollte. Obwohl sie penetrant nach Einsamkeit roch, verjagte sie die Schakale, die sich um sie scharten, und ließ sich nie gehen. »Sie ist die Einsamkeit in Person«, war ihm über diese Frau zu Ohren gekommen, die man für eine syrische Schriftstellerin hielt. »Eine Göttin aus dem Orient, deren Kult in Vergessenheit geraten ist und deren Tempel mit Graffiti beschmiert sind.« Dieser Satz hatte sich ihm eingeprägt, und vielleicht war das der Grund für seine rätselhafte Zuneigung zu dieser Gringa, die er nicht einmal sonderlich attraktiv fand. Bis jetzt hatte er sie bei jeder Gelegenheit mit Geschenken überhäuft: Silberohrringe, Tarotkarten, ein Paar Sandalen. Özgür hatte keine Ohrlöcher, Astrologie belächelte sie nur, und Schuhe wie Sandalen, aus denen die Zehen vorne herausstehen, hasste sie. Trotzdem bewahrte sie alles sorgfältig auf, denn außer dem gutmütigen, verrückten Eduardo hatte ihr sonst in diesem Brasilien, in dem sie zwei einsame Geburtstage verbracht hatte, noch nie irgendjemand irgendetwas geschenkt.

»Der Gouverneur ist nach Santa Teresa gekommen, habs in der Zeitung gelesen. Um dem Krieg ein Ende zu machen.« Eduardos schillernde Augen blitzten spöttisch. Auf seinem herzförmigen, leicht hervorspringenden Kinn, das sehr gut zu seinem langen Gesicht passte, bildete sich ein ganz kleines Grübchen. »Der Gouverneur und das gesamte Gesindel mit seinen feinen Anzügen. Die werden ganz Santa Teresa versauen. Alle fünfhundert Meter soll eine Polizeistation entstehen. Die können mich mal am Arsch lecken. Auch hierher soll eine kommen, da, wo der Kiosk steht.« »Tatsächlich? Aber steht das hier nicht alles unter Denkmalschutz?«

»Hier, meine Liebe, ein Guaranásaft und L.M. Lights.« Der alte Portugiese, den sie noch vor zehn Minuten mit einem Schuss durch die Rippen hatte niederstrecken wollen, reichte ihr, was sie bestellt hatte. Özgür schämte sich. Die Aggressivität, die sich wie ein Stalagmit in ihrem Herzen auftürmte, seit sie in dieser Stadt lebte, ergriff jetzt immer häufiger von ihr Besitz. Sie hatte fürchterliche, abscheuliche Fantasien, die sie mit sich selbst nicht in Einklang bringen konnte. Sie malte sich beispielsweise aus, Busfahrern, Verkäufern oder ihrem Chef eine Pistole an den Kopf zu halten, den Hahn zu spannen und ihnen mit kalter, abgebrühter Stimme zu drohen, sie werde abdrücken, wenn sie nicht sofort das Gehalt oder den Kaffee herausrückten.

»Vielen ... Vielen Dank!«

Sie fand einen Fünfrealschein, ohne die Geldbörse aus der Tasche kramen zu müssen, dann drehte sie den Favelados und auch Eduardo den Rücken zu, ihre Tasche hielt sie ganz fest gegen den Bauch gedrückt. Die Bräuche der Neuen Welt ... Als sie sich der Theke näherte, bemerkte sie, dass sich die beiden

Mulatten nicht mehr für sie interessierten und in ein Gespräch vertieft waren, so als ob die tödliche Capoeira vorhin gar nicht getanzt worden wäre. Ein beängstigender Zweifel überkam sie. Sollte das alles – die Bierflasche, die rote Pelerine – nur eine Montage blutiger Wahnvorstellungen gewesen sein? Vielleicht hatten diese Männer überhaupt kein Problem mit ihr gehabt und tranken nur in aller Ruhe ihr Sonntagsbierchen. Warum war sie nicht auf die Idee gekommen, dass die beiden, deren Blick ihr Blut hatte erstarren lassen, vielleicht nur neugierig gewesen waren oder sich sexuell von ihr angezogen gefühlt hatten? Noch dazu hatte sie doch haargenau so eine Szene selbst beschrieben. Die Hauptfigur ihres Romans, die sie vorläufig Ö. nannte, eine halb fiktive Özgür, gerät in Lapa in einer schmuddeligen Kneipe, O Novo Mundo, in eine Auseinandersetzung mit zwei Knastvögeln und entgeht nur durch Zufall dem Tod. »Die Aggressivität in mir und die Aggressivität da draußen. Die Grenze dazwischen verschwindet mehr und mehr. Leben und Schreiben stehen einander gegenüber wie zwei wetteifernde Bauchredner. Der eine versucht ständig die Stimme des anderen zu übertönen. Wessen Stimme ich gerade höre, weiß ich nicht genau. So ungefähr muss es wohl sein, wenn man verrückt wird.«

Sie setzte die Guaranáflasche an den Mund und trank gierig. Als sie ihren Durst gestillt hatte, war die Flasche fast leer. Der Zucker ging ihr sofort ins Blut und heiterte sie auf. Während sie sich noch ausgiebig mit der Zunge die Lippen leckte, riss sie die Plastikfolie ihrer Zigarettenschachtel auf.

»Hast du das gezeichnet?«, fragte sie und deutete auf eine Bleistiftskizze an der Theke – das überlange Gesicht eines Schwarzen mit eingefallenen Wangen und mageren Backenknochen –, das den Ausdruck von Grausamkeit zeigte, von Zerbrechlichkeit und Schwermut, der an eine verkrustete Wunde erinnerte. Er sah aus wie einer, den man gerade erst aus dem Gefängnis entlassen hatte. Genau den gleichen Gesichtsausdruck hatte Özgür schon einmal bei einer abgemagerten Frau mit großen Augen gesehen, die sie ab und zu hinter den verschmutzten Fensterscheiben eines Busses bemerkt hatte. Doch die hatte nicht so viel Mitleid bei ihr hervorgerufen wie dieses Porträt.

»Ja, Gringa, die ist von mir. Sehe ich etwa nicht wie ein Maler aus? Ganz Santa Teresa weiß, dass ich Maler bin. Außerdem bin ich noch Architekt.«

»So, tatsächlich? Hast du das hier alles gebaut? Den Kiosk, den Platz, Santa Teresa?«

Nachdem sie sich die Zigarette angezündet hatte, erwachten ihre Lebensgeister wieder. Stundenlang hätte sie nun so in der Sonne stehen und wirres Zeug reden können. Eduardo schrieb diese merkwürdige Fragerei dem kümmerlichen Portugiesisch der Gringa zu. Er beugte sich vor, spuckte auf den Boden und murmelte irgendetwas vor sich hin. Vielleicht hatte diese Frau ja auch einen Sprung in der Schüssel.

Da spürte Özgür plötzlich, wie ihr, ohne ersichtlichen Grund, eines der vielen Rätsel ihres Gedächtnisses klar wurde. An jenem Tag, dem Tag, an dem sie in Beyazıt das Sandwich mit Olivenpaste und Schafskäse gegessen hatte, war IRGENDETWAS geschehen ... Ein Gespräch ... Ein Gespräch, das sie tief verletzt hatte ... In jenem Hof, in dem sie Wasserpfeife geraucht hatte.

»Kannst du Englisch, Eduardo?«

»Sehr wenig. I love you, Gringa!«

Statt zu lächeln, schaute Özgür wieder mal mürrisch drein, wie sie es sich in Rio angewöhnt hatte. Dieser Satz, den sie seit frühester Jugend in den verschiedensten Sprachen und Tonlagen gehört hatte, schien sie zu langweilen. Sie war einmal eine hübsche Frau gewesen, aber noch bevor sie lernen konnte, wie man diese Schönheit richtig einsetzt, war sie verflogen. »Das ist wirklich ziemlich wenig!« »Komm doch mit zu mir. Ich hab guten Stoff. Lass uns Spaß haben!« Mit der Höflichkeit der Alten Welt, die sie auch in den letzten zwei Jahren nie aufgegeben hatte, antwortete Özgür, als hätte sie gerade eine Einladung zum Essen ausgeschlagen: »Nein, vielen Dank!« Sie war schon unzählige Male genauso plump, ungeniert und unvorbereitet von irgendwem aufgefordert worden, mit ihm ins Bett zu gehen. Lediglich beim ersten Mal war ihr fast der Bissen im Halse stecken geblieben, als der Bekannte eines Bekannten, an dessen Namen sie sich nicht mehr erinnerte, sie im Nacken gestreichelt hatte, während sie irgendwo im Stehen Pizza aßen, und er zu ihr sagte, dass er ganz verrückt danach sei, mit ihr zu schlafen.

Als sie sah, wie sich Eduardos Gesichtsausdruck veränderte, schwieg sie. Sie spürte den Blick eines Raubvogels auf sich. Sie folgte Eduardos Blick, der sich plötzlich verfinstert hatte, und sah, dass der Verrückte von Santa Teresa neben ihnen stand. Unbemerkt musste er hinter dem Kiosk hervorgeschlichen sein und sich auf lautlosen Leopardenpfoten genähert haben. Er hatte seine blauen, phosphoreszierenden Augen auf Özgür geheftet. Özgür war wie gelähmt. Immer, wenn sie es mit einem Verrückten zu tun hatte, machte sie das so benommen, als stünde sie vor einem mächtigen Herrscher. Sie fand Verrückte angsterregender und unnahbarer als Tote.

In Rio endet die extrem lange Trockenzeit im März. In diesem Monat setzt der tropische Regen ein, der sich über Tage, Nächte und Wochen hinzieht. Ganz unverhofft bemächtigt sich ein riesiges, schwarz verhülltes Heer des Horizonts, nähert sich in wildem Galopp und greift plötzlich ohne Vorwarnung an.

Furchterregend und unentrinnbar wie das Schicksal bricht es über die Stadt herein und lässt ihr nicht einmal Gelegenheit, ihre Fensterläden zu schließen. Ein wutentbrannter, ungezähmter, hasserfüllter, unerträglicher, erbarmungsloser Regen. Endlich begehrt der Himmel auf und macht sich daran, den ganzen Schmutz – Straßen und Wolkenkratzer, Blut und Vergangenheit – zu vernichten, die Stadt in einen Fluss zu verwandeln und in den Ozean zu spülen, um dieses Land seinem wahren Besitzer zurückzugeben, dem Dschungel. Um zu den schönen Tagen zurückzukehren, als es noch keine Menschen gab und die Zeit stillstand. Die Regentropfen sind ätzend wie Säure. Sie waschen die Farben von den Gegenständen, entreißen dem Gedächtnis die frühesten Erinnerungen und nehmen sie mit sich. Ein alles überflutender, alles vernichtender Sturzbach, ein Ozean, der die Stadt mit seinem schrecklichen Gelächter umspült. Möwen, die zwischen den Schaumkronen den Verstand verlieren. Riesige Wellen, die gegen den Kai peitschen, sich ausnahmslos auf alles stürzen, was sich ihnen in den Weg stellt, und es mit sich forttragen: Palmen, Müll, Strandschirme, Fahrräder, Betrunkene und Obdachlose.

In jener Nacht hatte sie Geburtstag. Der See im Herzen der Stadt war über die Ufer getreten, das Wasser in den Hauptstraßen ging ihr sogar bis zur Taille. Seit einer Woche war das Telefonnetz unterbrochen. Gegen Morgen setzte sie sich im Sobre Natural zu einer Truppe von Straßenschauspielern. Sie war nicht in der Lage, selbst das herzlichste Lächeln zu erwidern, so genervt war sie. Seit Stunden wartete sie nun schon darauf, dass es aufhören würde zu regnen. Ihre Wohnung lag nur einen Steinwurf weit entfernt, aber sie hatte keine Lust, sich den hagelkorngroßen Regentropfen auszusetzen. Kurz vor Tagesanbruch, als die Musiker eine kleine Pause einlegten, um sich mit Alkohol zu stärken, tauchte am Eingang der Bar dieses grob-

schlächtige Ungetüm auf. Ein Hüne mit verwilderten Haaren und zerzaustem Bart. Aus seiner Hose, die in der Taille von einer Schnur zusammengehalten wurde, triefte das Wasser. Sein strenger Geruch, der bereits vor ihm Einzug gehalten hatte, legte sich wie Nebel über alles im Raum. Seinen linken Arm auf eine Säule gestützt, verharrte er wie eine Sphinx und musterte jeden Anwesenden einzeln in aller Seelenruhe. Mit Blicken, die keine Gnade kannten, die sich nicht täuschen ließen, die wussten, wie es um die sogenannte »menschliche Seele« bestellt war. Die Macht, die er auf Anwesende ausübte, war so unergründlich und unwiderstehlich, als wäre jeder nur eine Marionette, deren Fäden er führte. Sein Blick ließ Ö. erzittern wie ein Ladenschild, an dem der Sturm rüttelt. Nie zuvor hatte sie solche Augen gesehen wie bei diesem Verrückten. Sie strahlten in einem sonderbaren metallischen Kobaltblau, sandten einen fast greifbaren Lichtstrahl aus. Zwei Sterne, die in einem Gesicht funkelten, das die Dunkelheit in sich aufsog, zwei Supernovae kurz vor der Explosion. Eine zugleich glühende und eiskalte chemische Flamme umzüngelte ihr Bewusstsein.

Das Ungetüm steuerte direkt auf sie zu, als gäbe es auf der ganzen großen weiten Welt niemanden sonst, mit dem es sich hätte zanken können. Wie eine imposante Platane baute der Hüne sich vor ihr auf. Er war wirklich ungeheuer groß, hatte eine riesige Adlernase, glattes, pechschwarzes Haar wie ein Indianer und gigantische, tiefschwarze Ringe unter den Augen. Er war unglaublich hässlich, doch sogar seine Hässlichkeit hatte etwas Prächtiges an sich.

»Seus olhos – deine Augen«, sagte der Mann, dann murmelte er noch einige unverständliche Worte. Ö. hörte, halb weggetreten, wie André, der Akrobat des Theaters, der offensichtlich keine Veranlassung sah, seine Stimme zu senken, ihr zurief: »Keine Angst, Gringa, der ist harmlos!« Fast hätte es

ihr die Sprache verschlagen. Aber dann stammelte sie mit ihrem starken Akzent: »Meus Olhos – meine Augen?« »Estrangeira – Ausländerin?« Artig nickte sie mit dem Kopf. Der Mann fing an, in fehlerfreiem Oxford-Englisch zu sprechen: »Ich sagte, deine Augen sind einzigartig.« Sie schüttelte sich, als wollte sie ihre tiefe Benommenheit abwerfen, dann deutete sie auf die Mestizin Tanja, die neben ihr saß. »Ihre Augen sind schöner als meine.« »Ich habe doch nicht gesagt ›schön‹, ich sagte ›einzigartig.‹« Sie wollte ihn schon danach fragen, was er denn mit »einzigartig« meinte, aber sie war noch immer zu benommen.

Dann zitierte er:

Des Menschen Kleid ist eisengeschmiedet,
Des Menschen Form ist feuriger Esse Rund,
Des Menschen Antlitz ist ein versiegelter Ofen …

Da fiel es ihr wie Schuppen von den Augen. Das war es, wonach sie seit Monaten gesucht hatte: nach jemandem, der ihre Sprache sprach. Wie eine Verdurstende auf dem Ozean hatte sie sich danach gesehnt. Zum ersten Mal erwiderte sie die Blicke des Verrückten mit der gleichen Intensität, und sie fügte die letzte Zeile des Gedichtes hinzu:

Des Menschen Herz ist ein feuriger Schlund.

Der Hüne reagierte äußerst heftig, brach in einen endlosen, wirren Wortschwall aus, redete, ohne Luft zu holen. Sätze, Wörter und Silben prasselten wie Kugelhagel auf sie nieder. Ein Zitat aus Macbeth, Keats' berühmte Verse, mehr hatte sie nicht verstanden. Weder konnte sie seine schnell aufgereihten Gedankenketten noch seine sprunghaften Assoziationen nachvoll-

ziehen. Auch war es ihr nicht möglich, sich in dieses Delirium, das sie ja selbst heraufbeschworen hatte – dabei war sie sich nicht mal sicher, ob er im Delirium sprach –, einzumischen oder sich daran zu beteiligen.

Kurz darauf eilte der Barbesitzer Arnaudo mit zwei Kellnern herbei. Zu dritt packten sie den Mann, der inzwischen von der Literaturwissenschaft zur Philosophie übergegangen war und nun über Locke referierte, und schleiften ihn wie ein Opfertier nach draußen. Von den wüsten Beschimpfungen, die nun folgten, verstand sie nur ein paar Sätze: »Ich will mit ihr reden. Nicht mit dir, mit IHR. Nur reden …« Da sich die Theatertruppe einmischte, wurde der Verrückte ohne weitere Reibereien vor die Tür gesetzt. So wurde Ö.s einziges Geburtstagsgeschenk, dieses beängstigende Mysterienspiel, beendet. Sie fühlte sich elend, wurde von Schuldgefühlen geplagt und flüchtete sich in eine Zigarette. Mit typisch brasilianischer Lässigkeit legte André seinen Arm um ihre Schultern – wie bei Verliebten, denen es unerträglich ist, sich nicht zu berühren – und fing an, sie im Nacken zu streicheln. »Du kennst doch diesen Mann, oder?« »Nein.« »Das ist Senhor de Oliveira.« Sie wusste nur, dass Oliveira Olivenhain bedeutete. »In den 1980er-Jahren war er einer der bedeutendsten Maler Brasiliens, er hat sogar die brasilianische Malerei in Europa bekannt gemacht. Er hat in England gelebt und ist unglaublich gebildet.« Ö. war überrascht, aber eigentlich wunderte sie sich nicht. Eine ganz gewöhnliche, langweilige, trostlose Nacht war mit einem Mal bedeutungsschwer, symbolträchtig und geheimnisvoll geworden, ganz so, wie wenn aus gewöhnlichen Busfahrern bei Candomblé-Zeremonien Ogans werden, Könige der spirituellen Welt.

»Und weshalb ist er jetzt so? Verrückt? Oder spielt er nur verrückt?« »Nachdem er wieder nach Brasilien zurückgekehrt

war, ist er so geworden. Er ist nicht verrückt. Das heißt, nicht immer. Er wohnt im Palácio Azul neben dem Kiosk. In seinen klaren Momenten ist er wirklich ein angenehmer Mensch, ja sogar ein ganz fabelhafter Kerl. Aber dann gibt es wieder Zeiten, da treibt es ihn nur auf die Straße.« »Malt er immer noch?« »Soviel ich weiß, nicht mehr, seit er wieder in Brasilien ist.«

Eine hitzige Debatte entzündete sich. Es ging um die Preisgabe der Rechte von Künstlern in der Dritten Welt, darum, dass von ihren hehren Werten nichts mehr geblieben war, und so weiter. Die Straßenschauspieler identifizierten sich mit Oliveira und bemühten sich, einen Hauch seiner Genialität zu erhaschen, indem sie sich darauf einigten, dass jeder ein Genie sei. Da kam Arnaudo, verlegen die Hände reibend, zu Ö., um sich bei ihr zu entschuldigen. Er sagte, der Verrückte habe vorher noch nie eine Frau belästigt und dass er, Arnaudo, deshalb nicht früher auf die Idee gekommen sei, einzugreifen. Arnaudo, der zwar in Santa Teresa geboren und aufgewachsen war, hatte keine Ahnung, wer Oliveira war. Ö. erstickte fast. Der Regen war ihr jetzt egal. Sie stürzte aus der Bar. Ziellos irrte sie umher, die Tropfen peitschten ihr Gesicht, liefen ihr beim Kragen hinein und durchnässten sie bis auf die Knochen. Verzweifelt suchte sie Oliveira, das grobschlächtige Ungetüm, das in der stürmischen Dunkelheit verschwunden war.

Zwei Monate später begegneten sie sich noch einmal, am »Istanbul-Punkt«. Oliveira trug einen schwarzen Smoking. Er wirkte so elegant und stattlich, dass Özgür ihn nur an seiner Adlernase wiedererkannte. Er hatte eine schmuckbehangene, stark geschminkte Frau an seiner Seite, die offensichtlich dem Kreis der führenden Kunstmäzene angehörte; eine ziemlich arrogante, leicht verwelkte Muse. Oliveira erwiderte Özgürs beharrliche Blicke nicht, er konnte sich bestimmt nicht mehr an sie erinnern. Seine Augen hatten auch ihren sonderbaren, magischen Glanz verloren, die Sterne darin waren erloschen, hatten sich in tote Gestirne verwandelt.

Danach hatten sich ihre Wege noch einige Male gekreuzt. Das war immer dann, wenn Oliveira als Penner auf der Straße lebte oder, besser, wenn der namenlose Penner seine Oliveirahülle abgestreift hatte. Jedes Mal stand er wie aus dem Boden gestampft plötzlich schweigend und reglos vor ihr und umhüllte sie mit einer blauen, trostlosen Aura, die sie wie ein Skelett erscheinen ließ. Seine Augen glichen phosphoreszierenden Blättern, deren Leuchten die einzige Lichtquelle im dunklen Dschungel darstellte. Er hatte nie mehr mit ihr gesprochen, nur ein einziges Mal hatte er gesagt: »Seus olhos.« Bei jeder ihrer Begegnungen wurde Özgür von einer unkontrollierbaren Nervosität erfasst, und sie ergriff die Flucht.

Heute jedoch war sie entschlossen, nicht wegzulaufen. Sie wollte reden, sie wollte eine Antwort von Oliveira, um jeden Preis. Sie musste irgendjemandem erzählen, was geschehen war.

»Keine Angst, der ist harmlos.« Es war Eduardo, der das Schweigen brach. »Er tut niemandem was. Er redet nicht mal, steht nur so da und schaut.« »Aber mit MIR hat er gesprochen«, lag es Özgür auf der Zunge.

»Sie erinnern sich doch noch an mich?«, fragte Özgür nun auf Englisch. »Neulich, in jener Nacht, vergangenen März, Sie haben William Blakes berühmten Vierzeiler zitiert. Und ich habe die letzte Zeile …«

Sie fühlte sich wie eine Vollidiotin. Der Hüne hörte sie nicht einmal, starrte nur vor sich hin, ohne zu sehen, genau wie Eduardo gesagt hatte. Seine Augen waren voll Bewunderung, die an Vergötterung grenzte. Özgür dachte: »Ich muss ihn an irgendeine andere Frau erinnern. Vielleicht auch an die Frau, die schuld daran ist, dass er den Verstand verloren hat.« »Er versteht dich nicht«, mischte sich Eduardo ein. »Wochenlang spricht er mit niemandem, isst und trinkt nichts. Manchmal bringe ich ihn in meine Baracke und wasche ihn ein wenig. Du verstehst doch, was ich meine ... Er macht in die Hose. Du wirst es nicht glauben, aber er war einst ein sehr berühmter Maler. In England ...«

Özgür hörte nicht, was Eduardo da erzählte. Eigentlich war sie vollkommen konzentriert, wie ein Jäger auf der Pirsch, aber sie wusste nicht genau, wessen Spur sie folgte: der Spur des Wortes in der Dunkelheit oder der des Lichts, das aus der Stille widerschien? Oder vielleicht der Spur eines ganz anderen schrecklichen Mysteriums? Bedächtig sagte sie: »Das Leben ... ein Märchen ists, erzählt von einem Dummkopf«, und war sich der Tragweite ihrer Worte bis ins Letzte bewusst. »Voller Klang und Wut.« Ohne Tränen in den Augen hätte sie den letzten Vers nicht mehr aufsagen können. »Das nichts, gar nichts bedeutet.«

Plötzlich leuchteten Oliveiras Augen auf wie eine Sonne, die in sich selbst versinkt. Sein wie aus Granit gemeißeltes Gesicht wurde von einer Welle des Mitleids umspült.

»Es ist wohl das Beste, wenn ich ihn von hier wegbringe, er wird sonst noch von einem Blindgänger getroffen«, sagte Eduardo.

»Senhor de Oliveira ...«, flehte Özgür nun fast. Dann stieg der Mut eines Pokerspielers in ihr auf, der seinen letzten Trumpf zieht. Ein Mensch kann sich doch nicht so verlieren, dass er seinen eigenen Namen nicht mehr weiß. »Senhor de Oliveira! Ich möchte Sie etwas fragen. Ich sollte Sie vielleicht nicht fragen, warum Sie jetzt nicht mehr sprechen, sondern eher, warum Sie früher einmal gesprochen haben?« Keine Antwort. »Senhor de Oliveira, warum malen Sie nicht mehr? Oder ... Warum haben Sie es denn früher getan, wenn Sie doch Zuflucht in der Stille suchen wollten? Das ist es eigentlich, was ich gerne verstehen würde. Ich kann jetzt nur noch vor einem leeren, weißen Blatt Papier atmen und es mit irgendwelchen Wörtern füllen; ein weißes Blatt Papier, eine selbst errichtete kahle, unüberwindbare Wand, an die ich mich in gewisser Hinsicht selbst gekettet habe. Inhaltslose Wörter. Und trotzdem füllen sie mein ganzes Leben. Sie schieben es sogar beiseite und drängen sich an seinen Platz. Sie verstehen mich, nicht wahr? Ich fühle, dass Sie alles verstehen.«

Stille ... Leere ... Oliveira war auf eine einfache, reine und klare Art einfach »nicht da«. Es gab ihn gar nicht, er existierte nicht einmal für sich selbst. Özgür schrie plötzlich auf: »Um Gottes willen! Was sehen Sie in meinen Augen?« Diese letzte Frage, auf deren Antwort sie gefasst war, rutschte ihr so heraus. Schon rechnete sie, völlig erstarrt, mit einer schrecklichen Prophezeiung. Ein Todesurteil zum Beispiel, gefällt in einer Sprache, die nicht ihre Muttersprache war: »O MORTE! TÖTET SIE!« Aber Oliveira war barmherzig, zumindest solange er auf der Straße lebte. Er gab Özgür zurück, was er ihr genommen hatte: die Leere. Er sagte kein einziges Wort. Dann hakte er sich bei Eduardo ein, bereit, sich von ihm mitschleifen zu lassen.

In diesem Augenblick war eine Stimme auf Portugiesisch zu hören: »Wenns dich interessiert, sein Name ist Eli.« »Was? Was hast du gesagt?« »Sein Name ist Eli«, wiederholte Eduardo und deutete mit seinem Kopf auf den Verrückten, der vollkommen willenlos, apathisch, unbeteiligt war. Selbst auf seinen eigenen Namen reagierte er nicht. Er starrte immer noch Özgür an. »Eli, Eli, lama sabachtani?« »Versteh ich nicht. Welche Sprache ist das? Arabisch?«

»So etwas Ähnliches. Aramäisch. Die letzten Worte, die Jesus am Kreuz gesprochen hat: ›Vater, Vater, warum hast du mich verlassen?‹« »Davon will ich nichts wissen, mein Mädchen. Meine Götter trage ich hier, hier in meinem Innern. Also, auf Wiedersehen, meine Liebe. Kisses!«

Özgür konnte ein bitteres Lächeln nicht unterdrücken. »Dann pass bloß auf, dass dir deine Götter nicht entwischen. Die Zeiten sind schlecht, und die Straßen sind zu gefährlich. Ich küsse dich auch, Eduardo!«

Ihr ganzer Mut, ihre Kraft, der letzte Lebenswille, der ihr geblieben war, brannten nieder und erloschen wie eine Kerze. Sie war wieder schweißgebadet. In ihren Mundwinkeln hatte sich dieses heimtückische Zucken festgesetzt. Sie spürte die zudringlichen Blicke des Portugiesen auf ihrem Rücken und drehte sich um. Die Favelados waren gegangen. Eine aschgraue, schmutzige Einsamkeit brach über sie herein.

Sie zündete sich eine Zigarette an und machte sich auf den abschüssigen Weg ins Tal von Santa Teresa. Sie hätte es jetzt nicht ertragen, nach Hause zu gehen, alleingelassen mit ihrem aus den Fugen geratenen Seelenleben. Während die Stille in ihren Ohren hallte … Sie fühlte sich schuldig. Sie hatte sich angemaßt, den im Schimmer seines eigenen Kokons gefangenen Oliveira zu missbrauchen, sie suchte aus dem Lichtspektrum, das ihn voll und ganz durchdrang, nach den Schwingungen, die ihr zupasskamen. Sie hatte sich zu sehr auf das Wort, das durch das Alte Testament geheiligt ist, verlassen. »Um Gottes willen. Was sehen Sie in meinen Augen?«

Wie dreist. Wie hatte sie vergessen können, dass sich in dieser Stadt jeder Zukunftsgedanke bereits im Keim in Todesangst verwandelt? Der Verrückte hatte ihr eine heilsame Lektion erteilt. Statt zum Tode hatte er sie zum Leben verurteilt. Ruckartig blieb sie stehen, die Zigarette fiel ihr aus der Hand, sie war zu einer messerscharfen Erkenntnis gelangt. Die Antwort, der sie immer entsetzt ausgewichen – und gefolgt – war, war nicht der Tod. Sie fürchtete, Oliveira könnte den Widerschein seiner Augen in den ihren erkennen und in Özgürs Augen die gleichen prächtigen Sterne, die gleichen diamantenen Pfeilspitzen des Wahnsinns sehen. »Schon wieder diese Hirngespinste. Ich erinnere ihn an eine andere Frau, mehr nicht. An eine Frau von früher, die ihn verlassen hat.«

Als sie sich bückte, um die Zigarette aufzuheben, wurde ihr klar, warum dieser Tag, an dem sie in Beyazıt vor dem Touristenkiosk das Sandwich mit Olivenpaste und Schafskäse gegessen hatte, kein gewöhnlicher Tag gewesen war. Damals war sie achtzehn, gerade von ihren ersten Ferien in Bodrum zurückgekehrt, und traf sich mit ihrem Freund. Der Junge gestand ihr: »Ich hatte eine leidenschaftliche Affäre. Es fühlte sich an wie ein Sommerregen. Ich dachte, ich sei in die andere verliebt. Aber ich habe begriffen, dass ich nur dich liebe.«

Der eigentlich längst vergessene Kummer der ersten Jugendliebe tat sogar nach zehn Jahren noch weh. Aber selbst dieser Schmerz barg anscheinend noch Glück in sich. Das Glück, von einem Menschen auf dieser Welt einst geliebt worden zu sein.

Bald würde die Sonne untergehen; Özgür ging nach Lapa und beschloss, in die Stadt einzutauchen. Schwer beladen mit dem eigenen Kummer, mit dieser bitteren, wehmütigen Niederlage, lief sie aufrecht wie ein Fels geradewegs in ihr ganz eigenes Rio; kräftigen, entschlossenen Schritts, als wäre sie auf ein heftiges Gefecht gefasst. Aber ihre traurigen Schultern straften ihre prahlerische Verwegenheit Lügen.

Reisende ohne Hafen

Weitgereiste, die es, fern des Brennpunkts der Zivilisation, auf diesen verlorenen Kontinent verschlagen hat, mitgerissen von irgendwelchen Stürmen, von abgrundtiefen Strömungen, von Strudeln; alte Nazis, Gesetzesflüchtige, internationale Terroristen, ausgediente Diktatoren, Seeleute und Ozeanüberquerer, die ihrem Traum von Freiheit nachjagen; jene, die der Erinnerung an die scheinbar wahre Liebe bis in die Tropen hinterherhecheln; die ihr »versunkenes Atlantis« oder sich selbst suchen; die Musik, Tanz und Leidenschaft für das probate Mittel gegen die Bitternis des Lebens halten; die ihr Gewissen zusammen mit ihren Mänteln und Stiefeln zurückließen und hinter spottbilligem Kinderfleisch her sind; unverbesserliche Romantiker, die einst ihre Zimmer mit Che-Postern schmückten und sich hier in den Sumpf stürzen, weil ihnen in ihren eigenen Ländern kein Ideal geblieben ist, für das es sich zu sterben lohnt; jene, die sich von der Sehnsucht nach fernen, noch ferneren, den fernsten Kontinenten nähren und sich von einem Horizont zum nächsten stürzen; die ihr Bündel an Illusionen, Verheißungen und Märchen nach Südamerika retten konnten, Südamerika, die weiße Leinwand, auf die man all seine Träume projizieren kann; und nicht zuletzt jene, die in ihren Traumschlössern straucheln und auf die Nase fallen.

Nomaden des Erdballs, Taugenichtse, Nachtschwärmer, Wandervögel und all jene, die ganz allein einen weiten, endlosen Weg gehen, die stets mit One-Way-Tickets reisen, spurlos von der Bildfläche verschwinden und zehn Jahre lang mit dem auskommen, was in eine Tasche passt. Die Unabhängigen, Nichtsesshaften, Unangepassten und solche, die für ein Paar Flügel, die jedoch nicht stark genug sind, sie zu tragen, ihre Wurzeln kappen, die einsame, holprige Pfade, Seitenstraßen und die Vororte der Erinnerung lieben; die dunkle Kulissen hell erleuchteten Bühnen vorziehen, die zwischen den beiden imaginären, geheimen Häfen der Vergangenheit und der Zukunft hin und her pendeln … Reisende ohne Hafen.

Formelhafte Briefe, die immer seltener werden, Billigpostkarten, abgedroschene Abschiedsgrüße, schlecht belichtete Fotos mit künstlichem Lächeln, billige Geschenke, manchmal nur dreizeilige, mit Rechtschreibfehlern gespickte Todesnachrichten. »Unser Konsulat teilt Ihnen mit, dass der türkische Staatsangehörige T. M., Inhaber des Reisepasses mit der Nummer 011-7143, am 24.04. bei einem tragischen Verkehrsunfall den Tod …«

Entfernungen

Von der Hölle ins Paradies: ein langer Ritt,
vom Paradies in die Hölle: ein kleiner Schritt.
Persisches Sprichwort

An dem Abend, an dem sie das Heft kaufte, auf dessen Schutzumschlag der Slogan geschrieben stand: »Schütze die Natur! Ist sie zerstört, gibts kein Zurück«, war sie gerade nach einer achtstündigen Tortur wieder von der Polizei freigelassen worden. In Catete stürzte sie sich in eine Pizzeria, schüttete literweise Papayasaft in sich hinein, trank einen Kaffee nach dem anderen und rauchte sicherlich eine ganze Schachtel Zigaretten; dann kaufte sie bei einem Straßenhändler das dickste Heft, das sie je gesehen hatte. Doch es mussten erst mehrere Tage vergehen, bevor sie all das auf die erste Seite schreiben konnte:

Ich schwöre, die Wahrheit zu sagen und nichts als die reine Wahrheit. Das ist der erste Satz, den ein Zeuge auf der Zeugenbank spricht, zumindest in den Gerichten Hollywoods. Ein Schriftsteller jedoch gesteht bei einer derartigen Einleitung von vornherein sein Scheitern ein. Denn bevor er sich daranmacht, eine Rohfassung zu erstellen, muss er eine Auswahl treffen, selbst wenn er vorhätte, nur aus seiner eigenen Perspektive zu erzählen. Über was oder wen und wie soll er schreiben? Er wird erkennen, dass sich durch die unterschiedliche Anordnung der immer gleichen Tatsachen völlig unterschiedliche Wahrheiten ergeben, genauso, wie aus einem Stapel von sechs-

undzwanzig Karten unzählige verschiedene Pokerpartien entstehen. Er kann auch nicht ins Feld führen, er sei bei seiner Auswahl objektiv vorgegangen. Ob er will oder nicht, es schleichen sich immer Ungerechtigkeiten, Vorlieben, die einen oder anderen Ausflüchte und Schwindeleien ein; uneingestandene Ängste, Erwartungen, Minderwertigkeitskomplexe treten unweigerlich irgendwann ans Tageslicht und berauben ihn hie und da seiner neutralen Sichtweise. Denn kein Ego ist demütig genug, um mit seiner eigenen Realität fertig zu werden. Sollte ein Schriftsteller diese Phase glücklich gemeistert haben, ohne seinen Glauben verloren zu haben – und dazu sollte man ihm wegen seines Wagemutes und seines Idealismus ganz besonders gratulieren –, wird er spätestens dann von seinem hohen Ross heruntersteigen müssen, wenn er begreift, dass er zwischen den Tatsachen und Worten eigenhändig und ohne Anleitung eine Brücke bauen und von der Auswahl des Materials bis hin zur Beleuchtung alles alleine bewerkstelligen muss. Doch die entsetzlichste Enttäuschung, die ihn erwartet, steht am Ende zahlloser Tage und Nächte, die er zwischen vier Wänden in einem Meer von Aschenbechern verbracht hat und die eine weitere Falte in seine Stirn gegraben haben: Und das, was endlich nach so vielen Kämpfen, Opfern, Mühen und Krisen auftaucht, ist keine Brücke, wie er es sich erhofft hatte; eine Brücke, die ihn nach draußen, in die Außenwelt, bringt. Während das Leben in Hohn und Gleichgültigkeit verrinnt, hat er in der schrecklichen Wüste der Wirklichkeit seinen persönlichen Beobachtungsturm errichtet. Einen wackligen, knarzenden Bretterturm, durch dessen Ritzen der Wind pfeift. Letztendlich muss sich jeder, der den Stift zur Hand nimmt, mit dieser Frage auseinandersetzen: Inwieweit kann ich die Wirklichkeit ERTRAGEN?

Sie wusste nicht, wann sie den Entschluss gefasst hatte, *Die Stadt mit der roten Pelerine* zu schreiben, und sie glaubte nicht, solch einen Entschluss jemals gefasst zu haben. Wie alles im Leben war es das Ergebnis von unerklärlichen Zufällen, Übereinkünften und Fügungen. Der Entschluss war ganz plötzlich entflammt wie eine Leidenschaft, er hatte Özgür unvorbereitet gepackt. Sie war mutlos wie ein ungeliebtes Kind.

In ihren ersten bitteren und angsterfüllten Monaten in Rio wand sich ihre Kreativität vor Schmerzen wie eine trächtige Stute, deren Bauch immer weiter anschwillt, die aber nicht gebären kann. Die Transformation, von ihr etikettiert als »Verfallsprozess«, vollzog sich in unglaublicher Geschwindigkeit. In den Tropen geht alles schnell zugrunde, aber genauso schnell erneuert es sich wieder. Wo Bäume gefällt werden, breitet sich über Nacht ein Dschungel wilder Gräser, dorniger Sträucher und giftiger Schlingpflanzen aus. Ordnung wird zu Chaos, Ganzheit zerfällt in Teile, Zahmes wird wild. Im Kosmos, von dem behauptet wird, dass er von physikalischen Gesetzen regiert wird, ein eindeutiger Beweis für die Thermodynamik.

Mit naiver Kühnheit gab sie sich der Leidenschaft hin; mit der Schamlosigkeit eines Emporkömmlings. In betörenden und beliebigen Umarmungen kostete sie die spät entdeckte Trunkenheit des Körpers. Sie ließ sich von romanischen Namen wie Fernando, Roberto, Rodrigo verführen, die immer mit einem weichen »o« endeten und wie Gitarren klangen. Jedes Mal war sie bis über beide Ohren verliebt, und jedes Mal wurde sie von den Männern abgefertigt: mit einem netten Wort, einem Schwur, einem warmen Lächeln oder einer Liebesnacht, die ihre Einsamkeit verfestigte, statt sie abzutöten. (Und immer die gleiche Erklärung: Nimm das Ganze nicht so persönlich, wir sind hier in Rio.) »Ich muss dich unbedingt sehen. Sofort, in dieser Nacht. Ich sehne mich so nach deinem Duft. Um fünf ruf ich an.« Unzählige Male hatte sie solche Sätze von unterschiedlichen Lippen und in unterschiedlicher Reihenfolge gehört. Nur ein einziges Mal hatte sie daran geglaubt, beim ersten Mal. Um es pünktlich bis zum magischen Zeitpunkt, fünf Uhr, zu schaffen, hatte sie mitten im Film das Kino verlassen und war wie auf einem fliegenden Teppich nach Hause geeilt. Stunden, Tage und Nächte verbrachte sie neben dem Telefon und fühlte sich wie eine Mutter, die es nicht fassen kann, dass ihr Kind tot zur Welt kam.

Weil sie nicht damit fertig wurde, wenn sich die Nächte wie schwarze Tunnels vor ihr ausdehnten, klammerte sie sich an die Körper von Menschen, eine Linderung für den bittersten Schmerz. Willfährig ließ sie es zu, dass ihre unterentwickelte Sexualität von einem Vollblut-Sambatänzer zum nächsten weitergereicht wurde. Sie hatte schon bemerkt, dass sie in Liebesangelegenheiten nur ein Spielball war, aber die Einsamkeit hatte sie so weit getrieben, dass sie bereit war, sich mit diesem zittrigen, fragilen Hauch von Liebe zufriedenzugeben, wie er selbst in der eigennützigsten Beziehung zu finden ist. Ihre Fantasie bauschte ihre verblassten Erinnerungen ins Sagenhafte auf. Ihr Gedächtnis übersteigerte den Genuss der Liebe und damit auch die Rolle, die sie spielte. Auf dem Höhepunkt ihrer Selbsttäuschungskünste klammerte sie sich ans Telefon, doch sobald sie dann das für Rio so typische, unverschämte, lieblose, arrogante »Oi!« eines Anrufbeantworters hörte, legte sie angewidert auf.

Diese Stadt hatte sie preisgegeben, und auch sie selbst gab sich preis. Sonst hätte sie ihren Körper nicht so leichtfertig feilbieten können, und bedauerlicherweise zählt in Rios Liebeseinmaleins immer nur der Körper.

Die Person, mit der sie sich telefonisch noch vor einer Stunde verabredet hatte, tauchte die ganze Nacht nicht auf und ließ sie in der gefährlichsten Gegend von Rio stundenlang mutterseelenallein warten. Es stellte sich heraus, dass auch der zweite Gehaltsscheck, den ihr Chef unter allen möglichen Entschuldigungsfloskeln herausgerückt hatte, nicht gedeckt war. Der Schüler, zu dem sie sich noch vor dem Morgengrauen per Bus auf den Weg gemacht hatte – wobei sie auch noch dreimal umsteigen musste –, war nicht zu Hause. Als sie hungrig, ohne gefrühstückt zu haben, zurückfuhr, hielt ihr ein Straßenkind ein Messer an die Kehle und verlangte das letzte Geld, das sie noch in der Tasche hatte. Ihre Freundinnen spannten ihr vor ihren Augen die Liebhaber aus und erwarteten dann noch ein Dankeschön, da sie Özgür doch die Feinheiten der Verführungskunst gezeigt hätten. Die Straßen von Rio, die sie aus ihrem Innenleben fernhalten wollte, waren viel schlimmer, als sie ertragen konnte. Wundbrand, Schüsse und Sex. Alle paar Schritte tauchte neben ihr ein hungriges Kind auf und konfrontierte sie mit der Frage: »Bin ich denn kein Mensch? Oder ist das Menschsein eben so?«

Die Prinzipien, die sich aus all ihren Lebenserfahrungen herauskristallisiert und entwickelt hatten, wurden eines nach dem anderen angewandt, dann gnadenlos über den Haufen geworfen und schließlich missbraucht.

Die kleinen Inseln im Inneren des Kreises, den man das ICH nennt, waren ihr Stück für Stück entglitten und hatten außerhalb von ihr unabhängige Satelliten gebildet. Die leere Hülse jedoch, die zurückblieb, war dem Verfall, der Fäulnis und der gnadenlosen Vergänglichkeit ausgeliefert.

Früher war sie zu ihrer alten Freundin, der Literatur, geflüchtet. Sie hatte nach einem Autor gesucht, der Licht in ihre allmählich immer dunkler werdende Nacht bringen würde, nach einem Schriftsteller, der wilde Länder betreten hatte und dem ein zwölfjähriges Kind – ja nur ein Kind – ein Messer an die

Kehle gehalten hatte. Özgür lebte nun in zwei verschiedenen Welten. In der ersten Welt, geschaffen aus Klaviersonaten und den Erzählungen Tschechows, wurde das seichte offene Meer, das man Leben nennt, als zarte Meermuschel beschrieben. Die zweite jedoch gehörte dem Dschungel, der alles an sich zu reißen versucht; hier herrschten Auftragskiller und Liebesintriganten. Özgür suchte lange nach einem Schriftsteller, der ihr für die reale, aber irrationale Welt, in der sie lebte, eine utopische und doch wahrhaftigere Welt anbieten würde.

Irgendwann hatte sie begriffen, dass nur sie selbst und niemand sonst der Leere, die sie umgab, einen Sinn geben konnte. Kein anderer konnte für sie die Geheimnisse des Lebens enträtseln oder seine Riegel öffnen. Sie hatte genau an dem Tag mit dem Schreiben begonnen, an dem sie beschlossen hatte, ihre Stellung gegenüber der blinden Gewalt der Stadt zu verteidigen. Sie schrieb weder für andere noch für sich selbst, sondern nur, weil sie schreiben musste. Schicht für Schicht kratzte sie an Rios Wirklichkeit wie an einer schorfigen Wunde, und der schwarze blutige Auswurf eines Kranken floss in ihre Sätze ein.

Als vier Monate in Rio um waren und sie das vierte Mordopfer gesehen hatte, war ihr schon längst klar, dass sie eine gewöhnliche Sterbliche war. Sie hatte sich damit abgefunden, eines Tages vielleicht in irgendeiner Straße durch einen einzigen Kopfschuss niedergestreckt zu werden und auf einem Gehsteig ihr Leben auszuhauchen. Die Zeit für ihre unbedeutende, kleine Rolle in dieser seit Ewigkeiten gespielten Tragödie war nun gekommen: Der Text dazu war ihr nur geliehen worden.

Ein Schriftsteller schrieb einmal: »Um den Menschen kennenzulernen, muss man in die Ferne reisen.« Özgür konnte die Latinos aber erst verstehen, nachdem sie diese verlassen hatte. »Noli foras ire – Geh nicht nach draußen, in dich selbst kehre zurück; in dir wohnt die Wahrheit.« Vielleicht muss man erst durch die Hölle gehen, bevor man wiedergeboren wird. Durch die bedrohlichen, infernalischen, traurigen Tropen.

Nun wischte sie das, was ihr als »die Welt« präsentiert worden war, mit einer Handbewegung weg. Sie mobilisierte sämtliche Kräfte und hatte nur noch ein Ziel: die Stadt wie einen Schmetterling in ihren hohlen Händen einzufangen und in Worte zu bannen, ohne sie zu töten. *Die Stadt mit der roten Pelerine* war geboren.

Eine Reisende in den Straßen von Rio – III

Lichterloh brennt die Stadt, sie zittert wie im Fieber. Eingehüllt in den Dampf, den der erhitzte Asphalt Schwade für Schwade ausströmt, versucht sie zu atmen wie ein riesiger gestrandeter Walfisch. Seit Tagen weht nicht der leiseste Windhauch von den Stränden herüber. Die Hitze dringt ungehindert vor, steigt weiter an und erreicht im Stadtzentrum fünfundvierzig Grad. Die Straßenhunde haben Schaum vorm Maul, die ausgetrockneten Lippen der Straßenkinder sind aufgesprungen, die kraftlosen Wellen des Ozeans lecken die Wunden der Stadt. Nur ein Lichterregen säubert die nach Mensch stinkenden, staubigen Straßen. Das tropische Licht, grell und so stechend, dass es in den Augen schmerzt, reißt die aufgewirbelten Farben mit sich fort. Die unerträglichen Nachmittage … Im Blindflug der Zeit … Die Stunden jaulen, winden und krümmen sich. Die Körper ausnahmslos ermattet, klebrig, vollgesogen. Sie bemühen sich in einem Schlaf, der zum Sterben ruft, Kräfte für die Nacht zu sammeln. Der Tag bleibt der Fäulnis überlassen wie eine Frucht, deren wohlschmeckender Teil bereits aufgegessen ist.

Eine Türkin irrt ziellos und einsam durch Rios Straßen; zurückgezogen in ihr Selbst, wie eine Schnecke in ihr Schneckenhaus, voller Angst, man könnte ihr jeden Moment eine Pistole an den Kopf halten. Ihr Mund wie Schleifpapier, zitternde Schritte, riesige Schweißränder unter den Achseln. Nichts, auf das sie sich verlassen könnte, außer ihre Augen; der Horizont, von ihren Blicken begrenzt; bemüht, ihre welke Existenz mit sich in eine Zukunft zu schleppen, die in diesem brutalen Land sowieso abgeschafft worden ist.

Sie ist ständig hungrig, aber angewidert von Speisen, ständig müde, aber fürchtet Albträume, ständig dürstend, aber weiß nicht wonach. Eine Kettenraucherin, die das unentwegte Zucken ihrer Lippen nicht in den Griff bekommt.

Sie will sich an den Arm irgendeines Vorübergehenden klammern und ihn um ein einziges Wort anflehen. Weder um Liebe noch um Zuneigung oder gar Freundschaft, nur um ein einziges Wort. Dieses eine Wort, das jeder Stimme Sinn gibt. Völlig unfähig zur Erbarmungslosigkeit, streift der müde Schatten ihres Rückens die Obdachlosen im Vorübergehen.

Abwärts

Wirklichkeit ist eine Illusion, bei der man vergisst, dass es sich um eine Illusion handelt.
Jacques Derrida

Sie ging den unheimlichen Abhang von Santa Teresa hinab in die Stadt. Der Weg, dessen Kopfsteinpflaster seit einer halben Ewigkeit nicht mehr ausgebessert worden war, schlängelte und wand sich wie ein Nebenfluss des Amazonas und änderte in scharfen Biegungen immer wieder seine Richtung. Die Straßenbahngleise mit ihrer gespeicherten Sommerhitze glänzten wie frisch geschliffene, blanke Messerklingen und rochen, dass einem schlecht werden konnte. Özgür ging zwischen den Schienen, die seit dem tödlichen Unfall des japanischen Geschäftsmannes stillgelegt waren. Ihre Schuhe mit den schiefen Absätzen kapitulierten vor dem holprigen Pflaster in Santa Teresa. Mit schnellen, kurzen Schritten, wie eine Japanerin im Kimono, hastete sie von Schwelle zu Schwelle. Von Zeit zu Zeit hüpfte sie wie beim Himmel-und-Hölle-Spiel. Das war möglicherweise der letzte Funken Kindlichkeit, den Rio ihr noch nicht geraubt hatte. Sie durfte auf keinen Fall auf das Metall treten; das war eines ihrer vielen kleinen, ganz persönlichen Rituale, die sie entwickelt hatte, um sich gegen böse Omen zu schützen. Bis vor einem Jahr noch hatte sie die Nase gerümpft über den Aberglauben der Brasilianer, ihre unzähligen durcheinandergewürfelten Religionen, ihre verschiedenartigsten magischen, nur halb verstandenen Geheimlehren, wie Astrologie, Wahrsagerei, Zeichendeutung, Götterkulte und Hexerei. In einer derart chaotischen Stadt, die sich niemals auf nur einen Gott beschränken wird, waren die verschiedensten Konfessionen, Sekten und Mythen miteinander verschmolzen. Die katholische Kirche, die das, was sie mit der einen Hand zerstört, mit der anderen Hand segnet; die Protestanten, ein blasser Fleck im bunten tropischen Freudentaumel; die Baptisten, die mit ihren lauten, ohrenbetäubenden Sambazeremonien auf die Straßen drängen; der Candomblé, der sich inzwischen nur noch auf die schwarze Magie beschränkt; die zu Jahrmarktattraktionen verkommenen Indianertotems; der Zen-Buddhismus, eine Modeerscheinung der neuen Generation der Mittelklasse, die sich um die Umwelt sorgt und für alles offen ist, wenn es darum geht, Ausgeglichenheit zu finden; die Mormonen, die sogar in dieser Höllenglut Anzüge tragen und die Favelas erklimmen; die Hare-Krishna-Anhänger mit ihren Karnevalsmasken. In dieser Stadt, die sinnlos Menschenleben vergeudet, überlebt niemand ohne einen Gott.

Die unbesiedelte rechte Seite des Abhangs, wo wegen des abschüssigen Geländes nicht gebaut werden konnte, überwucherte ein Dschungel. Hinter hohen Mauern versteckte sich dort ein Franziskanerkloster vom ausgehenden letzten Jahrhundert. Keiner durfte hinein, und die Klosterbrüder durften auch nicht heraus. Özgürs neugierige Augen hatten hinter dem Eisentor schon mehrmals zwei, drei Schatten mit ihrem schwankenden, pinguingleichen Gang ausgemacht. An der linken Flanke des Abhangs jedoch reihten sich unterschiedlich große, verfallene und heruntergekommene Häuser aneinander. Die verlassenen Villen der einst Reichen, die geflüchtet waren, als die Favelas in Santa Teresa die Macht übernahmen, waren durch das gnadenlose Klima schon früh verrottet und eingestürzt. Wilde Gräser, Efeu, dorniges Gestrüpp und umgefallene

Baumstämme bedeckten die aufgegebenen Gärten. Der täglich aufs Neue zum Leben erwachende Dschungel hatte alles überwuchert. Hier hätte es nur nach einem Krieg noch schlimmer aussehen können, alles komplett durcheinandergeworfen, chaotisch, verwundet. Man sah das tiefe, kraterförmige Tal von Santa Teresa durch die spärlichen Lücken in diesem ungezähmten Grün, das durch jede Pore dringt und das sich jeden Millimeter, den es zu fassen bekommt, schnellstens unter den Nagel reißt.

Die »favelinha«, eine kleine Favela, aus der die Schüsse kamen, sah aus wie ein kalkweißer, tausendarmiger Krake, der versucht, sich den dunkelgrünen, riesigen Talkessel hinaufzuziehen. Die Favelas widersetzen sich an den Steilhängen, in denen Adler ihre Nester bauen, und auf Felsformationen, auf denen selbst Pflanzen keinen Halt mehr finden, der Schwerkraft und werden wie Geschwüre tagtäglich größer. Ein Mahnmal der Ausweglosigkeit, doch ob sie wachsen oder verfallen, ist unklar. Ein unverwüstlicher Organismus, der aus einer Anhäufung von so viel Verzweiflung, so vielen verlorenen Kämpfen und Einzelschicksalen entstanden ist. Diese reizlosen und einfallslosen Bretterbuden, die aussehen wie Strandkabinen, haben flache Dächer und sind so dicht aneinandergeklatscht, dass sie sich fast berühren. Die ineinander übergehenden Terrassen auf den Hügeln erlauben die labyrinthartige Bebauung, die Polizeirazzien unmöglich macht. Außer in den Mittagsstunden, wenn die Sonne ihren Zorn spüren lässt, wimmelt es auf diesen Terrassen nur so von Menschen, wie in einem Ameisenhaufen.

Männer, die ihre Familien durch Hehlerei mit gestohlenen Autos durchbringen, bereiteten Schweinekoteletts für ein Grillfest vor und schleppten Bierkästen an. Mollige Mulattinnen hängten Wäsche auf. Teenager, die bereits vor ihrem fünfzehnten Lebensjahr alle Formen von Sex und Gewalt erfahren hatten, testeten die Lautsprecher für die bevorstehende nächtliche »festa«. Die Kinder des Slums, die einzigen Lebewesen, denen die Sonne anscheinend nichts anhaben konnte, wuselten hin und her wie wild gewordene Bienenschwärme. Jemand, der Rio nicht kennt, hätte meinen können, die Leute freuten sich hier auf einen ruhigen, beschaulichen, heimeligen Sonntag. Doch die im Stundentakt knallenden Gewehre machten einem klar, dass das alles – die Schweinekoteletts, die Hängematten, die Babykleidung auf der Wäscheleine – vergänglich, ungewiss, verloren war. Alles war nur eine lebendige, atmende Maske, die Erinnerung und die Saat des Todes bergend.

Eine Reisende im Totenreich

So wie sich die Indianer selbst nicht als Rothäute bezeichnen, so nennen die Favelados ihre Siedlungen nicht Favelas, sondern schlicht und einfach Morro – Hügel. Morro bedeutet im Portugiesischen außerdem »ich sterbe«. Ist das nun ein Beispiel für den Galgenhumor der Stadt oder nur ein sprachlicher Lapsus?

Die widerwillige Reiseführerin durch das Totenreich, geboren und aufgewachsen in Vigário Geral, der Favela, die 1994 durch ein schreckliches Massaker in der ganzen Welt bekannt wurde, war Studentin, Mitglied der Kommunistischen Partei und eine strengkatholische schwarze Schönheit. Diese Maria Theresa brachte sie über den Fluss der Unterwelt: die vor Neugier brennende Gringa und die vier Cariocas, die nie im Leben ihren Fuß in eine Favela gesetzt hätten und die Expedition nur mitmachten, weil sie es einfach nicht übers Herz brachten, die Gringa alleine zu lassen.

Die heimtückischen, heruntergekommenen, geheimnisvollen Labyrinthe des Totenreiches; ein einstündiger erschöpfender Anstieg, der durch enge Korridore und Tunnels führte, auf dem man von Terrasse zu Terrasse klettern und von Stein zu Stein springen musste; Häuser, die mit ihrem abbröckelnden Putz an Gesichter erinnern, die mit Pickeln und Furunkeln übersät sind; Hütten, die auf die Seite hängen, als wären sie unter der Sonne geschmolzen; Baracken aus Dornengestrüpp und Schilf, die nicht zu erkennen geben, aus welcher Epoche sie stammen. Alles ist funktional, auf engstem Raum zusammengedrängt, ineinander verschachtelt und unvorstellbar hässlich. Wie eine Theaterkulisse, die jeden Moment einzustürzen droht. Es stank nach Kot und Abwässern. Sie nahm wahr, wie ein nicht definierbares Wesen im Schatten mit dem Tode rang. Tragödien vielleicht, die durch die Jahrhunderte von Generation zu Generation weitergegeben worden waren. Dunkle Mächte, Albträume, lähmende Ängste, blutrünstige Kämpfe, gefährliche Schwingungen …

Alle fünfzig Meter ein Wachposten. Soldaten ohne Dienstgrad des Comando Vermelho; diese Wächter des Hades waren noch keine sechzehn. Immer den stechenden Blick eines Geiers im Rücken. Mit dicken Goldketten und Uhren; an den Füßen Sportschuhe, groß wie Kindersärge; unter ihren Bob-Marley-T-Shirts verstecken sie ihre Pistolen, die Schlüssel zu den Türen, die ihnen die Welt vor der Nase zugeschlagen hat. Sie ziehen sich an wie Gangsta-Rapper, spielen sich auf wie Hollywoodganoven und sterben wie die Fliegen. Ohne überhaupt zu begreifen, dass sie echte Slumbewohner, echte Gangster sind.

Die Gruppe war von einer durch und durch religiösen, grundanständigen Arbeiterfamilie zum »fünfzehnten Geburtstag« der Tochter eingeladen worden. Das junge Mädchen, dem man schon zwei Kinder zugetraut hätte, steckte in einem schneeweißen, armseligen Kommunionkleid aus Spitze mit bauschendem Rock und Puffärmeln; dazu trug sie schmal zulaufende Leinenschuhe mit hohen Absätzen, einen Kranz aus künstlichen Blumen und, und, und … Frauen in knallbunten

Kleidern, die aussahen, als hätte man eimerweise Farbe über sie gekippt, versammelten sich um eine Torte, die mit Schwänen und Rosen geschmückt war, und posierten vor einem Fotografen, den man für diese Nacht, in der an nichts gespart wurde, bestellt hatte. Manche von ihnen setzten ihr dümmstes und einfältigstes Grinsen auf, manche warfen die fröhlichen Masken ab, die sie ein Leben lang tragen mussten, und gelangten vor dem Objektiv zu ihrem wahren Ich, einem ernsten, verhärmten, erschöpften Ich. Diese Welt schien ihr unglaublich vertraut, alles erinnerte an ein Kleinstadtfest aus einem alten türkischen Film; nur, dass es statt Trommeln und Oboen eine Gitarre gab und statt Çiftetelli, türkischem Volkstanz, Samba. Auf der tanzsaalgroßen Terrasse tummelten sich etwa zweihundert Gäste, dicht aneinandergedrängt wie Sardinen in der Dose, und lieferten sich eine erbitterte Schlacht um die Getränke und Pasteten, die auf Tabletts herumgereicht wurden. Die Gringa wurde bevorzugt behandelt, man drückte ihr einen Hocker und eine Dose Cola in die Hand. Sie fühlte sich wie ein großer imposanter Papagei, der das Sprechen noch nicht gelernt hatte. So saß sie auf dem Hocker, nippte an ihrer lauwarmen Cola und riss sich zusammen, um die Hitze und die verschwitzten Körper, die sich über sie beugten, einigermaßen zu ertragen. Mit der Erlaubnis der beiden Gangster am Treppenabsatz ging sie dann irgendwann ins Haus, wohl wissend, dass sie ihren Sitzplatz, dieses wertvolle Juwel, dadurch verlieren würde. Drinnen war es genauso voll wie auf der Terrasse. In den meist fensterlosen Zimmern, die so klein waren wie Mönchszellen, hatten sich unter dem grellen Licht der nackten Glühbirnen Frauen jeden Alters in Grüppchen zwischen fünf und zehn Personen versammelt und starrten auf einen Schwarz-Weiß-Fernseher. Es gab kein fließendes Wasser, der Strom war mit Sicherheit schwarz abgezapft, die Fenster waren mit Kartons und

Plastikfolien beklebt, und in jedem Zimmer stand ein Fernsehapparat. Es waren weder der Grundriss des Hauses noch seine Zugänge klar erkennbar, auch nicht, wer hier ein und aus ging. In den Favelas herrscht ein Lebensstil, in dem es Begriffe wie »Eigentum« und »Privatleben« nicht gibt und das Tabu inzestuöser Beziehungen aufgehoben ist; aber dieser Lebensstil ähnelt eher einem Frauengefängnis als einer Kommune. Als sich der ausgehungerte Ehrengast mit knurrendem Magen in der Küche eine Teigtasche von einem Tablett nahm, erntete er strenge Blicke, offenen Tadel und Beschimpfungen. Diese Städterin! Auf alles erhebt sie Anspruch! Alles, was sie sieht, betatscht sie, nimmt es in die Hand, befingert es! Die weiß ja nicht, was sich gehört!

Es war noch nicht Mitternacht, da wurde die kleine Gruppe aufgefordert, die Favela sofort zu verlassen. Natürlich gab niemand eine Erklärung dafür ab, aber es kursierten Gerüchte, wonach es in Boca-de Fuma bei einem Kokain-Deal zu einem blutigen Gemetzel gekommen sei.

Letzte Szene aus dem Totenreich: Die Gruppe, die von ihrer Reiseführerin unterwegs irgendwo verlassen wurde, sucht entsetzt und verzweifelt einen Weg nach draußen; die Orientierungslosen hasten den Abhang hinunter und rennen, so schnell sie nur können. Sie geraten in Sackgassen, klettern Wände hinauf, springen von Dach zu Dach, stolpern über unebene Pflastersteine und fallen hin, sind tränenüberströmt, erkennen, wie naiv ihre Tapferkeit war, und verfluchen sie. Jeder denkt nur noch an sein eigenes Überleben; keiner hilft dem anderen, keiner macht dem anderen Mut oder sieht sich noch einmal um. Von oben sind Gewehrsalven zu hören. Eurydike, die keucht und so nass geschwitzt ist, als hätte man sie mit dem Schlauch bespritzt, ist derart verstört, dass sie sogar ihre Angst vergisst; sie bietet ihre letzte Kraft auf, um nicht zurückzubleiben, stürzt zweimal und hüpft wie ein Spatz mit gebrochenen Flügeln von Stein zu Stein, ohne den Schmerz in ihrem Handgelenk zu spüren. Dabei macht sie sich fast in die Hosen.

Abwärts, den Berg hinunter, immer weiter, ohne anzuhalten. Bleib nicht stehen, keine Sekunde, verlier den Anschluss nicht! Fall nicht wieder hin und schau ja nicht zurück!

Sie ließ ihren Ausflug in die riesige Favela Vigário Geral, in der im Herbst 1994 maskierte Polizisten so viele Personen umgebracht hatten, dass sie zwei Häuser hätten füllen können, genauso in ihren Roman einfließen, wie es sich zugetragen hatte – bis auf ein einziges Detail. Denn eigentlich hatte sie in jener Nacht keine Gewehrsalven gehört, erst hinterher hatte sie von den Kämpfen in Boca-de Fuma erfahren. Am Tag bewahrheiten sich leider die Albträume, die die Menschen in Angst und Schrecken versetzen. Die Schlagzeile auf der Seite des »Gewaltreports« vom Sonntag lautete damals: »Zehn Tote in Vigário Geral. Gäste von Geburtstagsfeier geraten in Kokainkrieg.« Ihr Roman, der meistens der Wirklichkeit atemlos hinterherjagte, holte plötzlich in einer Kurve auf und setzte dazu an, die Führung im Rennen zu übernehmen. Es erschien ihr ganz natürlich, dass sie sich an das Erlebte, hatte sie es erst einmal zu Papier gebracht, nur noch in der geschriebenen Form erinnerte und dass das Wort das wirkliche Geschehen ersetzte. Aber das menschliche Gedächtnis ist nicht aufrichtig, vor allem nicht dasjenige eines Schriftstellers. Beängstigend jedoch war die Fähigkeit der Fantasie zur Prophetie. Ihr Anspruch auf die Zukunft. Das wahre Rio de Janeiro und *Die Stadt mit der roten Pelerine* waren sowohl zeitlich als auch räumlich miteinander verwoben; vereint in der Vergangenheit wie in der Zukunft, eine unauflösliche, nicht zerlegbare Einheit. Ein Labyrinth, durch das sie sich mit den Händen vorantastete und das mit seinen Schächten, Stalaktiten und geheimen Kammern gleichzeitig Außen und Innen war.

Früher einmal hatte sie vorgehabt, eine grundehrliche Autobiografie zu schreiben, ein »traumatisches Erlebnisprotokoll«, wie sie es eines Tages spöttisch bezeichnete. Möglicherweise aus dem eifrigen Bemühen heraus, sich selbst als tragische Heldin zu stilisieren, ein von seinem Sockel gefallenes, ehrenvolles menschliches Denkmal. Sie hatte sich zum Ziel gesetzt, die Erinnerungen, die in der Plazenta der Fantasie erstarrt waren, mit einer Schicht Poesie zu überziehen. Aber es kam eine ganz andere Geschichte dabei heraus. Auch wenn Özgür sie *durchgemacht* hatte, *erlebt* hatte sie sie nicht wirklich, sie gehörte einer anderen Frau, sie gehörte Ö. Diese eigensinnige, mit jedem Tag unabhängiger werdende Frau, deren Entwicklung Özgür ebenso aufmerksam verfolgte, wie eine Schwangere den Tritten ihres ungeborenen Kindes nachspürt, drängte sich immer wieder in die Rolle der Schriftstellerin. Sie stellte sich ins Zentrum dieses bedeutsamen Dramas. Ö. strahlte im gesamten Farbspektrum und darüber hinaus noch im reinsten, klarsten Schwarz und Weiß, als hätte man Özgürs farbloses Seelenlicht durch ein Prisma geschickt. Als wäre sie noch konkreter, noch realer, noch mehr Mensch als Özgür. Sie war selbst dann noch lebendiger, als sie am Ende des Romans in der Nähe der Favela Morro Azul durch eine einzige Kugel getötet wurde. Letzten Endes hätte sie wohl, wenn ihre Macht dazu ausgereicht hätte, ihre Fesseln durchtrennt, Özgür achtlos zur Seite gestoßen und wäre auf und davon. Dann wäre sie aufgebrochen in ihre wilde Heimat und hätte ihre Schöpferin wie einen Schatten hinter sich hergeschleift.

Özgür stieg eine ganze Weile die einsame Anhöhe hinauf. Die stechenden Sonnenstrahlen brannten ihr im Nacken, und der Schweiß klebte wie Pech. Das Quäntchen Energie, das ihr die Guaranálimonade verliehen hatte, war schnell aufgebraucht. Noch bevor sie die halbe Strecke zurückgelegt hatte, wurde ihr schwindlig und speiübel. Der Asphalt unter ihren Füßen war von der Hitze aufgeweicht. Vor zwei Jahren hatte sie das erste – und auch das letzte – Mal versucht, im Ozean zu schwimmen. Bis zur Taille hatte sie im eiskalten Wasser gestanden und auf die Wucht der ersten Welle gewartet, auf eine dieser über meterhohen, riesigen Ozeanwellen, die sich tosend nähern und sich mächtig wie eine Eisenwand vor ihr auftürmen würden. Unerschütterlich wie ein Fels hielt sie stand und ließ sich nicht umwerfen – zumindest so lange nicht, bis die Welle sich zurückzog und ihr den Boden unter den Füßen wegspülte. Noch bevor sie sich wieder aufrappeln konnte, wurde sie schon von der nächsten Welle erfasst, dann kam noch eine, die sie unbarmherzig ins Gesicht traf wie ein Fußtritt. Jetzt durchlebte sie wieder dieses Gefühl: Die Welt wurde ihr unter den Füßen weggezogen. Sie kannte den Grund dafür: HUNGER. Ihr fiel ein, dass sie seit vierundzwanzig Stunden keinen Bissen mehr gegessen hatte.

Blitzschnell inspizierte sie die Umgebung und sprang in den Garten einer Villa, die schon lange nicht mehr bewohnt war und der »Organisation zum Schutz der Straßenkinder« gehörte. Nachdem sie sich zwei, drei Schritte durch das dichte Gestrüpp gekämpft hatte, duckte sie sich in einen abgelegenen Winkel, der von der Straße nicht eingesehen werden konnte. Sie holte ihren Taschenspiegel, den Fünfrealschein und das versteckte Päckchen Kokain hervor. Dann wischte sie ihre verschwitzten Hände an der Hose ab. Routiniert streute sie das Pulver in zwei feinen Streifen auf den Spiegel. Ähnlich einem Elefanten, der sich zum Trinken über einen Teich beugt, neigte sie sich nun mit dem zum Röhrchen gedrehten Geldschein im Nasenloch zu ihrem Spiegelbild hinunter. Sie verpasste ihrem Körper, der nicht mehr weitergehen konnte und wollte, eine Dosis saubere, unverschnittene, synthetische Energie. Ihre Nase und ihr Rachen brannten, als hätte sie Salpetersäure hineingeträufelt. Um bloß nicht das geringste Stäubchen ihres federleichten Freundes zu vergeuden, hielt sie sich ganz fest die Nase zu.

Sie hatte nicht das nötige Geld für die Kokainsucht, noch dazu fand sie nicht einmal Geschmack daran. In Rio hatten Drogen ihren Mythos verloren und waren für jeden zum leicht zugänglichen Konsumartikel geworden. Sie waren leichter zu beschaffen als Brot, und alle Cariocas hatten es, vom Dienstboten bis zum Geschäftsmann, vom Universitätsprofessor bis zum Polizeichef. Das Rauschgift sicherte den Fortgang in der Favela, belebte die Wirtschaft der Stadt, deckte die immensen Ausgaben für den Karneval. Lange Zeit hatte sie das Kokain gescheut wie ein Kind den schwarzen Mann. Sie war für jegliche Sucht anfällig, vor allem wenn sie alleine war und frei. Mit der Zeit hatte sie an Willenskraft verloren, und ihre Gleichgültigkeit sich selbst gegenüber hatte dermaßen zugenommen, dass sie von nichts mehr eingeschüchtert werden konnte. Den ersehnten fantastischen Trip hatte sie nur beim ersten Mal erlebt. Damals fühlte sie sich plötzlich leicht wie eine Feder, sie entkam ihren permanenten Depressionen und konnte aus ihrer panzerartigen Verschlossenheit ausbrechen. Noch um zwölf Uhr nachts war sie voller Energie und erledigte den monatelang hinausgeschobenen Wohnungsputz in einer halben Stunde. Sie konnte sich nicht bremsen und ging auch noch alte Zeitungen, Briefe und Texte durch, ordnete ihr Bücherregal, tötete die Blutegel in ihrem Bad, warf sich schließlich in Schale und stürzte sich ins Nachtleben. Bis zum Morgen zog sie von einer Bar zur nächsten und sang dabei laut vor sich hin, dazu tanzte sie die schwierigsten Rhythmen der Welt, von der Samba bis zum Axé, und während sie, genervt von der Warteschlange, vor der Toilette des Sobre Natural stand, flirtete sie beiläufig mit einem blauäugigen Mulatten.

Jetzt nahm sie das geflügelte Elixier aus den Anden nur noch, um mit den schrecklichen Auswirkungen des Hungers fertig zu werden. Alkohol und Drogen gaben ihr seit einiger Zeit sowieso nichts mehr. Das Problem, vor der realen Welt fliehen zu wollen, sollte es sie tatsächlich geben, hatte sie gar nicht. Ganz im Gegenteil, sie versuchte verzweifelt, sich ihr zu nähern. Sie hatte da eine Art Matroschka vor sich, die unzählige ineinandergesteckte Puppen in sich barg, aber was sie auch tat, es gelang ihr nicht, in das Innerste der Welt, ins Mark, in den Kern der Wirklichkeit vorzudringen.

Der Kampf auf dem Hügel von Santa Teresa hatte erneut begonnen. Die Gangster waren anscheinend aus ihrer Siesta erwacht und machten sich mit verschlafenen Augen und fluchend wieder ans Werk. Ein ganzes Magazin wurde leer geschossen, Stille, dann noch ein Schuss. Kugeln, die das entspannte, makellose Gesicht des Nachmittags in ein pockennarbiges Antlitz verwandelten. »Diese Kerle können wohl die familiäre Atmosphäre am Sonntag auch nicht ertragen, genau wie ich«, dachte Özgür und lächelte, wobei ein Schimmer künstlichen Glücks ihr Haupt umfing. »Das ist also die echte Welt! Sie öffnet sich mit ihrer ganzen Pracht direkt vor meinen Augen wie ein Fächer: Schnellfeuerwaffen, zusammenhangloses Geschwätz, Verrückte. Ein Fackelzug von Narren.« Plötzlich krümmte sich ihr Magen, als hätte man ihr einen Faustschlag versetzt. Diese schreckliche Übelkeit war das aufdringlichste Geschenk dieser freigebigen Stadt.

Sie hatte einen Karneval in Rio überstanden, ohne niedergetreten, erdrückt, ausgeraubt, angepöbelt oder von einem Messer verletzt worden zu sein. Das Stadtvolk, darunter auch einige Tausend von so unglaublich vielen nackten Beinen verblüffte

Touristen, war mit Haut und Haar dem Wahnsinn verfallen und hatte zehn Tage und Nächte lang die prächtigste Orgie der Welt inszeniert. Özgür war natürlich auch von diesem Sog mitgerissen worden, der so viel stärker war als sie. Bei brütender Hitze eilte sie von Bloco zu Bloco, die überfallartig die ganze Stadt belagerten, diese Horde von Menschen mit und ohne Masken, die, aufgedreht und zügellos, sich liebten, tranken, tanzten und hinter den Musikern auf den fahrenden Bühnenwagen herliefen. Bedrängt von Tausenden feuchter Körper, hatte sie sich ihren Platz erkämpft. Sie verausgabte sich, als sie im Sambarhythmus mit ihren Hüften wackelte, hatte sich bei den verwegenen Sprüngen des Frevo das Handgelenk verstaucht und ließ es über sich ergehen, dass man ihr in den Po kniff. Nur zwei- oder dreimal hatte sie, als die Sache ausuferte, Hilfe bei der Polizei gesucht. Sie schnappte sich auch einige der Präservative, die millionenfach vor dem Sambódrom verteilt wurden – ein Souvenir aus Rio. Als würde sie Katzen beobachten, die sich paarten, so verfolgte sie Szenen an den Stränden, die ihr biederes Vorstellungsvermögen bei Weitem übertrafen. Sie wurde vom schwindelerregenden Sog der Sexualität erfasst; in zehn Tagen und Nächten durchlebte sie, dem Wahnsinn nahe, einen Höhepunkt nach dem anderen. Sie war außer Atem, klitschnass, benommen wie ein junger Vogel, der in einen Sumpf gefallen ist. Das erstarrte Lächeln einer Leiche, das sich wie eine Karnevalsmaske auf ihr Gesicht legte; ständig eine Dose Cola und eine Zigarettenschachtel in der Hand; die Schlüssel mit Sicherheitsnadeln an der Unterwäsche befestigt; ohne Identität, ohne Willen, ohne Würde. Und als sie die Einsamkeit des Karnevals, die mit keiner anderen Einsamkeit vergleichbar ist, nicht mehr ertragen konnte, warf sie sich in die erstbesten Arme, die sich ihr entgegenstreckten. Wahllos … Während dieser Tage und Nächte, die sie in der Todesangst verbrachte, überfallen zu werden, sich eine Krankheit einzufangen oder den Verstand zu verlieren, konnte sie sich nicht durchringen zu glauben, auch nur ein einziges Mal glücklich gewesen zu sein oder, besser, dass dies »Glück« sei. Bis auf einen einzigen Augenblick, einen unaussprechlichen, unerklärlichen, unwiederbringlichen Augenblick in einem ganzen Haufen von Erinnerungen, die, ohne noch einen einzigen Gedanken an sie zu vergeuden, in den Gully gehörten.

In der letzten Nacht gab sie sich geschlagen. Sie rannte nach Hause, weil sie in dieser gigantischen Stadt kein ruhiges Plätzchen zum Heulen finden konnte, erlitt einen mehrstündigen Nervenzusammenbruch und kotzte bis zum nächsten Morgen.

»Karneval«
Rio hatte sich in eine gesichtslose Maske verwandelt, in ein von einer Schicht goldenen Staubs bedecktes, riesiges Unterbewusstsein. Die Stadt bebte, schwankte und kollabierte schließlich, als würde ein unmittelbar unter ihr liegendes großes Bergwerk einstürzen. Leiber, in ein und demselben Rhythmus sich wiegend, derbe Küsse, unvermitteltes Vorpreschen und Zurückweichen der Tänzer zum Takt der Atabaque-Trommeln, in der synchronen Wellenbewegung eng verschlungener Körper.

Es war, als würde man den Gipfel einer Bergkette besteigen. Sobald man glaubt, es geschafft zu haben, zeigt Rio mit seinem langen, vornehmen, erbarmungslosen Finger auf den nächsten lustverheißenden Höhepunkt.

Realität und Traum sind vertauscht. Männer in Frauen- und Frauen in Männerkleidung; Transvestiten in Netzstrümpfen, Tangas und Plateauschuhen mit Reagan- und Thatcher-Masken vor den Gesichtern; Paillettenkleider, die in der dunklen Nacht aufblitzen, Papageienfedern, Konfetti, Feuerwerk; künstliche Penisse, aufblasbare Brüste, glänzende Fetische; Polizisten, die an jeder Straßenecke Kokain verteilen, und patrouillierende Gangster; Hausfrauen, die Prostituierte nachahmen, und Prostituierte, die Nonnen mimen; phosphoreszierende Körper, die mit Goldflitter bestäubt oder grellbunt bemalt sind; Nazioffiziere, Cäsaren, Pharaonen, Titanen, Apollo und Dionysos, Stier- und Bärenmasken, Gottheiten aus Afrika und vom Amazonas, Harlekine, Gaukler, Akrobaten, meistens aber Carmens, Aphroditen, Kleopatras, Katzen-, Panther- und Löwenfrauen. Adolf Hitler beim Vorspiel mit einem farbigen Transvestiten im getigerten Tight Suit; Tutenchamun verabredet sich zum Date mit Marilyn Monroe. Ein John Wayne hechelt auf zittrigen Beinen einem kandierten Apfel hinterher. Auf die Spitze getrieben, wird die Begierde zur Parodie. Kostüme, die hohl wirken, geschmückte Körperfassaden, Masken, hinter denen kein Gesicht steckt; aber trotz alledem gibt es sogar bei dieser Nabelschau der Wollust einen bestimmten Moment, einen Augenblick, in dem alle Masken verblassen, in dem die Finger, die ein Gemälde berühren, die nackte Haut des Menschen spüren.

Im Sambódrom setzt sich gleich der Festzug in Bewegung. Mit atemloser Spannung werden die Baterias erwartet. Die fünfhundert Trommler der Ersten Sambaschule sammeln Kraft für die mehr als einstündige Parade; pfundschwere Kokainbeutel wandern von Hand zu Hand. Alles Schwarze, alles Favelados; sie sind weder freier noch reicher als ihre Großväter, die auf Sklavenschiffen in die Neue Welt verschleppt wurden. Ihre endlos weiten Savannen, ihre Kriegstänze und nackten, schwarzen Götter, die sie mit Kreuzen an ihren Kettchen verraten, können sie nur noch mit ihrem Puls erfassen. Und die Musik beginnt …

Tausende Hände, Tausende von der erbarmungslosen Sonne und der noch erbarmungsloseren Peitsche gegerbte Hände fangen gleichzeitig an zu trommeln. Viele Kilometer weit ist auf einmal das Donnern der Baterias zu hören, es kommt näher und näher, schwillt unermesslich an und umfängt die Nacht wie eine geschlossene Faust. Es steigt auf in Knie und Hüften, befällt die Hände, erfasst die Lippen und explodiert genau im Kern des Ichs. Die Hunderttausend im Sambódrom schnellen hoch und verkeilen sich ineinander: wild kreischend, aus voller Kehle schreiend, fast bewusstlos vor Begeisterung, trampelnd, wild gestikulierend. Von diesen Hunderttausend, die zu einem einzigen Körper mit einem einzigen Schwerpunkt geworden sind, geht eine Kraft aus, vergleichbar mit einer Welle, die plötzlich aus der Tiefe anschwillt. Die Triebkraft des Lebens, älter als die Geschichte und als das Wort. Der Sklave besiegt den Herrn. Der Tanz beginnt: »Ekstase, Trommeln, Tanz, Tanz, Tanz!«

Wenn es einen Moment gibt, in dem Wahnsinn nicht mehr zu steigern ist, dann muss es dieser sein. Die Existenz, die sich immer weiter auflöst, je höher sie steigt, zerfließt immer mehr und geht irgendwann im Herzen des Nichts auf. Ein Nichts, das selbst den Tod fest umklammert. Das also ist der wahre Untergang, der nicht nur alles andere, sondern auch sich selbst vernichtet.

In dem menschenleeren Garten, dem Özgür den Namen »Tropeneck« gegeben hatte, kämpfte sie, den Kopf an die Knie gelehnt, gegen die Übelkeit an und biss sich so stark in die Hände, dass es fast blutete. Ihr war, als flögen die Gewehrkugeln durch ihr Hirn. Das Kokain bekam ihren zum Zerreißen gespannten Nerven überhaupt nicht. »Ich muss mich beruhigen, beruhigen und vergessen. Überall Schüsse, zwischen mir und meinem Selbst findet jetzt ein Gefecht statt, und dann noch dieser verdammte Roman.« Sie befand sich an dem Ort der Welt, der wohl am weitesten von Ruhe und Entspannung entfernt war, dem Dschungel. Hunderte von Käfern, Fliegen und Ameisen hatten sich auf sie gestürzt; anscheinend warteten sie nur darauf, dass diese durchweichte, merkwürdig riechende, bewegungslose Fleischmasse sich so bald wie möglich auflösen und zerfallen würde. Sie war von einem undurchdringlichen Pflanzengewirr umzingelt: Gewächse, die sich unentwegt zankten, balgten, innerlich zu explodieren schienen; die in ihrem fürchterlichen Durst nach Licht darum wetteiferten, der Sonne entgegenzustreben, höher und immer höher. Jedes Blatt war der sichtbare Beweis eines weiteren Kampfes, wie jede Kugel und jedes Wort auch. Ein weiterer Hinweis auf den Tod, eine weitere Maske.

Da sprangen ihr welkende Orchideenblüten ins Auge. Die sechs Orchideenköpfe waren halbmondförmig um eine halb gerauchte Zigarre drapiert. MACUMBA! Schwarze Magie! Die Wälder Rios, die den menschlichen Wesen Zutritt gewähren, sind voll von solchen Opfergaben, die den Candomblé-Gottheiten dargebracht wurden: nicht ganz ausgetrunkene Cachaçaflaschen oder angerauchte Zigarren, umrahmt mal von sechs, mal von zwölf Blüten. Manchmal auch Pfannen, die zur Hälfte mit Fleisch oder mit Fisch gefüllt waren. Sie wusste nicht, warum die Opfergaben nie komplett waren. Vielleicht sollte damit gezeigt werden, dass die Welt, ganz so, als wäre sie in zwei Hälften geschnitten, sowohl den Göttern als auch den Menschen gehört. Özgür erinnerte sich, dass das Comando Vermelho seine Toten nachts aus den Favelas schmuggelte und sie in den verlassenen Gärten begrub, und plötzlich war sie beunruhigt. Obwohl ihr weder die Leichen noch die schwarze Magie gefährlich werden konnten, und auch wenn sie es nicht anstößig fand, sich wie die Stämme der Ureinwohner den Boden mit den Toten zu teilen und außerdem so vertraut war mit dem Tod wie die Magier, fuhr sie trotzdem erschrocken hoch und packte hastig ihre Tasche. Nicht aus Angst, sondern weil sie fürchtete, Angst zu bekommen. Sie rannte zur Mauer. Direkt davor blieb sie stehen und lachte laut über ihre Hirngespinste. Dann schwang sie sich mit einem übertrieben lässigen Sprung auf die Straße. Ein Vergnügen aus der Kindheit, das sie sich bewahrt hatte. Als sie acht oder neun Jahre alt war – ganze zwanzig Jahre war das nun her! –, hatte sie zusammen mit den Kindern ihres Viertels in den alten Villen von Göztepe »Raubzüge« unternommen. Regelmäßig waren sie dann mit fetter Beute aus den Ruinen zurückgekehrt, in denen schon lange die Ratten die Macht übernommen hatten. Einmal wurden sie von einem Wächter überrumpelt. Da kreischten sie aus voller Kehle und zerbrachen auf der Flucht die Fenster im ersten Stock. Übersät mit Schnittwunden an Armen und Händen und trunken von der Begeisterung, echte Korsaren zu sein, ließen sie sich schließlich auf den einige Meter tiefer gelegenen Erdboden fallen. Nur eine Einzige wurde an jenem Tag erwischt: eine kleine Özgür, mit blutenden Knien und Knöcheln, wurde genau in dem Moment gepackt, in dem sie auf die Gartenmauer kletterte, und sie musste eine gehörige Tracht Prügel einstecken. Aber das machte ihr überhaupt nichts aus. Die Strafe verstärkte nicht nur den Reiz, etwas Verbotenes zu tun, sondern verlieh ihr auch den Rang einer Märtyrerin.

An der Treppe nach Lapa hinunter blieb Özgür stehen und warf einen letzten versonnenen Blick auf das Tal von Santa Teresa, wie Robinson Crusoe beim Abschied von seiner Insel. Sie machte ein fiktives Foto von den Tropen, das sie immer mit sich tragen und, wann immer sie wollte, vergrößern konnte. Bäume, hinter deren Laubmassen die Stämme unsichtbar werden; saftige Gräser, dicht, üppig, widerspenstig; Kletterpflanzen, die sich überall dort ausbreiten, wo sie ihre Krallen ansetzen können; Bananenstauden, feist und stämmig; hochmütige Mangobäume, die in den Himmel ragen; der unförmige Jackbaum, die Platane der Tropen; geschwätzige Palmen, die mit bewegten Lippen ständig irgendetwas vor sich hin murmeln; ein fremder Baum, der sich in den Alpen wähnt, zwischen dessen spärlichen, kränklichen Blättern ein überlanges Gerippe auszumachen ist, fast, als wäre er eine Ballerina, die mit angehaltenem Atem versucht, in einer außergewöhnlich schwierigen Stellung das Gleichgewicht zu halten. Blätter, die nie gelb werden, nie abfallen und keinen Herbst kennen. Alle Grüntöne: Smaragd, Tanne, Pistazie, Meer, Apfel, Jade, Olive. Die introvertierte, zurückhaltende, eingeschüchterte Natur der nördlichen Breiten zeigt da ein ganz anderes Erscheinungsbild. Doch hier war die Natur so enthusiastisch, dem Leben zugewandt, verlockend und lebendig, dass es schien, als könnte man sie atmen sehen. Sie stand nicht Modell für ein vom Menschen geschaffenes Bild. Noch war sie nicht verbraucht und wurde auch nicht vergöttert, war noch nicht Teil eines etablierten Systems geworden, war herrenlos und selbstbestimmt; ständig lehnte sie sich auf, war unversöhnlich, und bevor ihre Substanz aufgebraucht war, preschte sie vorwärts wie ein Waldbrand, der bereits eingedämmt schien.

»Wenn ich mir nur all diese Eindrücke bewusst machen könnte, ohne sie vorher in Symbole zu verwandeln! Wenn ich nur meine Gefühle nicht immer auf die Natur übertragen würde, die ja selbst keinerlei Gefühle hat.« Sie wurde von einem beängstigenden Zischen aufgeschreckt, als hätte gerade ein riesiger tropischer Vogel genau hinter ihr seine Flügel ausgebreitet. Zaghaft drehte sie sich um. Die Anhöhe, die vor ihr verschwamm, als würde sie sich auflösen, lag verlassen da. Özgür stand unter einem Jackbaum. Das Geräusch konnte unmöglich von den steinharten, rugbyballgroßen Früchten kommen. Einmal hatte sie die Jackfrucht probiert. Bei der ersten Berührung mit der Zunge entsteht ein Aroma, das an Pflaumen erinnert, aber beim Eindringen der Zähne in das Fruchtfleisch vergießt sie einen bitteren, scharfen, nach Urin stinkenden Saft. Diese Frucht scheint geradezu geschaffen, verschiedene Dinge zu symbolisieren: die Liebe, das Leben, die Realität ...

»Psst, psst, hallo!«

Özgür schlug das Herz bis zum Hals. Auf einer Mauer, die hinter dem dichten Dornengestrüpp stand und die ihr bis dahin gar nicht aufgefallen war, saß ein fünf oder sechs Jahre altes schwarzes Mädchen. Seine Haut war so dunkel wie die einer Senegalesin, es war zierlich und sah sehr niedlich aus. Die Haare des Mädchens waren nach afrikanischer Art geflochten, seine widerspenstigen, gekräuselten Locken durch Hunderte feiner Zöpfchen gebändigt. Es war geschminkt. Mit dem ziegelroten Lippenstift, den es sich um den Mund geschmiert hatte, sahen seine Lippen aus wie eine offene Wunde.

»Schau! Schau! Ich bin der Torwart.« Fröhlich schwenkte die Kleine die schwarzen Lederhandschuhe, die fast halb so groß waren wie sie selbst. Eine Weile wusste Özgür nicht, was sie sagen sollte.

»Das sind doch keine Torwarthandschuhe, sondern Boxhandschuhe.« Das Mädchen machte ein mürrisches Gesicht und schmollte. Aber so leicht gab es nicht auf.

»Das sind die Handschuhe von Pelé.« »Das kann schon sein, aber Pelé ist doch ein Boxer, oder nicht?«

Das Kind musterte Özgür ganz genau von Kopf bis Fuß. Diese Frau war irgendwie merkwürdig; wie sie redete, wie sie aussah. Sie war anders, aber das Mädchen wusste nicht, woran es lag. »Du bist aber sehr weiß!«, sagte es nach einiger Zeit, ganz begeistert von seiner Erklärung.

Özgür überlegte sich tatsächlich einen Moment, dem Mädchen das Wort »Gringa« beizubringen, ließ es dann aber doch bleiben und lächelte nur.

»Magst du Preto?«, fragte das Mädchen

»Was ist das – Preto?«

Natürlich kannte sie das Wort Preto, das sowohl »Schwarzer« als auch »schwarz« bedeutete. Seit sie angefangen hatte, sich als Privatlehrerin durchzuschlagen, stellte sie regelrecht zwanghaft die allereinfachsten Fragen, was bei ihren Gesprächspartnern regelmäßig Zweifel über ihren Geisteszustand aufkommen ließ. Das war weniger Boshaftigkeit, sondern eher die fixe Idee, einen Begriff bis in seine grundlegendste Bedeutung analysieren zu wollen. Und siehe da, das kleine Mädchen, das nicht so auf den Mund gefallen war wie ihre Schüler, konterte unverzüglich.

»Ich bin schwarz!«

Özgür nickte zustimmend.

»Ja, ich mag schwarz. Und du? Magst du meine Farbe? Magst du weiß?«

Statt zu lügen, flüchtete sich das kleine Mädchen in Schweigen. Lange Zeit betrachtete es seine Handschuhe, als wollte es in sie hineinkriechen und darin schlafen. Dann hüpfte sie plötzlich von der Mauer und war im Dickicht verschwunden.

»He, Kleine! Du hast deine Handschuhe vergessen. He, wo steckst du denn? Ich hab noch deine Handschuhe.«

Özgür ging auf die Mauer zu und ignorierte die innere Stimme, die ihr riet, kehrtzumachen und zu verschwinden. Es war, wie sie vermutet hatte, das Mädchen war wie vom Erdboden verschluckt. Wirklich merkwürdig, sehr merkwürdig! Vielleicht ein böses Omen. Sie schleuderte die Handschuhe erschrocken von sich, als wären sie zwei Mäusekadaver. Ihr wurde wieder schlecht und schwindelig, ihre Lippen zitterten.

»Lieber Gott, bitte mach, dass ich den heutigen Tag überstehe, ohne dass mir etwas zustößt!«

Sie ging ganz langsam die Stufen hinab und konnte nur mit Mühe das Gleichgewicht halten. Sie sah aus, als würde sie versuchen, sich auf einem Floß auf den Beinen zu halten. Kurz darauf blieb sie wieder stehen, schloss die Augen und wiederholte ihr Stoßgebet dreimal. Es blieb ihr keine Zeit mehr, sich irgendwo in die Büsche zu schlagen, so kauerte sie sich mitten auf eine der Stufen und erbrach alles, was da auch immer noch in ihrem Magen gewesen sein mochte.

Eine Reisende in den Straßen von Rio – Die Obdachlosen

Straßenszenen in Rio: Eine achtzehnjährige Schwarze mit schwarz lackierten Finger- und Zehennägeln, mit einer Schlafstatt aus Schaumstoff, einem Pappkarton und ihren drei Kindern, die in Botafogo am Eingang eines großen Supermarktes lebt. Ein neunjähriges Mädchen, das im Park von Cinelândia ihrer Puppe die Haare wäscht. Seit man sie aus den Händen eines Mädchenhändlerrings befreit hat, spricht sie mit niemandem mehr, ihr Blick ist trüb, als hätte man ihr Samtvorhänge vor die Augen gezogen. Ein komischer Kauz, wie er für Rio typisch ist, der in Flamengo zwischen den Zweigen eines Mangobaumes hockt: Wer weiß schon, von wem er dort oben ausgesetzt wurde, dieses wunderliche Geschöpf ohne Unterleib, das mit seinen Händen spricht und mit unsichtbaren Figuren Schach spielt. Ein Mann mit Wundbrand in Lapa schüttelt eine Blechdose in der Hand und bettelt; er reiht unermüdlich Lieder, Gebete und Lobeshymnen aneinander; wenn er die Schultern wiegt, meint er zu tanzen. Vor Schmerzen ist er schon längst verrückt geworden. Die Passanten halten sich die Nase zu, damit sie den Gestank seiner verfaulten Beine nicht riechen.

Die Obdachlosen sind der natürliche Bewuchs von Rios Straßen, die je nach Jahreszeit mal in knietiefen Schlammtümpeln, mal in Staub versinken. Diese Obdachlosen haben sich von den palmenflankierten Straßen der Touristen-Copacabana bis in die hintersten Winkel der Elendsviertel ausgebreitet, haben sich auf Plätzen und unter Brücken, vor Kirchenpor-

talen, vor Hotel-, Restaurant- und Haustüren niedergelassen, so zufällig, als hätte ein Wanderer auf seinem Weg durch die Straßen der Stadt mit vollen Händen Kugeln aus einem riesigen Sack verstreut. Tausende und Abertausende kleiner Roulettekugeln … Tausende und Abertausende Menschen, die durch die Fliehkraft des zivilisatorischen Getriebes aus dem Zentrum der Menschlichkeit hinausgeschleudert worden sind.

Wesen aus einer Schreckensvision, die an gerade aus Auschwitz befreite KZ-Häftlinge erinnern, mit verbundenen Schädeln, amputierten Extremitäten, aufgequollenen Beinen oder Prothesen; brutale, zurückgebliebene Halbstarke, die in Gangs herumstreunen; Mädchen, fast noch Kinder, die tagtäglich vergewaltigt werden; entmutigte Schwangere, die ganz alleine gegen den Hunger von zweien kämpfen; in Lumpen gehüllte Schwachsinnige, die ihr Revier markieren, indem sie wie Stinktiere ihre weithin wahrnehmbare Duftwolke aussenden; bettelnde Kinder, die übersät sind mit Narben von Verbrennungen, Schlägen und Misshandlungen; Kinder im Grundschulalter, mit Tuberkulose, Augeninfektionen und Aids; randalierende Verrückte, die Selbstgespräche führen, plötzlich in schallendes Gelächter ausbrechen, masturbieren, Passanten mit Flüchen überhäufen, die für sie die Menschheit repräsentieren – und die Menschheit hat es verdient, hat es wirklich verdient. Greise, die sich mit ihren verfaulten Zähnen an dieser Welt festbeißen, die von ihnen erwartet, dass sie sich schnellstens aus dem Staub machen. Die Fürsten der diversen Kasten der Gesellschaft der Obdachlosen sind Räuber, Einbrecher, Taschendiebe, Laufburschen der Mafia, Polizeispitzel. In der Mittelschicht der Obdachlosen finden sich diejenigen, die auf ehrliche Art und Weise ihr Geld verdienen und die auf ihren Bauchläden mal Fahrkarten, mal Telefonmünzen, kandierte Kokosnüsse, Guaranálimonade oder Batidas anbieten. Volk, das sich nachts unter den

Brücken um riesige Lagerfeuer versammelt. Inzestuöse Familien, ineinander verschlungen wie Efeu, mit Kindern, deren Anzahl keiner kennt, von denen keiner weiß, wie alt sie sind oder wer ihre Eltern waren. Bettler, die versuchen, aus der Barmherzigkeit Rios, die gegen Null geht, so viele Tage, Stunden, Minuten wie möglich herauszuschinden.

Dann gibt es noch diejenigen, die zu erschöpft sind, um überhaupt noch zu betteln. An der Schwelle zum Hungertod haben sie die reinste und lauterste Stufe der Existenz erreicht: nichts als belebte Materie zu sein. Sie liegen hingestreckt auf Gehsteigen, in Dreckpfützen, auf nacktem Beton oder dem vor Hitze flirrenden Asphalt und schlafen Tag und Nacht, ununterbrochen. Sie schlafen in einem fort und scheren sich im Schlaf keinen Deut um den wochenlang nicht nachlassenden Tropenregen, die mörderische Hitze, die Busse, die Polizei, kümmern sich auch nicht um die Menschen, die über sie hinwegsteigen, gegen ihre Beine stoßen, die sie manchmal verfluchen oder ihnen ein Stück schimmliges Brot überlassen. Es ist ein Schlaf, der immer tiefer und immer schwerer wird und allmählich erstarrt. Eine schwerfällige Reise an die Grenzen des Totenreichs. Sie sterben einen stillen Tod, wie Kerzen, die der Wind löscht. Einen Tod, der sich nicht um Gebete, Lobgesänge und Glockengeläut kümmert. Sie klagen nicht, schreien nicht und begehren nicht auf. Es gibt ja sowieso niemanden, der ihnen Beachtung schenken würde. Aber sie leisten Widerstand. Mit einem eisernen Willen erheben sie Anspruch auf das Leben, das noch wie ein Splitter in ihnen steckt; mit der ältesten, hoffnungslosesten, unwiderstehlichsten Leidenschaft des Körpers kämpfen und kämpfen sie.

Anmerkung: Die Einwohner von Rio, die ein geregeltes Leben führen, verabscheuen dieses Geschmeiß, das ihnen die Aus-

sicht verdirbt, ihre schöne Stadt zu einer Freiluftkloake, zum Krankenhaus und Konzentrationslager macht, ihr Ansehen vor den Augen der Touristen öffentlich anprangert und sie daran hindert, sich angstfrei auf den Straßen zu bewegen. Sie verabscheuen es so sehr, dass sie die Justiceiros mit Geld überhäufen. Es kostet nicht mehr als drei- bis fünfhundert Dollar, sich eines Straßenkindes zu entledigen, das immer wieder Imbissbuden aufsucht und dort klaut. In der Zeit vor dem Karneval jedoch, wenn es um die Sicherheit der Touristen und die Ehre des Landes geht, kann das Honorar auf das Doppelte hinaufschnellen.

Die Neue Welt

Das Einzige, das nicht aufgeschrieben werden kann, ist der Tod.
Robert Pinget

Seit dem Militärputsch sind die abgelegeneren Straßen von Lapa, dem ältesten Viertel Rios, in der Hand von Obdachlosen, Transvestiten und flüchtigen Straftätern. Wenn die eisernen Rollläden der Geschäfte für Autozubehör, Elektrogeräte, Ersatzteile, Messer und Waffen herabgelassen und mit mächtigen Vorhängeschlössern gesichert sind, übernehmen hier schöne Mulattinnen in Tangas und Netzstrümpfen und deren Zuhälter mit ihren Verbrechervisagen die Herrschaft. In diesen Straßen, in denen vierundzwanzig Stunden lang nur Männer bedient werden, konnte sich auch eine so erfahrene Nomadin wie Özgür nicht frei bewegen. Neben Rio wirkt selbst der schrecklichste Großstadtmoloch Europas noch wie ein beschauliches Pfadfinderlager. Bedauerlicherweise liegt die einzige Haltestelle für den Bus nach Santa Teresa genau hier, in einer Straße, die mit lauter Lanchonetes zugepflastert ist, einer Mischung aus Bar und Restaurant. Rio hat keine Kaffeehaustradition, denn das Klima ist für geschlossene Räume ungeeignet, daher trifft man an jeder Ecke auf solche Lanchonetes, die weder Türen noch Wände haben und die mit ihren überdimensionalen Maueröffnungen wie künstliche, in Gebäude gemeißelte Grotten aussehen. Sie sind das gastronomische Zentrum der Stadt. Die Gäste essen und trinken mit aufgestützten Ellbogen an langen

Tresen. In glühend heißen Sommernächten verteilen sie sich auf die Klapptische und -stühle, die überall auf den Gehsteigen stehen. Früher einmal hatten Özgürs Seele und ihr Körper die gleiche Distanz zu den Tropen. Aber es war ihre Seele, die sich noch weniger anpasste. Jetzt verstand sie, wie lebensnotwendig es war, stundenlang in Teegärten und Cafés sitzen zu können. Diese Frühstückerei im Stehen ... Das war auch der Grund, warum sie vor jedem neuen Tag, der für sie alle Arten von Fallen, Gemeinheiten, Hinterlist und Täuschung vorsah, kapitulierte, noch bevor er begonnen hatte.

Unter der fünfhundertjährigen Steinbrücke, die nur so breit ist, dass eine Straßenbahn darüberfahren kann, leben Dutzende von Obdachlosen. Etwas weiter vorne, an einer Seite des Platzes von Lapa, liegt das pompöse Konservatorium, dessen ganze Fassade von einer bunten Stadtansicht Rios bedeckt ist: goldgelbe Strände und spitze Felsen, die dem Himmel eine lange Nase machen, und – auf keiner Postkarte darf sie fehlen – die Christusstatue, die von einer unsichtbaren Macht aufrecht gehalten wird und doch jeden Moment zu Boden zu stürzen scheint. Eine aus dem Paradies hervorgestoßene riesige Feuerlanze, die die Stadt in zwei gleich große Hälften teilt, und die sieben Pfeile des Regenbogens, die sich in den Ozean bohren. Auf der anderen Seite jedoch reihen sich Gebäude aus den Glanzzeiten Lapas aneinander, die mittlerweile verfallen sind. Einige von ihnen wurden von der öffentlichen Hand wieder hergerichtet und der in diesem Teil der Welt nicht sehr angesehenen KUNST überlassen. Ein Konzertsaal, das afrobrasilianische Kulturzentrum, ein Straßentheater namens Ta-Na-Rua, das Olenewa-Studio, gegründet von einer russischen Ballerina, die denselben schneeweißen Teint der nördlichen Breiten hatte wie Özgür und wie sie die Neue Welt mit nur einem Koffer betreten hatte.

Ein Mensch kann selbst in der Hölle ein Plätzchen für sich finden, und für Özgür war das dieser zweistöckige Holzbau der Ballettschule. Das war ihre geschützte Bucht, in der sie Anker werfen konnte, wenn sich die Tage leer dahinschleppten. In Rio betrieb Özgür diese sehr aristokratische, sehr europäische Kunst ziemlich eifrig, obwohl sie sie eigentlich Jahre zuvor aufgegeben hatte. Diese Kunst, die zwar hohl ist, aber ihre Form bewahrt hat, war ihr zum lebenswichtigen Ritual geworden. Das Olenewa-Studio, in dem gertenschlanke Mädchen in aufrechter Haltung wie scheue Täubchen durch die Korridore flatterten, die von harzigem Duft und Klavierklängen erfüllt waren, unterschied sich in keiner Weise von den übrigen Ballettschulen der Welt, nur hatte sich Özgür anfangs durch gewisse tropische Eigenheiten täuschen lassen. Zum Beispiel führte der Weg vom Umkleideraum zu den Ballettsälen durch einen Garten, in dem viele Mangobäume standen und in dem sich überall Wasserpfützen bildeten, wenn die Regenzeit einsetzte. Weil das Wasser in Strömen durch das Dach lief, stellte man Eimer in den Studios auf, und durch die Fenster, die nicht mehr ganz geschlossen werden konnten, tropfte es auf die verschwitzten Schultern der Tänzerinnen. Während der brütend heißen Trockenzeit jedoch tummelten sich unter der Pergola des Gartens Affen, die sich von Ast zu Ast hangelten, und im Garten hübsche dunkelhaarige Mädchen, die sich für ein Eis anstellten. Und dann gab es da noch eine leicht gestörte, kränkelnde Katze, einen getigerten Kater, der zwar unter Menschen aufgewachsen, aber nie ganz zahm geworden war. Er schlich miauend durch die Gänge und fauchte jeden an, der zufällig an ihm vorüberging, als wollte er sagen: »Das ganze Leben ist so mies, und ihr vergeudet eure Kraft bei dieser Tanzerei auf Zehenspitzen.«

An drei Abenden in der Woche kam sie aus der Ballettstunde

und schlenderte direkt ins Ernesto, mit Chopins Walzer im Ohr, erschöpft und mit vom Durst trockenem Mund. Aber sie hatte einen Zustand erreicht, in dem sie sich seelisch so geläutert fühlte, dass es wieder eine Weile für Rios Straßen reichte. Das Verlangen nach dem ersten Schluck Fruchtsaft artete, wie eine sexuelle Fantasie, immer mehr aus, und sie spürte jedes Mal einen Hauch von Freude, den Genuss des Lebenselixiers, gemixt aus Papaya und Orangen, so lange wie möglich hinauszögern zu können. Um diese Zeit hörte man aus den Seitenstraßen die ersten Samba- und Pagode-Rhythmen, und die ungeduldigen Paare des afrobrasilianischen Zentrums schnellten hoch, um den Tanz zu eröffnen. Das Ernesto war das einzige Lokal in Lapa im Copacabana-Stil, das heißt ein normales Lokal mit einer Tür, vier Wänden und einer Klimaanlage, die wie eine kalte Dusche wirkte, sobald man eingetreten war. (Wegen dieser Klimaanlagen war Özgür in ihren ersten Monaten in Rio ständig krank gewesen. Der plötzliche Temperatursturz von vierzig auf fünfzehn Grad war so heftig, als würde man auf einem Maispaziergang in Frühlingskleidern plötzlich vom Schneesturm überrascht. Wer hätte gedacht, dass man in der heißesten Stadt der Welt ständig einen Pullover bei sich haben musste?)

Ein Einheimischer isst nie alleine zu Abend, und deswegen gab es im Ernesto, wie in allen übrigen anspruchsvolleren Restaurants, keine Portionen für nur eine Person. Wenn sich Özgür die andere Hälfte ihres Essens für den nächsten Abend einpacken ließ, lief ihr Gesicht verlegen abwechselnd rot und weiß an, und fast hätte sie noch wegen ihrer chronischen Einsamkeit um Verzeihung gebeten. Vor allem freitagabends war das Ernesto knallvoll. Schüler aus dem Konservatorium, Musiker, Kino-, Theater- und Opernbesucher. Gelächter, das proportional zur Anzahl der geleerten Biergläser zunahm und kaskadenartig in regelmäßigen Abständen losdonnerte wie Brandungswellen. Dann war da ein blinder Pianist mit Sonnenbrille, der sich mühsam auf Ray Charles getrimmt hatte und der so abgedroschene Stücke spielte wie *Autumn Leaves* und *Strangers in the Night,* denen neben Özgür nur noch einige alternde Trinker Aufmerksamkeit schenkten. Özgür konnte nicht verhindern, dass sich einige Tränen in ihren Augenwinkeln sammelten, obwohl sie sich fest vorgenommen hatte, sich nicht von solch billigen Gefühlsduseleien ins Bockshorn jagen zu lassen. Ihre Einsamkeit überfiel ihren Körper wie ein Schmerz, dessen Ursache nicht zu ergründen war; ihr Bedürfnis, zu lieben und geliebt zu werden, war zu einem Kampf auf Leben und Tod geworden. Sie hatte sich eingeredet, dass die Liebe das Einzige ist, was das Leben gefühlvoll, bedeutsam oder wenigstens erträglich macht. Manchmal, wenn Özgür einen Glückstag hatte, entdeckte ein Bekannter im Vorübergehen ihr trauriges Profil durch die Scheiben, leistete ihr bei einem Bier Gesellschaft und plauderte mit ihr. Ganz gleich, wer es war, der Sohn des alten Hausbesitzers, der Verkäufer aus dem Supermarkt oder ein Namenloser, den sie bei einem Konzert vor einigen Monaten kennengelernt hatte: Özgür klammerte sich an sie, wurde immer lebhafter und immer gesprächiger. Aber einsame Menschen reden ja sowieso immer viel zu viel. Wie auch immer, dieses Wunder – es handelte sich zwar nur um belangloses, leeres Gewäsch, aber ein Wunder war es dennoch – war so schnell wieder vorbei, wie es begonnen hatte. Diese »Freunde« hatten bald genug von der falschen Betonung der Gringa, ihrem nervigen, langsamen Sprechen und ihrer Unwissenheit – sie kannte weder Velosos neue Schallplatte, noch hatte sie den blassesten Schimmer, wann die Konzerte in Ipanema begannen, und so kümmerten sie sich schleunigst wieder um ihre eigenen Angelegenheiten, nachdem diese »Freunde« sie davor noch anstandshalber zu einer Open-Air-

Party oder in ein Tanzlokal eingeladen hatten. Özgür fühlte sich daraufhin noch einsamer, niedergeschlagener und ausgelaugter als zuvor. Sie ging die oberflächliche Unterhaltung noch einmal in Gedanken durch, lachte über den einen oder anderen ihrer eigenen Witze und war stolz auf sich, weil sie eine Geschichte, die sie schon x-mal erzählt hatte, dieses Mal besser vorgetragen hatte. Schließlich verfluchte sie dieses Rio, das sie zwang, um derartig windige Kommunikationsfetzen zu betteln, und auf dem Höhepunkt der Selbstzweifel suchte sie die leicht zu ergatternde körperliche Zerstreuung und flüchtete sich ins afrobrasilianische Kulturzentrum.

Im Moment sehnte sie sich nach nichts mehr als nach der ruhigen, behaglichen und – wie in alten Musicals – schmerzresistenten Atmosphäre des Ernesto; nach dieser Festung, in die das Chaos, der Dschungel und die Samba nicht eindringen konnten. Die Magenkrämpfe hatten noch nicht nachgelassen, ihre Nasenhöhlen brannten durch das Kokain wie Feuer. Jetzt so ein paradiesisch duftender Papayasaft mit ganz großen Eiswürfeln ... Zwei Dollar zwanzig Cent! »Ein Hungerleider wie ich sollte eben nur in Lanchonetes verkehren«, dachte sie. »In fünfzehn Minuten bin ich doch sowieso wieder durstig.« Sie beschloss, im O Novo Mundo einen Kaffee für vierzig Cent zu bestellen und sich wieder mit ihrem neuen grünen Heft zu befassen. Sie musste mit dem »Nullpunkt« an der Stelle weitermachen, an der sie aufgehört hatte.

Ein etwa zwanzigjähriger Mulatte hatte sich auf dem Gehsteig ausgestreckt, sich gegen eine der Säulen gelehnt, die im O Novo Mundo die Tür ersetzten, und war eingeschlafen. Er hatte ein erstaunlich hübsches Gesicht; es hatte den Ausdruck eines kleinen Kindes und war von einer Unschuld, die man bei einem Straßenjungen nicht erwartet hätte. Am liebsten hätte Özgür ihn zugedeckt und ihm einen Gutenachtkuss auf die Wange gedrückt. Auf der ausgetretenen, schiefen Stufe am Eingang sah sie, dass die Beine des jungen Mannes stark aufgedunsen waren wie tote Delfine. Elefantiasis! In der Trockenzeit schwollen die Füße der Obdachlosen auf die Größe von Kürbissen an und waren mit eitrigen Wunden übersät. Im Endstadium ihrer Krankheit konnten sie nicht mehr gehen, richteten sich dauerhaft vor Restaurants und Lanchonetes ein und überließen ihr Überleben dem sehr eingeschränkten und nicht besonders verlässlichen Mitleid der Menschheit. Es war erst ein paar Monate her, dass sie dieser gepflegten, geschminkten Frau mit dem hübschen Gesicht begegnet war, die genau vor derselben Säule auf einem schlittenähnlichen Holzbrett mit Rädern gesessen war; sie hatte keine Beine mehr. Ihr schneeweißes, sauberes T-Shirt trug die Aufschrift: JESUS LIEBT DICH! War es nicht Tolstoi, der daran glaubte, dass die Kräfte der Liebe und der Wohltätigkeit bewirken, dass sich die Erde weiterdreht? Özgür fing wieder an zu beten. Immer, wenn sie Verletzten und Zerschundenen begegnete, vor allem Menschen, die einen Körperteil verloren hatten, wiederholte sie beinahe zwanghaft immer wieder die gleichen Worte, jeweils dreimal. Ein schlichter Vers, mit dem sie ihren persönlichen Gott, von dem sie sich jedoch nicht viel erhoffte, um Hilfe für ALL JENE anrief. Manchmal gab es Tage, da tauchten so viele von ihnen auf, dass sie während ihrer gesamten weiten Wegstrecke zu nichts anderem kam, als zu beten. Ein Psychologe – einer, der Rio nicht kannte – hätte ihren Zustand kurzerhand als »Kastrationsangst« gedeutet, und er hätte damit bedauerlicherweise recht haben können.

Taumelnd ging sie ins O Novo Mundo. Sie bekämpfte den Schwindel und die Übelkeit und kam daher wie ein Cowboy, der einen Saloon betritt. Das tat sie immer, wenn sie derartige Orte betrat. Das beliebteste Drei-Sterne-Hotel von Rio war trotz seines prahlerischen Namens – »Die neue Welt« – ein ziemlich einfacher Schuppen, der nicht wesentlich besser war als ein Lanchonete. Ein paar schäbige Tische standen jeweils in einer Reihe entlang den beiden schmuddeligen, gefliesten Seitenwänden. Özgür hatte das Lokal immer mit einem U-Boot verglichen, weil es so lang und schmal war wie ein Hausflur, eine niedrige Decke hatte und den ganzen Tag dunkel war. Deshalb nannte sie es Nautilus. Wenn man zu dem Gestank nach verbranntem Fett, verfaulten Orangen und Bier, der im hinteren Bereich des Gastraums immer aufdringlicher wurde, auch noch die unter der meist verschlossen gehaltenen Toilettentür hervorsickernde Flüssigkeit in Betracht zog, konnte man hier nun wirklich nicht von einer appetitanregenden Lokalität sprechen. Verglichen mit dem nur zwei Schritte entfernten Ernesto, setzte sich die Klientel des O Novo Mundo aus Vagabunden, Schlitzohren, Zuhältern und Knastbrüdern zusammen, echten Verbrechern eben, die aber um jeden Preis harmlos aussehen wollten, im Gegensatz zu den Kindern aus gutem Hause, die versuchten, sich den Anschein der Illegalität zu geben, und den mittelmäßigen Möchtegernganoven. Die schweren Jungs aber ließen sich nicht in die Karten sehen, nicht auf frischer Tat ertappen und jonglierten ihre aalglatte, eindimensionale Welt virtuos auf ihren Waffen. Außerdem kamen regelmäßig Polizisten im O Novo Mundo vorbei. Dass sie ihre Waffen offen tragen konnten, war das Einzige, wodurch sie sich von den »Kriminellen« unterschieden, die sich bis aufs Messer bekämpften, um ihr Stück vom Kuchen abzubekommen. Ansonsten hatten sie die gleichen abgründigen, unheimlich schwarzen Augen und die gleichen machtlüsternen, bis zum Überlaufen mit Menschenblut getränkten Blicke. Rio hatte Özgür gezeigt, dass Ordnung und Chaos untrennbar miteinander verbunden sind. Die Welt der Kriminellen, die früher für sie immer von einer romantischen Aura umgeben gewesen war – sie hatte zu viele

Gangsterfilme gesehen –, war nun nichts weiter als ein abscheuliches, gewöhnliches Detail in ihrem täglichen Leben.

Den Blick nach vorne gerichtet, erkundete Özgür aus dem Augenwinkel heraus blitzschnell ihre Umgebung, sie hatte gesehen, was sie sehen musste. Auch hier war die sonntägliche Abendruhe eingekehrt; niemand war da, außer einer Gruppe Säufer, alles Schwarze, die am hintersten Tisch saßen und mit sich selbst beschäftigt waren. Armando, der einzige Kellner, der Özgür nicht unentwegt mit schmierigen, spöttischen Blicken musterte, stand an der langen Theke. Er richtete gerade Cochibas – in Maniokmehl gewendete, gebratene Hühnerkeulen –, die soeben aus der Küche gekommen waren, auf einem Tablett an. In den letzten beiden Jahren hatte er Özgür nicht ein einziges Mal übers Ohr gehauen, brachte ihr immer prompt das komplette Wechselgeld, und in der Anfangszeit, als ihr Portugiesisch noch jämmerlich war, hatte er ihr geduldig die Speisekarte beigebracht, ja sogar ihre Schecks für sie ausgefüllt. Damals zahlte man nicht mit Bargeld, da die Inflation bei über tausend Prozent lag.

Lautlos wie ein Schatten setzte sich Özgür unauffällig an einen Tisch, dessen Papiertischdecke mit den unübersehbar großen Soßenflecken der letzten Gäste bekleckert war. Der Toilette und den Saufbrüdern kehrte sie den Rücken zu. Aber wie sehr sie sich auch bemühte, unsichtbar konnte sie sich doch nicht machen. Sie hatte noch nicht einmal richtig Luft geholt, da hörte sie schon die laute, derbe Stimme einer Frau, die sich anhörte, als würde sie die Wörter wie heiße Kartoffeln im Mund hin und her schieben.

»He, schaut mal da rüber! Da ist ja unsere GRINGA! Wusstet ihr eigentlich, dass sie einen schwarzen Lover hat?«

Die Frau war jene Prostituierte, der Özgür, als sie noch mit Roberto zusammen war, beinahe jede Nacht in irgendeiner Bar in Lapa begegnet war. Wegen ihres Alters war sie jedoch inzwischen aus dem Gewerbe ausgestiegen. Sie war eine der Figuren aus *Die Stadt mit der roten Pelerine,* das noch fehlende, letzte Glied in der Kette der Zufälle. Özgür hatte ein fiktives Gespräch zwischen dieser Frau und Ö. in dem Kapitel untergebracht, in dem es um eine Feier in Santa Teresa ging, die anlässlich der Wahl Nelson Mandelas zum Präsidenten veranstaltet worden war. Özgür hatte tatsächlich an einer solchen Veranstaltung teilgenommen und in der Masse der Afrobrasilianer den Rassismus verurteilt, aber in jener Nacht war sie so betrunken gewesen, dass sie sich nicht mehr genau daran erinnern konnte, mit wem sie über was gesprochen hatte. Sie wandte den Kopf, ohne den Oberkörper zu drehen, und grüßte nur flüchtig und reserviert. Es gelang ihr nicht, Armandos Blicke einzufangen. Sie zündete sich eine Zigarette an. Am hinteren Tisch redeten alle wild durcheinander. Özgür schnappte einige Wörter auf, wie Preto und Negro, verschiedene Bezeichnungen für einen Schwarzen. Vor mehr als anderthalb Jahren hatte sie sich von Roberto getrennt, aber offensichtlich galt sie in den Augen der Schwarzen von Lapa bis in alle Ewigkeit als seine Geliebte. Sie vergötterten Roberto. Er war schwarz, eine Waise, Alkoholiker und »ein berühmter Theaterschauspieler«; er spielte Hauptrollen, allerdings nur im Ta-Na-Rua-Theater. Er war in der Welt der Weißen vor Anker gegangen und hatte es geschafft, dabei nicht unterzugehen.

Özgür war es sehr schwergefallen, ihn aus ihrem Gedächtnis zu streichen; von den vielen Personen, die sie in Rio kannte, war Roberto der Einzige, der nicht in ihren Roman hatte eindringen können. Man könnte ihn schlicht als Psychopathen bezeichnen, einen Mann, bitter wie der giftige Saft des Schierlings, geboren aus schwarzen Gewitterwolken und Blitzen. Er selbst bezeichnete sich immer als »Spross einer Vergewaltigung«. Seine Mutter, die starb, als er zwei Jahre alt war, soll die Geliebte ihres Dienstherrn gewesen sein. Die Theaterspieler des Ta-Na-Rua meinten immer, er sei der einzige Schwarze in Rio, der unfähig sei zu tanzen. Er war klein und schmächtig, man konnte ihn nicht wirklich als attraktiv bezeichnen, aber seine lebendigen und ruhelosen Augen, die wie Glühwürmchen blinkten, verliehen ihm einen ganz eigenen, liebenswürdigen Charme. Özgür und er hatten keine gemeinsame Sprache, also basierte ihre Beziehung ausschließlich auf körperlicher Kommunikation, wohl die intensivste aller Kommunikationsformen. Özgür empfand ihre ersten Monate in Rio als derart schmerzhaft und die Einsamkeit in einer so dumpfen Menschenmasse als so quälend, dass sie vergeblich versuchte, diesem verrückten Menschen einen Funken Liebe, Zärtlichkeit oder dergleichen abzuringen. Aber sie musste jeden atemberaubenden Moment, den sie mit ihm verbrachte, mit tiefen Demütigungen teuer, viel zu teuer bezahlen. Die Gringa, die ihren Körper nicht zu schätzen wusste, die leicht herumzukriegen war und die keine Ahnung von den byzantinischen Intrigen des Verlangens hatte, war im Nu zu einer Sexsklavin, zur orientalischen Haremsdame geworden. Sobald Roberto sie an ihren hageren Schultern packte, stieß er sie in den Kerker der Leidenschaft, in dem sie genüsslich mit dem Tode rang.

Unzählige Male waren sie sich begegnet. Rio, die Stadt, die jeden, der ihr ins Netz geht, seinem Schicksal überlässt, führte sie immer wieder zusammen. Auf Partys, in Kinos, Konzerten, einmal sogar direkt vor ihrer Haustür. Als wäre er der düstere Refrain in Özgürs Lied vom Sterben. Immer wieder hatte er die Gringa mit dem strengen Blick verführt. Selbst noch nach jener Nacht ... Nach jener Nacht, in der er ihr die Brüste gequetscht und die Arme verdreht hatte, bis sie aufschrie. »Wer in dieser Stadt, in der ungestraft Menschen getötet werden, kann verhindern, dass ich Böses tue? Im Krieg ist alles erlaubt.« Das war wohl der Slogan, den er sich gerahmt und über sein Gewissen gehängt hatte. Das letzte Mal standen sie sich frühmorgens nach dem ursprünglich heidnischen Freudenfest Juninho plötzlich im Bus nach Santa Teresa gegenüber. Er nahm Özgürs statuenhaftes, versteinertes Gesicht mit spöttischen, unbestechlichen Blicken genau unter die Lupe, und sein Lächeln kam ihr vor wie Messerstiche. Dann sagte er: »Du bist jetzt stärker. Rio hat dir geholfen, deine geheimen Waffen zu entdecken. Aber du bist noch genauso zerbrechlich wie früher, und du kannst es einfach nicht lassen, dem nachzujagen, vor dem du dich am meisten fürchtest, nicht wahr?«

Alles, was von Roberto geblieben war, der sich irgendwo ganz hinten, in einer einsamen Zelle ihres Gehirns, festgesetzt hatte, war zum einen das Gefühl, beschmutzt worden zu sein, das hartnäckig an ihr klebte wie Pech, sodass sie glaubte, sie würde es nie mehr loswerden. Und zum anderen die Stunden, die sie mutterseelenallein im ersten Stock des Theaters verbracht hatte, wenn sie an ewig langen Probeabenden auf ihn wartete. Tänze, aufgeführt auf einer Bühne voll durchgebrochener Dielen, in der Nase juckender Staub, melancholisch hallende Schritte im fensterlosen, leeren Saal, schwarze Samtvorhänge, die einzigen Zuschauer Ratten, Reihen von Kostümen auf Kleiderbügeln, Masken. Das Theater war eine Welt, in der Wahrheit und Lüge miteinander verwoben waren und in der die unnatürlichste Künstlichkeit in eine nur für diese Welt gültige, kraftstrotzende, quicklebendige Wahrheit verwandelt wurde. Dieses Theater war eine absolut treffende Metapher für Rio, das seine Masken selbst nach dem Karneval nicht ablegt.

»He, Gringa! Schau mal her!« Jetzt gab es kein Entrinnen. Widerwillig drehte sich Özgür um.

»Hör dir das mal an! Sie nennen mich eine Rassistin. Nur

weil ich gesagt habe, dass dein Lover ein Schwarzer ist. Sag mal, bin ich deswegen eine Rassistin?«

Özgür war irritiert. Mit so einer heiklen Frage hatte sie nicht gerechnet. Sie brachte nur heraus: »Nein, warum?«

Die Frau brüllte, so laut sie konnte los: »Habt ihr's gehört? Da habt ihr eure Antwort. Ich bin also keine Rassistin oder so was. Wenn's sogar die Turca sagt!«

Vom anderen Tisch erhob sich jetzt ein unangenehmes Stimmengewirr, aus dem die Worte Türkin und Türkei herauszuhören waren. Es war ihr nicht ganz klar, was los war, sie verstand nur, dass sich eine heiße Diskussion um sie entsponnen hatte. Sie zog in kurzen Abständen immer wieder nervös an ihrer Zigarette und stieß zwischendrin geräuschvoll Rauch aus. »Verflucht! Hätte ich doch nicht so geknausert und wär ins Ernesto gegangen!«, dachte sie.

»Gringa! Warum bist du denn so still! Unser schamhaftes Fräulein, wie es sich ziert. Das war vielleicht was, als die frisch aus der Türkei gekommen ist. Sogar beim Tanzen wurde die rot. Jetzt ist sie ein bisschen lockerer geworden. He, du! Was heißt eigentlich ›Aschenbecher‹ auf Türkisch?«

Sie spürte, wie sich ihr Herz zusammenzog. Ihr seelischer Panzer war in null Komma nichts durchbohrt. Seit sie ihren Fuß auf südamerikanischen Boden gesetzt hatte, das heißt also seit genau zwei Jahren, hatte ihr niemand, kein Liebhaber, kein Arbeitskollege oder Schüler, auch keiner ihrer europäischen Freunde, also wirklich niemand, eine Frage gestellt, die etwas mit ihrer Muttersprache zu tun hatte. Sie fühlte Dankbarkeit, aber auch Wut. Und dann war da noch dieses schreckliche, aschgraue Gefühl der Einsamkeit.

»Küllük. Im Türkischen sagt man Küllük.«

Die Frau hörte gar nicht zu, was Özgür sagte. Sie kostete es vielmehr aus, eine finanziell abgesicherte Gringa, so ein Schneewittchen, nach ihrer Pfeife tanzen zu lassen. Das war einer der seltenen Momente, in denen sie die Regentschaft am Männertisch übernahm.

»Und was heißt ›mon amour‹?« Vom anderen Tisch brachen lautes Gelächter, Liebesstöhnen und ein Platzregen schmatzender Kusslaute über Özgür herein. Man hatte sie in die Enge getrieben. Wie immer spielte sie gefügig die Rolle, in die man sie gezwängt hatte.

Sie sagte: »Sevgilim.« »Wie? Wie bitte?« »SEV-GI-LIM! Bitte lass jetzt die Fragerei!« Dann rief sie Armando zu: »Einen Milchkaffee, bitte!«

Sie kehrte dem allmählich aus dem Ruder laufenden Tamtam den Rücken und versteckte sich wieder unter ihrer Tarnkappe, um allein zu sein. Sie kroch in sich hinein, als wollte sie zu einem noch kleineren, dichteren, stark abgesonderten Wesen werden. Als wären ihre knochigen Schultern die einzige Möglichkeit, sich gegen diese Stadt zu verteidigen, die ihr zu jeder vollen Stunde einen Stachel ins Herz rammte. Sie war ja ohnehin noch nie vorlaut, schlagfertig oder gut im Austeilen gewesen. Wie alle schüchternen und aufrichtigen Menschen wurde sie leicht zum Spielball von Leuten, die viel dümmer waren als sie selbst. Zu allem Unglück war sie auch noch eine Gringa. Mit ihrem stocksteifen, slangfreien Lehrbuch-Portugiesisch konnte sie es mit diesen Zechbrüdern nicht aufnehmen. Özgür sah, dass ihre Hand zitterte, als sie nach der Zigarettenschachtel griff. Bevor sie nach Brasilien gekommen war, hatte sie immer gedacht, so etwas komme nur bei Romanfiguren oder Frauen in den Wechseljahren vor. »Wurde ich gerade wirklich beleidigt, oder kann ich nicht einmal zwei, drei harmlose Hänseleien wegstecken? Meine Nerven liegen ziemlich blank.« Schon längst hatte sie die Zigarette vergessen, die im Aschenbecher vor sich hinglomm.

Zum Glück lenkte eine bildhübsche zwölf- oder dreizehnjährige Mulattin, die das O Novo Mundo betrat, die Aufmerksamkeit von Özgür ab. Wie alle Mädchen Rios in diesem Alter hatte sie tonnenweise Farbe im Gesicht und war so freizügig gekleidet, dass einem die Spucke wegblieb. Der Anblick ihrer fleischigen, violetten Lippen erinnerte Özgür an Pflaumen. Sie hatte die wiegenden, federnden Schritte eines Pantherweibchens, und ihre Haare wehten wie eine Fahne, die Feuer gefangen hat. Sie wirkte, als sei sie entschlossen, jeden Mann, der ihren Weg kreuzte, gleich welchen Alters, in ihr Bett zu locken. Erstaunlich unbekümmert und dreist stellte sie ihre aus ihrem Bustier quellenden Brüste und ihre drallen, knackigen Hüften zur Schau, wie es halbwüchsige Gangster mit ihren Waffen des neuesten Typs tun. Dieser Körper, der viel zu früh seine Unschuld verloren hatte und mit verschwenderischer Freizügigkeit präsentiert wurde, machte Özgür – und wahrscheinlich nur sie – traurig. Wie alle anderen Frauen in Rio, die einander glichen wie Klone, hatte auch dieses Mädchen einen Wunsch verinnerlicht, der eigentlich nicht ihr eigener war: die Rolle als Agitatorin der Machtversessenheit und der Unersättlichkeit des Fleisches zu übernehmen, die die Stadt diktierte. Wie eine an Fäden aufgehängte Marionette hatte sie sich in den Strängen ihrer Sexualität verheddert. Touristen, die nach Rio strömten, um irgendwelchen Fantasien aus zweiter Hand nachzujagen, tätschelten ihre Brieftaschen, wenn sie das Mädchen sahen. Aber sie war keine professionelle Prostituierte, obwohl sie gelegentlich ihren Körper verkaufte. Das geschah von Zeit zu Zeit in finanziellen Notlagen, meist aber aus einer lüsternen Laune heraus oder um etwas Spaß zu haben. Eine Allerweltsschönheit, wie die meisten Mädchen aus den Favelas. Ein Blümchen, das überall in den Slums sprießt.

Außer dem schüchternen Armando stierten nun alle Kellner

wie ausgehungerte Wölfe auf die Hüften des Mädchens, das auf den Tisch der Schwarzen zusteuerte. Ihre Shorts, die so kurz waren, dass sie ihre Pobacken nur knapp bedeckten, waren hier und dort eingeschnitten. Offensichtlich war sie es nicht gewohnt, sich von Unterwäsche einzwängen zu lassen. Über ihren verführerischen Pobacken stand in himbeerroten Lettern aus Lippenstift: WANTED. Özgür musste unwillkürlich lächeln. »Zweifellos WANTED, Schätzchen. Es ist zwar nicht gerade eine Rarität, aber trotzdem trägst du das zu Markt, was auf der Welt MOST WANTED ist.«

Özgür spürte den schlanken Schatten Armandos neben sich. Seine samtweiche feminine Hand, die zu keinerlei Gewalt fähig war, stellte vorsichtig die Tasse auf den Tisch. Özgür sah auf. Sie lächelten einander an. Ein verständnisvolles, vertrautes, unschuldiges Lächeln. Armando war Mischling, klein, aber drahtig und etwas bucklig. Er hatte krauses Haar und sehr lange schwarze Wimpern. Auf den miniaturhaft feinen Zügen seines Gesichts spiegelte sich eine verborgene Wehmut wider, ein Sturm, der sich gerade erst gelegt hatte. Özgür entdeckte bei ihm etwas undefinierbar Orientalisches; vielleicht hatte sich ja unter seine schwarzen Vorfahren ein Syrer gemischt, ein »El Turco«, der Anfang des 20. Jahrhunderts nach Lateinamerika ausgewandert war.

Sie packte die Tasse mit beiden Händen und befreite sich von allen Gedanken. Wenigstens war niemand da, für den sie sich an gute Tischsitten halten musste, und deswegen trank sie sahneschlürfend ihren Kaffee in einem Zug aus, fast ohne Luft zu holen. Wieder war sie schweißgebadet, ihr schrecklicher Durst war nicht zu stillen, aber immerhin hatte sich ihr Magen beruhigt. Endlich war sie mit ihren Zigaretten und ihrer Einsamkeit allein.

Anders als in den Touristenbars an der Copacabana gab es

hier nicht den geringsten Hinweis auf die Tropen, weder Fischernetze noch bunt schillernde Papageien, Muscheln, naive Bahia-Fotos oder Ähnliches. An einer der Wände, von denen stellenweise der Putz abblätterte, hing eine japanische Miniatur, auf der eine Frau bei ihrem Spaziergang durch einen Kirschgarten starr vor sich hinlächelt und erstaunt den Wahnsinn im O Novo Mundo verfolgt. Gleich daneben baumelte eine Brasilienflagge, die die letzte Weltmeisterschaft überdauert hatte. Auf dieser Fahne, direkt über der beidseitig leicht verknautschten Kugel, die zweifelsohne den Globus vorstellen sollte, stand geschrieben: »Ordem e progresso – Ordnung und Fortschritt«. Eine erstaunliche Ironie, über die sich Özgür auch noch nach zwei Jahren amüsieren konnte!

Sie lenkte sich eine Weile mit einer Fliege ab, die ein riesiger Soßenfleck angelockt hatte, dessen Form an eine Moschee mit drei Minaretten erinnerte. In Özgürs Nase stieg frischer Kaffeeduft, der an den Tischen vorüberzog. Sollte sie noch einen trinken? Sie zog das Heft mit dem grünen Umschlag aus ihrer Tasche.

Immer, wenn sie einen tieferen Blick auf ihre eigene Geschichte werfen wollte, kam sie über die letzten beiden Jahre nicht hinaus. Ersonnene, ineinander verflochtene, geschönte, zurechtgestutzte Erinnerungen, unfertige Geschichten, Bekenntnisse der Ich-Erzählerin, Zitate …

Durch den Sturm der gesellschaftlichen Ereignisse geriet das brasilianische Volk ins Schwanken wie Ähren im Wind. Nach dem Muttertag, dem Tod Ayrton Sennas und dem Valentinstag wurde es von einer weiteren Massenhysterie erfasst, der Fußballweltmeisterschaft. Die Tage, an denen die brasilianische Nationalmannschaft spielte, wurden offiziell zu Feiertagen erklärt, ab zwei Uhr nachmittags stellten die Busse den Betrieb ein, und die Geschäfte schlossen. Alles und jeder war in Gelb gehüllt, das ganze riesige Land und jeder Bürger, vom siebten bis zum siebzigsten Lebensjahr. Sie rüsteten sich mit Fahnen aller Größen, bemächtigten sich aller möglichen Gegenstände, mit denen man Radau machen konnte: Trompeten, Trommeln, Pauken, Pfeifen, Rasseln. Man hortete Feuerwerkskörper, Konfetti und Bier, drängelte sich scharenweise in Wohnungen, Bars, Lokalen und Konzertsälen mit Großbildleinwänden. Weil man es für den größten Schicksalsschlag hielt, der einem Menschen widerfahren konnte, ein Spiel der Nationalmannschaft einsam und allein ansehen zu müssen, wurde selbst ich von allen Seiten mit Einladungen überschüttet.

Es war an einem Nachmittag im Juli. Es goss in Strömen, als wollte der Regen die Stadt von allem Schmutz reinwaschen, erlösen. Die Straßen waren wie ausgestorben. Der Verkehr stand still, die Rollläden waren heruntergelassen, selbst die Obdachlosen hatten sich schon längst ihren Platz gesichert. Es war keine halbe Stunde mehr bis zum Anpfiff gegen Russland. Ich versuchte in meine Wohnung zu gelangen – der einzige Ort, an dem ich mich vor diesem Getümmel retten konnte.

Ich sah ihn zufällig in Cinelândia, vor dem Eingang eines Kinos. Er – einen Namen gebe ich ihm später, nachdem ich ihn beschrieben habe – lag der Länge nach in einer knöcheltiefen Schlammpfütze. Die Regentropfen stachen wie Nadeln auf sein Gesicht ein. Tot war er noch nicht, aber er war bereits so weit von den Gestaden des Lebens entfernt, dass es keine Rückkehr mehr für ihn gab. Er war am Verhungern. Sein Körper hatte die Seele verraten und hatte sich dessen, was er zuletzt aufgenommen hatte, wieder entledigt. Er versuchte mit aller Kraft das Erbrochene zu erreichen, um es noch einmal zu essen.

Niemand achtete auf den Mann. Vereinzelt hetzten Menschen über den fast leer gefegten Platz, um ja nicht den Spiel-

beginn zu verpassen, doch sie waren sowieso an die unterschiedlichen Inszenierungen des Todes gewöhnt. Nur ich blieb mit knochenbleichem Gesicht wie angewurzelt im Wolkenbruch stehen, war wie zu Stein erstarrt. Ich konnte weder weinen noch schreien. Der Aufschrei war mir im Hals stecken geblieben, als hätte ich einen faustgroßen Bissen verschluckt. Ich erinnerte mich an einen Film, den ich Jahre zuvor gesehen hatte. (Die Fiktion begegnet der Realität! Wie weit kann die Fiktion den Menschen davor bewahren, ganz unmittelbar auf die Realität zu treffen?) In diesem Film erzählt der amerikanische Held, dass er in einem entlegenen Hotel in den Tropen die schrecklichste Begegnung seines Lebens mit dem Hunger hatte, er berichtet von einem Einheimischen, der in menschlichen Fäkalien nach unverdauten Brocken sucht. Danach war mir noch tagelang schlecht. Ich glaubte damals nicht, dass es eine noch drastischere Beschreibung von Hunger geben kann. Aber die nackte Realität auf Rios Straßen übertraf sogar die grausamsten Horrorvisionen. So hat sie mir das Bild des Hungers mit ein paar Hammerschlägen tief ins Bewusstsein eingemeißelt.

Ich muss unbedingt von dem Mann erzählen, den ich da in Cinelândia, eine halbe Stunde vor Anpfiff des Fußballspiels Brasilien – Russland, also zu einem räumlich und zeitlich genau definierbaren Moment, so jämmerlich vor mir liegen sah. Ich muss es jedem erzählen, ganz gleich, ob er es hören will oder nicht. Der Preis für den Aufschrei, der mir im Halse stecken geblieben ist, muss bezahlt werden. Verdammt bin ich, weil ich diesen Mann minutenlang angestarrt habe und dann, ohne etwas zu unternehmen, weitergegangen bin. Weil es nichts gab, was ich hätte tun können, weil ich keinen Löffel fand, um ihm sein Erbrochenes zu füttern, weil alle Lokale geschlossen waren und es für eine Teigtasche wahrscheinlich schon zu spät gewesen wäre, weil ich keine Waffe aus meiner Tasche ziehen und diesem Elend ein schnelles Ende bereiten konnte. Was hätte ich ihm schon geben können? Was hätte ich ihm verweigern können? Ich bin an ihm vorübergegangen, denn ich hatte mich selbst mit einer Mission betraut, ein Argument, um meinen eigenen Tod hinauszuzögern.

Aber in diesem Moment sehe ich vor mir nur noch die Buchstaben, die ich auf das weiße Nichts vor mir aneinandergereiht habe, jenen Mann sehe ich nicht mehr. Noch fehlt mir die Sprache, in der ich über ihn erzählen könnte. Ich bin nicht stark genug, nicht grausam genug, leide nicht wirklich mit. Ich habe noch nicht genug gehungert. Worte können ihn nicht mehr zum Leben erwecken, aber sie können ihn als das bezeichnen, was er war: ein Mensch!

Plötzlich hatte Özgür ein unheimliches Gefühl; es war, als hätten sich ihre eigenen Sätze ganz unvermittelt ihr, der Schreiberin, zugewandt, als würden sie Özgür beobachten. Sie nahm hastig ihren Stift und strich den Text mit einem riesigen X durch. Dann schrieb sie nur einen einzigen Satz:

Ich schreibe, um größer zu erscheinen, als ich bin, denn ... ich bin klein, sehr, sehr klein.

Als Özgür zur Kasse ging, betrat eine obdachlose, aber sauber gekleidete Frau das O Novo Mundo und sagte mit leicht erhöhter Stimme wie ein verlegener Student, der die anderen Fahrgäste im Bus nach einer überzähligen Fahrkarte fragt: »Würde mir jemand von Ihnen ein Essen spendieren?« Sie bat bescheiden, höflich und liebenswürdig. Niemand antwortete ihr. Özgür war die Einzige, die verschämt ihren Blick senkte. »Danke«, sagte die Frau, ließ den Kopf hängen und ging leise und unauffällig hinaus, so wie ein Nebendarsteller von der

Bühne abgeht, wenn er seine unbedeutende Rolle, ohne stecken zu bleiben, zu Ende gebracht hat. Vom Tisch der Betrunkenen ließ sich die Prostituierte vernehmen, die mit den Wechselfällen des Lebens vertraut war: »Wir leben nicht in der Dritten Welt oder so! Das ist die Achte Welt, ja, die Achte!«

Özgür betrachtete den jungen Mann mit den geschwollenen Beinen und gab ihr recht. Eingerollt wie ein Embryo lag er vor seiner Säule und schlief. Er hatte diesen wunderbaren Gesichtsausdruck von Unschuld und Unberührtheit noch nicht verloren. »Das ist ein Volk von Herumtreibern, das sich nur in seinen eigenen Glanz kleidet und zufrieden ist mit einer Lebensfreude, deren Quelle keiner kennt. Dabei ist das, was sie für Leben halten, nur eine Täuschung: eine Attrappe des Glücks.«

Es tat ihr leid, dass sie sich nicht von Armando verabschiedet hatte. Sie wurde sentimental wie ein Sträfling am letzten Tag vor seiner Entlassung. Sie wollte einen guten Eindruck hinterlassen und ging noch mal ins O Novo Mundo zurück. Armando, die übrigen drei Kellner und die junge Mulattin hatten sich am Tisch der Schwarzen versammelt. Plötzlich bog sich das ganze Lokal vor Lachen. »Wer bin ich denn schon, dass ich glaube, ein Monopol auf die Wahrheit zu haben? Ich bin wohl die Letzte in Rio, die zum Thema Glück den Mund aufmachen sollte.« Sie schaffte es, die Aufmerksamkeit des Kellnergehilfen an der Kaffeemaschine auf sich zu ziehen, und überredete den Jungen, der so fasziniert auf den WANTED-Hintern starrte, als wollte er das Mädchen ausziehen, Milch in einen Pappbecher zu füllen. Als sie auf das ängstlich miauende Katzenjunge am gegenüberliegenden Gehsteig zuging, fühlte sie sich wie eine alte, sehr alte Frau, die nichts mehr vom Leben zu erwarten hatte.

Eine Reisende in den Straßen von Rio – Die Mulattinnen

Wenn es auf der Welt eine Metropole gibt, die die Mulattinnen fest im Griff haben, dann ist es Rio de Janeiro. Die Mulattin darf auf keinem Foto fehlen, das in dieser Stadt an jedem beliebigen Ort zu jeder beliebigen Zeit gemacht wird. Die Mulattin aus den Slums, mit ihrem krausen Haar, den fleischigen Lippen, dem drallen, ihr Kleid sprengenden Po und dem Kreuzkettchen um den Hals. Sie können sie in den Lanchonetes antreffen. Da lehnt sie an der Bar, und während sie an ihrem Fassbier nippt, legt sie sich mit jedem an. Sie sehen sie vor einer Kirche, wo sie mit verklärtem Gesichtsausdruck Spenden sammelt. In Supermärkten; zusammen mit Kindern jeden Alters, die ihr am Rockzipfel hängen, und bepackt mit einem Fünf-Kilo-Sack Bohnen; auf den Gehsteigen in Copacabana; in Kriegsbemalung und ausgerüstet mit ihren sämtlichen Waffen: Netzstrümpfen, Stiefeln, die bis über die Knie gehen, Ledertangas und was sonst noch alles. Auf Sambakassetten; halb nackt und mit Papageienfedern auf dem Kopf, die größer sind als sie selbst; ihr glückliches, strahlendes Lächeln versprühend und schwungvoll mit den Hüften wackelnd; in staubigen Bussen, wenn diese nach Einbruch der Dunkelheit auf dem Weg in die Favelas sind; wenn sie nach zwölf Stunden Arbeit als Dienstmädchen halb tot, mit eingefallenen, trockenen Augen ihr Abendessen aus dem Essensbehälter isst; sie sehen sie an den Stränden, ja, dort am allerhäufigsten, wie eine Meerjungfrau, die von Ozeanwellen ans Ufer gespült wurde mit nassem Haar, mit Lippen, die nach Kokosmilch duften, lässig gebundenem Pareo, freizügigen, ungeniert wiegenden Hüften, ihrem von der Sonne zärtlich verwöhnten Teint. Doch anders, als man denken könnte, ist die Mulattin von Rio nicht wirklich hübsch, das heißt, nicht hübsch im europäischen Sinne. Sie ist stämmig, klein und hat kurze Beine. Aber jede Frau, die ihr Gegenüber so bezaubert und sich ihm mit ihren Reizen hemmungslos aufdrängt, verwandelt sich in eine Mulattin.

Es sind eben jene Frauen, deretwegen bequeme, fett gewordene Gringos in diese Stadt strömen, in der das Leben ein jeden Morgen von Neuem beginnender Kampf ist, und deretwegen sie mit ihren grünen Dollars wie mit Konfetti um sich werfen. Diese Frauen verwandeln eine heillos chaotische Metropole der Dritten Welt im Nu in eine tropische Insel; in eine traumhafte Insel, wie es sie nur noch in Reiseprospekten gibt, mit goldgelben Stränden, Palmen, Meeresmuscheln.

Stets schreiten die Mulattinnen mit aufreizenden, rhythmischen Schritten einher, als würden sie Bananenbündel auf dem Kopf balancieren oder einen Samba in Zeitlupe tanzen, gelassen und entspannt, während ringsum Hektik herrscht, einem unsichtbaren Liebhaber entgegen, der sie mit offenen Armen erwartet. Sie lächeln, das Geflüster eines magischen Gedichts im Ohr, in den leidenschaftlichen Spiegel des Nichts. Im grenzenlosen Bewusstsein ihrer Weiblichkeit beherrschen sie ihre Körper vollkommen, ohne sie jemals besessen zu haben. Halb trunken von dieser erstaunlichen Macht, dieser Macht des Genusses, die so schnell verwelkt wie Feldblumen, verheißen sie verbotene Früchte, viel süßer als die des Paradieses.

Auf den Plantagen hatten sie die schreckliche Ausbeutung des Körpers zu spüren bekommen, seinen Wert und seinen Preis. Ihre erste Erzieherin war die Peitsche. Sie wissen, dass die Welt der Welten in ihren Hüften gärt; sie wissen, dass nicht der

Stift der Geschichtsschreibung zwischen ihren Schenkeln Unterschlupf findet, sondern das Rad der Zeit, das das Leben zermalmt. Auch wenn sie von Liedern gerührt sind und in ihrem Innersten weinen, zahllose Götter haben – vom Fußballer bis zum barmherzigen Jesus – und ein Mann nach dem anderen sie zum Fußabstreifer macht, bis sie zu alt und runzlig sind – im Grunde wissen sie es: Der Körper vergisst nie, was ihn die Peitsche gelehrt hat.

Rios Mulattinnen sind eigenwillig. Sie scheuen sich nicht, die Männer, die sie ins Bett locken wollen, offen von oben bis unten zu begutachten, blauäugige, glotzende Touristen zu begrapschen und mitten auf die Straße zu pinkeln. Sie sprechen laut und grölend; liegen sich in den Haaren und zanken sich; sind aufsässig gegenüber Polizisten, Busfahrern, Vorgesetzten, Ehemännern. Vielleicht lassen sie sich deshalb von niemandem auf der Welt den ersten Platz in der Rangliste der Opfer von Gewalt und Aids streitig machen. Weil sie mit drei Generationen zusammen in einem Raum aufgewachsen sind, kennen sie weder sexuelles Schamgefühl noch Schüchternheit. Sie hassen nicht und trauern nicht, wenn sie, noch bevor sie fünfzehn sind, mit einem Kind als Andenken an eine Liebesnacht allein dastehen. Es scheint, als würde mit jeder Enttäuschung, jedem Verlassenwerden, jedem Kind ihre Weiblichkeit nur noch zunehmen. In dieser Stadt, die ihnen nicht gestattet, etwas anderes zu sein als eine Frau, werden sie bis zu ihrem Ende nichts anderes als Frau gewesen sein. NUR FRAU.

Die Mulattin mit der schwarzen Haut, den schwarzen Augen und Haaren, die ein Leben lang mit dem Tod Samba tanzt. Das dunkle, tiefe, unauslöschbare Schwarz ist nur auf ihrem Körper. Nur auf ihrem Körper. Denn Seele hat sie keine. Die wurde ihr schon längst genommen.

Der Nullpunkt

Lass die Toten ihre Toten begraben.
Bibel

In Lapa, wo es von Obdachlosen wimmelt wie in einem Ameisenhaufen, wagte sie nicht, ihre Armbanduhr aus der Tasche zu holen, aber es musste gegen sechs sein. Schon längst war der Abend mit seinen langen Schatten angebrochen, und in den Straßen war es ruhig geworden. Nicht die Ruhe vor dem Sturm, sondern eine Ruhe, die den Sturm in sich birgt. Das vage, beklemmende Zeichen der Nacht. Bald würde die Welt ihre alten Augen schließen.

Özgür stand an einer Kreuzung und sah unentschlossen nach links und rechts. Sie hatte zwei Möglichkeiten: entweder auf der Gloriastraße zur Flamengobucht zu gehen oder zum Cinelândia-Platz, der für seine Kinos, Nachtclubs und Bierkneipen berühmt ist. Cinelândia – Kinoland.

Ein Plakat fiel ihr ins Auge. Musical des Jahres: ROMEO UND JULIA. Dieses »nie an Aktualität verlierende Drama«; vom broadwayerfahrenen, attraktiven Sergio Mancini für das Publikum von Rio neu inszeniert, das sein Leben sowieso für ein Musical hält. Ein schwarzer Romeo aus den Favelas, der trotzdem noch nie ein Verbrechen begangen hat, und eine schneeweiße naive Julia aus Ipanema. Wenn es um die Hautfarbe geht, hätte man tatsächlich meinen können, in dieser Stadt gebe es keine Klassen- und Rassenunterschiede, allerdings nur, wenn es um die Befriedigung der Triebe geht. Vor Kurzem war sie in den Polizeinachrichten einer Zeitung auf eine moderne Romeo-und-Julia-Tragödie gestoßen. Ein Bandit aus der Favela Turano überredete seine Geliebte aus Ipanema (Universitätsabsolventin, berufstätig, wohlhabend usw.), die mit dem Chef einer konkurrierenden Bande Geschäfte gemacht und sich dabei eine größere Menge Kokain unter den Nagel gerissen hatte, nach Turano zu kommen. Sie wurde unter schrecklichen Qualen auf dem Platz von Boca-de Fuma getötet. Man schnitt ihr Hände, Zunge und Ohren ab. Der Vorfall wurde monatelang geheim gehalten, bis der Romeo aus Turano bei einer Schießerei umkam. »Ja, ja, die Liebe! Die treibende Kraft der Welt!«, dachte Özgür und las eingehend und leicht schmunzelnd das Plakat. Der Name, den sie gesucht hatte, stand genau vor ihrer Nase: Eli Vitor de Santos. In der Rolle des Romeo.

Das »Kinoland«, das war Elis Heimat. Cinelândia, mit seinen schummrigen Bars ohne Leuchtreklame und Schilder, den Schwulenclubs und Sadomaso-Shows, das war die Welt, durch die Eli im schwachen Licht einer Taschenlampe Özgür geführt hatte. Freitagabends kamen sie immer aus dem Kurs »Afrikanische Tänze«, tranken in einem Lanchonete frische Kokosmilch, und dann stürzten sie sich in die grell schillernden Nächte. Bars, in denen keine Frauen verkehrten, in denen sich niemand nach Özgür umdrehte, die in Zigaretten- und Marihuanarauch erstickten, die nach schweißgebadeten Männerkörpern rochen und wo der ins Gewand der Begierde gehüllte Todesengel Azrail Wache hielt. Halb nackte, kahl geschorene Schwarze mit Ketten und Peitschen; Transvestiten in Tangas und Netzstrümpfen, die jeder Frau den Rang abliefen; diese mit Hormonen vollgepumpten Show-Diven mit ihren überlangen künstlichen Krallen und ihren breiten, wie ausgepolsterten Hüften. Einmal war es Özgür speiübel geworden, als sie den Auftritt einer dieser Diven verfolgte, deren Bauch fast über die

Oberschenkel hing und die es mit künstlichen Penissen trieb. Eli hatte sich gebogen vor Lachen, sie in die Arme genommen und nach draußen gebracht. »Ach, du armes türkisches Mädchen! Das war offensichtlich zu viel für dich!« (Angeblich unterrichtete diese Show-Queen tagsüber an einem staatlichen Gymnasium Geschichte, und dieser Club, in dem nachts so großzügig Fleisch feilgeboten wurde, war bis zehn Uhr ein vegetarisches Lokal.) An manchen Abenden, wenn Eli der Sinn nach »Normalität« stand, führte er sie mit dem Geld, das er seinem Liebhaber abgeknöpft hatte, in die Luxusbars von Ipanema. Da saßen sie dann immer eng aneinandergeschmiegt, fingen halb scherzhaft, halb ernsthaft zu flirten an und führten Tänze auf, wie sie selbst für Rio übertrieben waren.

All das hatte mit der Juninho-Nacht ein Ende genommen. Das heidnische Juninho, wenn mit Kerzen und Öllämpchen bestückte Ballons einer nach dem anderen am Himmel zerplatzen. »Ich bin gleich da. Ich fahre jetzt los«, hatte Eli am Telefon gesagt. Wie lange mag sie wohl in dieser Kneipe gewartet haben? Vier Stunden? Fünf Stunden? Unterdessen hatte sie so getan, als würde sie die belästigende Flut von Anzüglichkeiten, Spötteleien und glitschigen, wie Blutegel über ihren Körper gleitenden Blicken der heruntergekommenen Horde nicht bemerken. Irgendwann war sie dann aufgesprungen, um den letzten Bus nach Santa Teresa noch zu erwischen, hatte auf dem Platz den Ansturm der Straßenkinder abgewehrt, unbeschadet einen versuchten Raubüberfall überstanden und dann das Geburtstagsgeschenk, das sie für Eli gekauft hatte – Oscar Wildes *De Profundis* –, in den Müll geworfen. Dann war sie Roberto begegnet.

Sie bog nicht nach Cinelândia ab. Die Penner in der Gloriastraße waren ihr lieber als diese angetrunkenen Massen, die sonntagabends in die Hollywoodfilme strömten, oder die kokainabhängigen, aufgedrehten Muttersöhnchen. Bevor die Dunkelheit vollends hereinbrach, also bevor sich nur noch Homosexuelle auf den Straßen herumtrieben, erinnerte sie diese Gegend an die Sonntage ihrer frühen Jugend. An jene erstickenden Jahre, in denen man sich noch nicht ans andere Ufer des Ozeans retten konnte. Die Picknicks mit der Familie, Sonnenblumenkerne, die amerikanischen Serien auf dem Bildschirm des Schwarz-Weiß-Fernsehers, die nie enden wollenden Hausaufgaben, die ständige Bevormundung, die Verbote, Gardinenpredigten, die Strafen, die Plumpheit unerfahrener Küsse, die schachtelweise von der Mutter stibitzten Parliament-Zigaretten, ein Paar hochhackige Stiefel, die ersten Jazzplatten und die chaotischen und hektischen Freitagnachmittage bei ihren Freunden zu Hause, die Spiegel, die sie vergnügt beobachteten, wenn sie das Lächeln übte, und die entmutigende Kälte des silberbeschichteten Glases, die sich mit ihren Lippen vereinte. Die Blutflecken in ihrer Unterwäsche, die Scham, die sich in ihrem Teenagerkörper einnistete, Liebe, die den Wunsch zu sterben in ihr weckte, und immer ein trübseliges, trauriges Suchen. Gelebt wurde anderswo, von anderen, von denen, die das Leben beim Schopf zu packen wussten. Jahre, in denen aus dem schüchternen Mädchen mit den zerzausten Haaren und dem strengen Blick eine Frau wurde. Es war ein Hinabgleiten in die Welt der Menschen. Inzwischen hatte sie erkannt: Selbst wenn sie bis an den Amazonas fliehen würde, sie hätte sich selbst immer im Gepäck, zusammen mit dem muffigen, schweren Bündel ihrer Vergangenheit. Selbst wenn man sonst nichts von den Bäumen an fernen Küsten lernen konnte: Wenigstens das hatten sie Özgür gelehrt.

Die ersten paar hundert Meter in der Gloriastraße legte sie im Laufschritt zurück. Das war ein Ort, der für seine Düsterkeit, seine Morde und Katastrophen berüchtigt war. Hier wimmelte es von Prostituierten, Gewaltverbrechern, Aidskranken mit gezückten Spritzen beim Straßenraub, Müllhaufen, verfallenen und heruntergekommenen Häusern, schmuddeligen Männerwohnheimen und Stundenhotels. Am Anfang der Straße, die sich wie eine Kobra nach Santa Teresa hinaufschlängelte und die niemand zu befahren wagte, gab es ein kleines Fischlokal. Hier servierte man guten Wein und Kabeljau, zur Beleuchtung diente ausschließlich Kerzenlicht. Es gab nur Tische für zwei Personen. Özgür hatte noch keinen edlen Ritter gefunden, der sie zwischen den beiden riesigen Fackeln am Eingang hindurchgeführt hätte. Mittlerweile ekelte sie sich sowieso vor jeder Art Fleisch. Allein schon der Gedanke, ihre Gabel in eine Leiche zu stoßen, drehte ihr den Magen um. Gleich gegenüber diesem Lokal bot Rios bekanntestes Sexhotel Zimmer für sechs oder zwölf Stunden an mit einer Ausstattung, die bei den Paarungsaktivitäten keine Wünsche offen ließ: vom Klavier bis zur Sauna, von Pornovideos bis zur Peitsche. An diesem Punkt, an dem die Flamengobucht anfing, verwandelte sich die Gloriastraße plötzlich von einem schmutzigen staubigen Trümmerhaufen in eine breite, großzügige Allee.

Die Straßen hatten sich belebt. Die hektische Betriebsamkeit der tropischen Nacht bereitete sich darauf vor, aus ihrem Kokon zu schlüpfen. Ganz langsam ging Özgür der Nacht entgegen und sog alles Sichtbare, alle Geräusche und Gerüche in sich auf. Die warme, abgestandene, feuchte Luft presste sich auf ihre Lippen wie ein nasser Kuss; die letzten Sonnenstrahlen des Tages wurden von den Gehsteigen zurückgeworfen. Vor einigen Stunden war in der Gloriastraße noch Markt gewesen, und nun lagen entlang der Straße überall verfaulte Mangos, Papayas Bananen, Jackfrucht- und Kokosnussschalen sowie Maniokwurzeln, die wie getrocknete Zweige aussahen und die sie früher immer für Grillholz gehalten hatte. Kisten, Getränke, ein paar Lieferwagen, weithin hörbare Sambamelodien. Je näher sie der Bucht kam, desto schicker, hellhäutiger, sanftmütiger wurden die Menschen. Hier standen nun auch portugiesische Villen, riesige, von Eisenzäunen umgebene Wohnblöcke, klimatisierte Geschäfte und Palmen, und hier wurden die Lanchonetes allmählich besser. Rio kleidete sich in sein Postkartengewand. Zwei Jugendliche, die beide das gleiche T-Shirt mit dem Emblem ihrer Firma trugen, überholten sie. In ihrem laut aufgedrehten Kofferradio folgten sie dem Fußballspiel. »He, du Käsegesicht! Wenn du alleine bist, dann komm doch mit uns!«, machten sie sie an und bliesen ihr eine dicke Bierfahne ins Gesicht. Sie waren bester Laune, ihre Mannschaft hatte auch diese Woche wieder gewonnen. Die Firma, für die sie sich für hundert Dollar Monatslohn zu Tode schufteten, hatte den Sonntagszuschlag erhöht; Brasilien war zum vierten Mal Weltmeister.

Eines Nachts, als sie mit Eli nach Cinelândia gegangen war und es wie aus Eimern geschüttet hatte, hatten sie sich in einem Durchgang untergestellt, weil der Regen nicht mehr auszuhalten war. Fast vierzig Minuten hatten sie bibbernd und zitternd so ausgeharrt, dann hatten sie sich doch entschlossen, durch den prasselnden Regen zu rennen, denn nasser, als sie waren, konnten sie ohnehin nicht mehr werden. Özgür hatte damals gesagt: »Egal, wohin ich auf dieser Welt reisen werde, jeder Regen wird mich an Rio erinnern.«

Hinter der Unterführung verengte sich die Straße wieder. Das Meer war plötzlich wie weggezaubert; wegen der topografischen Besonderheiten Rios kann es passieren, dass jemand, der an der Küste entlanggeht, plötzlich die Bucht im Rücken hat. Hier also, an dem Punkt, wo die Guanabarabucht und ihre Wege sich trennen sollten, stieg sie zum Strand hinunter. Lange Zeit betrachtete sie das ruhige Meer wie ein Reiter die endlose

Wüste, die sich vor ihm ausbreitet. Eine der vielen Özgürs in ihr war immer noch in das Meer, den Sonnenuntergang, in das Abenteuer verliebt.

Weitab vom menschlichen Treiben war der Ozean glatt und ruhig, schien sich in seine eigene Welt zurückgezogen zu haben, in tiefsinnigen Gedanken zu schwelgen. Als wäre die Guanabarabucht das Tor zur Unendlichkeit und als würde sich das ferne und unbeschreiblich schöne Firmament ins Unendliche erstrecken. Der Sonnenuntergang, die Stunde, in der das Leben mit seinem ganzen Prunk und Elend in der Abendröte versinkt. In den Tropen war das Ende nie endgültig, es rief nie Schwermut hervor. Das Ende war eher vergleichbar mit dem Auftakt einer mitreißenden Symphonie. Es erschuf einen veralteten, verknöcherten, verbrauchten Traum aufs Neue. Über dem Himmel lag ein feines Netz, geflochten aus reinem Licht, wie der durchsichtige Vorhang eines Tempels; Wolken leuchteten gold- und purpurglänzend auf und erloschen wieder; der riesige Vogel der Dunkelheit, der die noch junge Nacht mit sich führte, breitete langsam seine Flügel aus, deren Spitzen glühten. Ein stilles, reines, kristallklares, unsterbliches Firmament.

Özgür wandte sich um. Sie warf einen Blick zurück in die Favela Morro Azul, die jetzt nur noch ein verschwindend kleiner Fleck in diesem Dschungel war, der sich in sein Leichentuch aus rotem Dunst gehüllt hatte, und sie betrachtete den eisernen Christus, der mit seinen kraftlosen Armen versuchte, die Stadt zu umfangen. Es war Zeit, endlich nach Hause zu gehen. Die Nacht würde überraschend schnell hereinbrechen und sie wieder überrumpeln.

Ein Penner, dessen Gesicht mit Abszessen übersät war, ging, in Selbstgespräche versponnen, laut lachend und fluchend an ihr vorbei. Er schob eine Schubkarre vor sich her, in der ungefähr zwanzig Hunde saßen, die mit Wäscheleinen festgebunden waren. Diesem Mann begegnete sie fast jeden Sonntag. Ihr taten die Hunde leid. Manche von ihnen bellten aus Leibeskräften und hofften auf die Hilfe der hartherzigen Stadtbewohner, manche heulten genauso inbrünstig wie ihre Vorfahren, die Wölfe. Die meisten jedoch hatten sich genauso in ihr Schicksal ergeben wie die Obdachlosen, deren Eiweißbedarf sie deckten. Özgür heftete ihren Blick auf einen einzigen Punkt und zählte bis zwanzig. Das war eine wirksame Methode, die sie gegen Weinen und Brechreiz entwickelt hatte. Ihr war gar nicht bewusst, dass sie inzwischen zu beten angefangen hatte. Alles, was ihr begegnete, sagte ihr, dass der Tod in dieser Stadt all seine Träume verwirklicht hatte, dass er in einem Winkel des Paradieses angekommen war.

Als sie zur Polizeiwache von Catete kam, ging sie langsamer, und mit der Schnelligkeit eines geschickten Taschendiebs sondierte sie die Umgebung. In dieser altrosa gestrichenen Holzvilla mit ihrem verwilderten, verwahrlosten Garten hatte sie einmal acht Stunden zugebracht. Man hatte sie hungrig, durstig und ohne Zigaretten in der Sonne sitzen lassen, hatte ihr eine Pistole an den Kopf gehalten und ihr erklärt, wie man ihr mit einem tischtennisschlägerähnlichen Gegenstand die Finger brechen könnte. Das war zu der Zeit, als sie beim Verein zum Schutz der Straßenkinder zu arbeiten begonnen hatte. Damals hatte sie gerade in Lapa auf den Bus gewartet, als jemand rief: »Das ist sie! Das ist sie!« Dann bremste plötzlich ein Auto neben ihr, drei Männer in Zivil sprangen heraus, packten sie an Armen und Beinen und schleiften sie in dieses Gebäude. Erst nach Stunden hatte sie begriffen, dass es ihnen bei der ganzen Sache lediglich darum ging, tausend Dollar aus ihr herauszupressen. Aber Özgür war hart geblieben. In diesem Land, in dem Justiz, Prozesse und Strafverteidigung als hinderlich angesehen werden, hatte sie sich nicht von einer Polizei einschüchtern lassen, deren Sprache sie nur ungenügend beherrschte. Sie hatte keinen Heller bezahlt, weder für ihre Freiheit noch für ihre Finger – sie hatte ja ohnehin kein Geld –, und es war ihr gelungen, unbeschadet diesem Albtraum zu entkommen. Das Merkwürdige daran war, dass sie keinen Groll hegte, weder gegen ihre Folterer noch gegen das hübsche und, wie alle Polizeiwachen und Kasernen in Rio, rosa getünchte Gebäude im Zuckerbäckerstil. Immer, wenn sie daran vorbeiging, suchte sie mit einem unerklärlichen Sehnen die Fenster ab, versuchte herauszufinden, wo das Zimmer lag, in dem sie verhört worden war, und hatte den abartigen Wunsch, »ihren« Polizisten zu begegnen. Irgendwie wollte sie wissen, ob diese sie noch erkennen würden. Im Grunde war die Polizeiwache von Catete eines der wenigen Gebäude in dieser fremden Stadt, mit denen sie eine Erinnerung verband.

Sie dachte vor allem an ihren Leidensgenossen, den man dort festgehalten hatte. Man hatte ihn auf einen handtuchgroßen Balkon gesperrt, auf den die pralle Mittagssonne schien. Er hatte sich auf dem heißen Steinboden wie ein Igel zusammengerollt, um sein Gesicht vor der Sonne zu schützen. Es war fast eine Ewigkeit vergangen, bis sie den Hof, der durch Gitter wie in Zookäfige unterteilt war, und den dicken schnurrbärtigen Mulatten, der nur eine Unterhose trug, entdeckt hatte. Er hatte seinen Kopf gehoben und sah Özgür an wie ein alter Seemann, der auf die stürmische See blickt. Ohne seinen Blick auch nur einmal abzuwenden. Als stellte er eine unlösbare, schwerwiegende, leidvolle, stille, ewige Frage. Özgür war in ihren eigenen Schmerz versunken, und so hatte sie den Mann auch angestarrt: teilnahmslos, unverbindlich und ablehnend, nur die eigene Leere widerspiegelnd. Bis der Bandit von der Polizei zum Verhör – vielleicht aber auch zur Folter oder in den Tod – geschleppt wurde, hatten sich die beiden in der Tiefe ihres eigenen Leids, in den Augen des anderen verloren.

Der Zerstörungsprozess hatte, wie alles in dieser Stadt, mit schwindelerregender Geschwindigkeit begonnen: Noch bevor sie überhaupt begriff, was geschehen war, hatte sie den Punkt erreicht, an dem es kein Zurück mehr gibt. Zerstörerische, wilde Samen hatten plötzlich in ihrer Seele Wurzeln geschlagen. In den folgenden Monaten sollten sie hinterhältig und heimtückisch aufkeimen, sich mittels der Hoffnungslosigkeit, die sich in ihrem Herzen nach und nach ausgebreitet hatte, nähren und in die Höhe schießen. Wie Bäume, die in der Dunkelheit wachsen.

Ihre dritte Woche in Rio war um. Erst die dritte Woche! Sie hatte sich von der verführerischen Einladung des Hades verleiten lassen und ihren ersten Ausflug in eine Favela gemacht, hatte sich für den Kurs »Afrikanische Tänze« angemeldet, die Nummern der Busse, die Namen von Zigarettenmarken und die Beugung der portugiesischen Verben im Präsens gelernt, hatte am Strand der Copacabana den Atlantik gesehen, den Queijo Minas, der dem türkischen Schafskäse ähnlich ist, entdeckt und den Papayasaft, war bei einem Dutzend Festas gewesen und hatte mehrere Dutzend Menschen kennengelernt. Sie hatte sich sogar verliebt und war wieder verlassen worden. Ihren linken Zeigefinger hatte sie sich in der Aufzugstür eingeklemmt und gebrochen, und in der Straße, in der sie wohnte, war ein Zahnarzt in einen Kugelhagel geraten, weil er seine Uhr nicht hatte hergeben wollen.

Auch damals hatte sie kein Geld, aber in Erwartung ihres Gehalts, das sie an dem Tag bekommen würde, an dem sie die lästige brasilianische Bürokratie besiegt haben würde, warf sie mit Dollars nur so um sich. Mit ihrer einzigen Freundin Deborah ging sie fast jeden Abend in Jazzclubs, in die Bossanova-Bars von Ipanema, in japanische Restaurants. Deborah rümpfte bei allem, was weniger als vier Sterne hatte, die Nase. Sie waren an derselben Universität; doch vermutlich war Wissenschaft das, was diese auf die vierzig zusteuernde Akademikerin auf dieser Welt am wenigsten interessierte. Das Gebiet, auf dem sie ihre Genialität an den Tag legte, war der Genuss: japanisches Essen, Meer, Sonne, Samba, erotische Abenteuer, Liebe. Ach, die Liebe! Außerdem hatte sie es mit der Astrologie. Obwohl sie so klein war, dass man sie fast für eine Liliputanerin hätte halten können, war sie eine atemberaubend attraktive Frau, die an Hollywoodstars der alten Zeit erinnerte, mit einem rundlich-wohlgeformten Körper und einer schlanken Taille, mit rotgoldglänzendem Haar, das ihr wie ein Wasserfall bis auf die Hüften fiel, einer winzigen, aber vornehmen Nase und meerblauen Augen, die wie nasse Kieselsteine glänzten. Eine atemberaubende Frau im wahrsten Sinne des Wortes. In der Verführungskunst hatte sie das Niveau der Virtuosität erreicht, und sie vervollkommnete ihre Anziehungskraft tagtäglich mit Übungen, regelmäßigen Prüfungen und immer höher gesteckten Zielen. Sie war eine Katzenfrau, die das Begehren wie ein Magnet auf sich zog, schnurrend, zutraulich und unbarmherzig.

Sie befand sich gegenüber vom alten Präsidentenpalast, den man zum Kulturzentrum umfunktioniert hatte. (Genau hier hatte sich der damalige brasilianische Präsident eine Kugel in den Kopf gejagt.) Dort saß sie in einer Pizzeria, die um einiges besser war als das O Novo Mundo. Auf den roten Resopaltischen waren keine Flecken. Die Kellner waren ebenso zuvorkommend wie flink. Statt schlecht gefüllter, öltriefender Teigtaschen gab es hier Pizzas mit französischen Namen. Auf Tafeln, mit denen die Wände von oben bis unten zugepflastert waren, wurden mindestens vierzig verschiedene Fruchtsäfte angeboten; Säfte aus Tropenfrüchten, aus sündhaft teuren Importfrüchten wie Pfirsichen und Erdbeeren sowie an ermordete Indianerhäuptlinge erinnernden Amazonasfrüchten: Tamarinde, Cupuaçu, Genipapo. Außer Özgür und einigen neugierigen Ausländern probierte keiner diese Säfte aus, weil die Einheimischen nie vom Gewohnten abwichen. In einer dieser Pizzerias hatte sie Darren kennengelernt. Der Engländer, der übertrieben gestikulierend und – ohne es zu bemerken – laut schreiend versuchte, eine Pizza mit Pilzen zu bestellen, erhoffte sich ausgerechnet von der Türkin Hilfe, die selbst schweißgebadet war, weil sie gerade zu erklären versuchte, dass sie statt Cola Matetee trinken wollte. Wegen ihrer gelockten Haare, ihrer kleinen Statur und weil sie einige Brocken Portugiesisch sprach, hatte er sie für eine Brasilianerin gehalten. Darren war in Rio, um einen Dokumentarfilm über die Morde an Straßenkindern zu drehen. Er war ein Missionar des Kommunikationszeitalters, der sein Leben seiner Arbeit gewidmet hatte, das heißt dem rührseligen Röntgenblick der Ersten Welt. In der einen Hand hatte er eine Kamera, in der anderen das Wörterbuch, in der Hosentasche seine Malariatabletten und die Präservative; er war gegen alles geimpft, von Typhus bis Gelbfieber, hastete von Nicaragua nach Bosnien, von den Wüsten Afrikas in die Slums Brasiliens und riskierte dabei ständig Kopf und Kragen.

Innerhalb von drei Wochen hatte Özgür begriffen, dass sie sich in den Strudeln Rios nicht alleine würde behaupten können. Sie hoffte, sich mit einer neuen Liebe über den noch frischen Schmerz hinwegtrösten zu können, dass sie verlassen worden war. Das, was sie für ein Bedürfnis nach Trost hielt, war eigentlich die Sorge eines angeschlagenen Boxers, ob er den Kampf fortsetzen kann. Dieses Mal war sie in einen Strudel geraten, der wesentlich stärker war als sie selbst. Nun war es ihr Schicksal, von Felsen zu Felsen geschleudert zu werden. Zwei Fremde, gefangen in der Brutalität dieser Stadt, mussten sich unweigerlich näherkommen und mit den Stürmen der Erotik, die von den Stränden her wehten, aufeinander zusegeln. Allerdings sollte Özgür einen weiteren ihrer vielen Fehler in dieser Stadt begehen, noch bevor diese verhaltene Beziehung der beiden aus der Alten Welt im feuchten Klima der Tropen aufkeimen konnte. Sie würde Darren mit Deborah bekanntmachen. Für eine, die in Rio geboren und aufgewachsen war, hatte eine einzige Nacht gereicht.

Deborah brachte Touristen, denen es inmitten all der Leuchtreklamen an der Copacabana, der »Eroticas« und »Pussy Cats« den Atem verschlagen hatte, nach Santa Teresa in eine Bar, in der die Gäste miteinander sangen und mit Tamburinen, kleinen Trommeln und Streichholzschachteln den Takt zur Musik schlugen; in der die Paare zwischen wackligen und dicht nebeneinanderstehenden Tischen tanzten. (Das war Özgürs erste Bekanntschaft mit dem Sobre Natural und mit Santa Teresa.) Dann zog Deborah ihr gesamtes Register, als wollte sie eine Sonate von Paganini vortragen. Genau die richtige Mischung aus Göttin und Spätzchen, aus Heiterkeit und Sentimentalität, Angriff und Rückzug. Mal tanzend, mal Edith Piafs Gestik parodierend oder beim heiseren Gesang eines Pagode – bis sie dann eine Serviette zusammendrehte, um damit das »Möbiusband« zu erklären. Wahrscheinlich gab es auf der ganzen Welt niemanden, der das Wort »Möbius« so aufreizend hervorstoßen konnte wie sie. (An dieser Stelle wandte sich Darren an Özgür und meinte: »Eine so schöne Frau, die so intelligent ist! Unglaublich!«, als wollte er sich auch noch bestätigen lassen, dass er die richtige Wahl getroffen hatte. Dann fügte er hinzu: »Du bist doch auch Mathematikerin, nicht wahr?«) Özgür bereute es tausendmal, dass es ihr noch nie in den Sinn gekommen war, irgendeinem Mann das Möbiusband zu erklären, dass sie statt eines hautengen, knallroten Kleides eine ausgeleierte Jeans angezogen hatte, dass sie sich in ihrem Alter immer noch keine Ohrlöcher hatte stechen lassen, dass sie sich nicht schminken und dass sie den Mund nicht halten konnte und sich hemmungslos über ihre »Liebesabenteuer« ausgelassen hatte. Tatsächlich wirkten ihre nahöstlichen Annäherungsversuche neben denen von Deborah so schwerfällig, plump und unzweckmäßig wie die primitiven Streitwagen der Antike. Verglichen mit dieser schönen, charmanten, gewandten, temperamentvollen, bezaubernden Frau kam sie sich wie ein Yeti aus dem Himalaya vor. Halb benommen verfolgte sie diese beeindruckende Vorstellung und zählte Eigenschaften auf, die Deborah treffend beschrieben: raffiniert, verlockend, leichtsinnig. (Viel später sollte Özgür die gleichen Adjektive benutzen, um die Stadt Rio zu beschreiben.) Ein makelloses Bild dessen schaffend, was sie selbst sein wollte: eine FRAU.

Zu allem Überfluss küssten sich am Nebentisch auch noch zwei Paare, ohne Unterbrechung, schon ganze zwei Stunden lang, mit Ausnahme von Trink- und Toilettenpausen, als würden sie einen Wettkampf Paar gegen Paar austragen. Als würden sie es nur tun, um Özgür zu ärgern. Wie Hofnarren, die sich der Übertreibung bedienen, des einfachsten Mittels, um dem König die Wahrheit zu sagen. Im Hintergrund sang auch noch ein weinerlicher Chor, genau abgestimmt auf dieses Melodram. Özgür bekam Magenkrämpfe. Man musste sie zum Auto tragen und auf dem schnellsten Weg nach Hause bringen.

Es begann schon hell zu werden, als sie ihren Wecker auf acht stellte. Nicht einmal das Selbstmitleid tröstete sie jetzt noch. Sie war allein in dem kleinen Fünfzimmerschlösschen, weil die

Hausbesitzer nach São Paulo gefahren waren, um die Osterfeiertage dort zu verbringen. Wie ein Tiger im Käfig zog sie ihre Kreise zwischen den wuchtigen, mit Überwürfen bedeckten Kanapees, den Mahagonitischen mit den zierlichen Beinen, den silbernen Kerzenleuchtern, den blutrünstigen religiösen Gemälden, den Madonnenstatuen, den spanischen Schwertern, den Duellierpistolen sowie den Büchern, deren Sprache sie nicht verstand und deren Inhalt, zum Beispiel Segelsport, italienische Küche, die brasilianische Verfassung, sie auch ganz bestimmt nicht interessierte. Sie warf sich auf den Perserteppich, weil sie die Bauchschmerzen nicht aushielt; dann bohrte sie ihre Fingernägel in den Polsterbezug, um nicht laut aufzuschreien. Als wäre da jemand, der ihr Schreien hören könnte! Sie war von anmaßenden, protzigen Gegenständen umgeben, die verächtlich auf sie herabsahen, sogar die Spiegel verspotteten sie, und eine alte Kuckucksuhr rief zur vollen Stunde: »Du Dummkopf! Du Dummkopf!« Die beiden Unzertrennlichen, die zwei D.s, turtelten fast vierzig Minuten wie zwei Täubchen miteinander, und das in IHRER eigenen Straße (es war zwar weder ihr Haus noch ihr Land, aber dennoch war es ihre Straße), und nach einer Unterhaltung, in der es wahrscheinlich nicht um das Möbiusband ging und deren Gelächter bis in den vierten Stock hinaufdrang, machten sie sich dann mit unbekanntem Ziel auf und davon.

Vor Einbruch der Nacht, also schon bevor die Kleopatra aus Rio aus ihrem Teppich gerollt worden war, hatte sich Ö. mit Darren für den nächsten Morgen um zehn am Strand von Copacabana verabredet. Obwohl ihr klar war, dass er nicht kommen würde, stand sie ganz früh am Morgen auf und fing an, sich zurechtzumachen. Wieder einmal unterzog sie sich der Prozedur, dieser Sisyphusarbeit, dieser sinnlosen Schlacht, die für eine gerade aus winterlichen Gefilden gekommene, uneitle und ungepflegte Frau unverzichtbar ist, bevor sie in den Badeanzug schlüpft. Sie fühlte sich, als wäre sie der Haarflaum, der da auf die ausgebreitete Zeitung fiel: urwüchsig, unnütz und irgendwie unerwünscht.

So also hatte das Osterfest begonnen, dieses Osterfest, an dem alle Uhren stillstanden. An der Copacabana war niemand. Zwar tummelte sich fast eine halbe Million Menschen am vier Kilometer langen Strand, Menschen, die glänzten, als hätte man sie in Öl gebraten, mit Tangas, Pareos, Gitarren und Trommeln. Aber für sie war niemand gekommen.

Das Osterfest hatte begonnen. Der teuflische Wille, der die Stadt regierte, hatte allen Uhren befohlen stillzustehen. Das Schlagwerk hatte um acht Uhr seine letzte Pflicht getan, der spöttische, geschwätzige Kuckuck hatte sich sogleich in sein Nest zurückgezogen, die Batterie der Armbanduhr war leer. So eine grundlegende, banale, aber lebenswichtige Information wie die, wo man Batterien für Armbanduhren kaufen konnte, hatte sie sich noch nicht beschaffen können. Schlagartig war die Temperatur auf zweiundvierzig Grad angestiegen. Alle Bemühungen, durchzulüften, schlugen fehl. In einem Haus, das so leblos war wie ein Friedhof, mit einem Telefon, das so schweigsam war wie ein Toter, war sie eingesperrt und allein. Vier endlose Tage und vier endlose Nächte … Als wäre sie schon halb tot. Als wäre die Stille zum Sturmangriff übergegangen. Gleichzeitig mit den Uhren war auch die Zeit stehengeblieben. Sie war immer in den gleichen Tag eingeschlossen, wie ein Insekt, das seinen Kokon aufgebrochen hat, aber nicht daraus hervorschlüpfen kann. Ein heißer, klebriger Kokon, in dem die Luft allmählich ausging. Sie bekam einen Asthmaanfall.

Von Zeit zu Zeit war sie drauf und dran, verrückt zu werden, und warf sich auf die brütend heiße Straße, um weiterhin daran glauben zu können, dass die Außenwelt tatsächlich existierte.

Sie lief die Copacabana, die einzige Straße in dieser Stadt, die sie kannte, hinauf und hinunter. Wie Rudolf Hess, der als einziger verbliebener Gefangener den Hof seines Gefängnisses abschreitet. Die Hitze sog in Windeseile alle Energie aus ihr. Sie konnte nicht schlafen, nicht essen, nicht atmen. Als hätte sie heißen Ton in der Lunge. Alles, was sie anzog, wurde ihr zu warm. Ihre Lippen waren aufgesprungen, weil sie so durstig war, ihr Urin war schlammfarben. Vor ihren glanzlosen Augen leuchteten ständig blaue Blitze auf. Alle Uhren waren stehengeblieben, und sie verlor den Verstand. LANG-SAM, ganz LANG-SAM verging die Zeit. Sie zog Kurven, Wirbel, Mäander, löste sich auf in ein Delta und gabelte sich. Unentschlossene, vergessliche Minuten, die nacheinander geräuschvoll umkippten. Sand, der Korn für Korn herabrieselt. Vom Leben zum Tod, von der Ordnung zum Chaos, vom Leben …

Am heiligen Sonntag war sie der Mulattin von der Copacabana begegnet. Am Nullpunkt hatten sich ihre Wege gekreuzt. An jenem Tag hatte Jesus seine Reise in das Totenreich beendet, und er beschloss, auf die Erde zurückzukehren. Zumindest als Bildnis.

Wegen ihres stechenden Hungergefühls verließ sie das Haus. Die einzige erfreuliche neue Entdeckung in den letzten Tagen war dieses libanesische Lokal gewesen. Vor ihrem inneren Auge tauchte ein Auberginensalat mit Schafskäse und Fladenbrot auf, den sie in diesem Restaurant essen würde, das eigentlich nur ein besserer Kiosk war, mit ein paar Tischen vor der Theke. Das war das letzte Traumbild, das ihr paralysiertes Vorstellungsvermögen noch hervorbringen konnte. Doch sie fand dieses Lokal einfach nicht mehr. Sie hatte sich noch gemerkt, dass es ganz in der Nähe einer Bushaltestelle lag, aber weil sie immer so zerstreut war, konnte sie sich nicht an den Namen der Bushaltestelle erinnern. Halb ohnmächtig vor Hunger und

Hitze schleppte sie sich fast auf allen vieren vorwärts. Plötzlich, als sie etwa zum vierten Mal an ein und derselben Haltestelle vorbeikam, sah sie die Mulattin. Sie lehnte mit dem Rücken an einem Strommast, hatte die Beine furchtlos auf die stark befahrene Straße gestreckt, auf der die Autos vorbeirauschten, und schlief. Sie trug ein Kleid, dessen Farbe nicht von Schmutz zu unterscheiden war. Die Kopfhaut schaute zwischen den kurz geschorenen Haaren wie aschgraue Flicken hervor. Selbst als die Busse im Vorbeifahren ihre Füße streiften und ihr die Auspuffgase ins Gesicht bliesen, rührte sie sich nicht. Was war das nur für ein tiefer Schlaf?

Sie ging ein paar Schritte an der Mulattin vorbei. Irgendetwas war seltsam an dieser Frau, genauer gesagt, an ihrer Hautfarbe. Ihr Gesicht war schmutzig gelb, eine ganz merkwürdige, sonderbare Farbe, wie sie bei keiner Menschenrasse vorkommt und die man vielleicht auch als wächsern bezeichnen konnte. Erst dachte Ö.: »Wahrscheinlich kommt das vom Hunger!« Plötzlich war sie hellwach, als hätte sie der Teufel persönlich aufgerüttelt. Blitze, die alles in Schutt und Asche legten, noch bevor sie das Gehirn erhellten. Die Frau war tot! Ö. versuchte ihr Entsetzen zu unterdrücken und ging mit zittrigen Schritten auf die Frau zu, jederzeit bereit zu fliehen. Unterhalb ihres Schädels, im Genick, sah Ö. eine tief klaffende, fast wie aufgebohrte Wunde und getrocknetes Blut, das den ganzen Rücken überzog. Man hatte die Frau ermordet! Verzweifelt sah sich Ö. nach Hilfe um. Die Autos, Motorräder und Busse transportierten gleichgültige Menschen, die von der Ostermesse, einem üppigen Mittagessen oder vom Strand zurückkamen. Jeder war mit sich selbst beschäftigt, hatte seine Scheuklappen angelegt. Die Frau erregte nicht mehr Aufmerksamkeit als ein in die Ecke geworfener, leerer Sack. Als wäre sie nur ein schmutzig gelber, unschöner Fleck auf der glänzenden, makellosen Oberfläche des Lebens, die schleimige Spucke, die im Gesicht der Menschheit klebt!

Wen hätte sie denn um Hilfe bitten können? Ihr Portugiesisch reichte ja nicht einmal, um nach dem nächsten Polizeirevier zu fragen. Sie hatte keine Ahnung, was zu tun war, wenn man am helllichten Tag auf der belebtesten Straße der Stadt auf eine Leiche stieß. Sie wusste ja noch nicht einmal, wo man in diesem verfluchten Rio Batterien für seine Uhr kaufen konnte! »Lass die Toten ihre Toten begraben!«

Niedergeschlagen, aufgelöst und am Boden zerstört, dem Nichts so nahe wie nie zuvor, rannte sie los und wollte zu ihrem einzigen Asyl, zu ihrem Schlösschen mit seinen fünf Zimmern. Da tauchte urplötzlich das libanesische Lokal vor ihr auf, wie eine Fata Morgana in der Wüste. Ohne zu zögern, stürzte sie hinein. Sie bestellte Spinatpastete, Auberginensalat und Fladenbrot mit Schafskäse. Dazu eiskalten Papayasaft. Sie empfand nichts, rein gar nichts. Nichts außer dem vagen, heimtückischen Zittern ihrer Lippen. Als sie mit der Gabel in die Pastete stach, quoll die breiige, ölige Spinatmasse aus dem Teig. Genau in diesem Moment wurde ihr speiübel. Erst in diesem Augenblick …

Dennoch aß sie trotz dieser schrecklichen Übelkeit alles bis zum letzten Bissen auf. Tagelang sollte sie diese Übelkeit nicht mehr loswerden, die sich herabsenken würde wie eine fahle Wolke auf Rio und die sich Monate und Jahre halten würde. Eine ölige, breiige unentrinnbare Wolke …

Der Zerstörungsprozess hatte begonnen.

Jetzt weiß auch sie, was alle wissen, die am Nullpunkt angelangt sind: Sämtliche Leichen, auf die der Mensch im Lauf seines Lebens stößt, treffen ihn nur an einem einzigen Punkt, seinem wunden Punkt – es ist die eigene Leiche, die er in sich trägt.

Özgür atmete tief durch und legte den Stift auf den Tisch. Ihr Blick ruhte immer noch auf dem Heft mit dem grünen Umschlag, sie hing ihrer Vergangenheit nach. Ihren Roman hatte sie vollendet. Nun gab es nichts mehr, was sie der Welt noch hätte sagen wollen. Ihre Hölle hatte sie bis ins Kleinste beschrieben, war an der letzten Station im Labyrinth der Wahrheit angelangt, von dem aus alle Wege im gleichen toten Punkt zusammenlaufen. Sie fühlte sich, als hätte man sie gefoltert und als wäre sie um die Hälfte geschrumpft, aber gleichzeitig glaubte sie, auch gewachsen zu sein. Dem Zerstörungsprozess war sie entkommen – wie eine lebendig in Bernstein eingeschlossene Fliege hielt sie ihn für immer hinter starren Grenzen gefangen, hatte ihn in ein Objekt verwandelt, das sie, wann immer sie wollte, bestaunen konnte.

Özgür fiel die schreckliche Stille auf, die sich plötzlich ausbreitete, und sah auf. Sie war vollkommen verwirrt. Ihr fiel es schwer zu sagen, welche der beiden verschiedenen Welten, in denen sie sich befand, die wirklichere war. Das ganze Lokal war verstummt. Wie Orchestermusiker auf den Dirigentenstab starrten nun alle den hünenhaften, fast zwei Meter großen, furchterregenden Kerl am Eingang an. Seine Kleidung war ordentlich, schien aber einem anderen zu gehören. Auf seinem Kopf saß eine schlecht sitzende Baseballmütze, die mindestens drei bis vier Nummern zu klein war, in der Hand hielt er ein Bündel Papier. Sein Blick ergoss sich wie Öl über alles, was er anschaute. Özgür dachte kurz: »Seine Augen sehen aus wie tiefe, dunkle Brunnen. Als hätte er das Totenbuch gerade eben zu Ende gelesen und in seiner Gesamtheit vollkommen durchdrungen.« Sie dachte an Oliveira.

Der Hüne unterzog jede Person im Raum einzeln einer Prüfung, wie ein Padischah seinen Harem. Seine Wahl fiel auf Özgür. Aus dem Mundwinkel heraus schleuderte er ihr, fast spuckend, einige Worte entgegen, einen derben Fluch oder eine Drohung. Er ging mit unkontrollierten, unkoordinierten Bewegungen auf sie zu, die eher an einen Gorilla als an einen Menschen erinnerten, blieb dabei an den Tischen hängen und ließ seine Blätter fallen. Dann baute er sich wie ein finsterer Berg vor Özgür auf und sagte: »Du willst dich also nicht mit mir unterhalten!«

Hastig stopfte Özgür ihr Heft in die Tasche. Sie musste Zeit gewinnen und sich eine Antwort ausdenken, um sich diesen Verrückten vom Hals zu schaffen. Irgendwie fischten sich sämtliche Verrückten ausgerechnet sie heraus! Und wenn sie einfach behaupten würde, sie könne kein Portugiesisch? Sich in Rio als Fremde auszugeben, hatte noch nie etwas gebracht. Ohne sich zu irgendetwas entschließen zu können, ließ sie die Sache einfach laufen und sah zu ihm hinauf. Plötzlich stürmte der Mann los. Nicht auf Özgür, sondern auf den Nebentisch, an dem ein einzelner junger Mann im Arbeitsanzug saß. Der Hüne schnappte sich das letzte Pizzastück auf dessen Teller und biss gierig, wütend und zornig hinein; als wollte er diese Welt, die ihn so gequält hatte, in ihre Schranken verweisen; als wollte er beweisen, dass er die Menschheit zwischen seinen Hundezähnen zerfleischen konnte, wenn er nur Lust dazu hatte, trotz des Fetts, der Soße und der hochgestochenen französischen Namen. Mit einem einzigen Biss hatte er sich die Hälfte des Pizzastücks einverleibt. Angewidert verzog er das Gesicht. Noch flinker und zorniger als gerade eben schleuderte er den Rest demonstrativ wieder auf den Teller. Im Restaurant war kein Laut zu hören, alle, auch die Kellner, waren erstarrt, als ständen sie unter Hypnose. Mechanisch und steif wie eine Aufziehpuppe steuerte er auf die Theke zu, schnappte sich die Ketchupflasche und kippte fast den ganzen Inhalt auf den Teller. Dann verschlang er den jämmerlichen Rest der Pizza, der aussah, als wäre ein Kormoran in einem Meer aus Blut ertränkt worden, und rannte schnell wie der Blitz nach draußen. So unvermittelt, wie er aufgetaucht war, war er auch wieder verschwunden. Zurück ließ er stapelweise Informationsmaterial der Methodistenkirche und die finstere Schimäre seines Zorns.

Im Lokal war es auch danach noch eine Weile totenstill, als gäbe es nichts mehr zu sagen. Özgür beobachtete den Jungen, dem sein letztes Stück Pizza geklaut worden war. Er wirkte noch etwas fassungslos und beleidigt. Wie alle Opfer fragte er sich wohl: »Warum ausgerechnet ich?« Er schien gekränkt, dass er in einer solch erniedrigenden Situation beobachtet worden war, noch dazu von einer Frau. Er richtete seinen Blick auf die Straße und setzte ein Lächeln auf. Die ganze Zeit über, während in dem kleinen, vor Angst und Schrecken erstarrten Lokal allmählich wieder die alte Lebendigkeit einkehrte, Witze, Kommentare und Hänseleien zu hören waren, die Gäste sich erneut über ihre Pizza mit Pilzen und ihr frisch gezapftes Bier hermachten, ihre Plaudereien über Gott und die Welt fortsetzten, das Leben wieder seinen gewohnten, geregelten Gang nahm, wie ein Zweig, der zurückschnellt, nachdem er umgebogen wurde – während dieser ganzen Zeit also hielt der Junge mit fast übernatürlicher Willenskraft sein Lächeln auf den Lippen fest, ganz fest. »Wie eine Mischung aus Mona Lisa und der Grinsekatze aus *Alice im Wunderland*«, dachte Özgür. Sie bestellte Papayasaft und schrieb die letzten Sätze in ihr grünes Heft.

Die Gleichung des Chaos ist eigentlich ganz einfach: Leben = Leben. Tod = Tod. Aber wir sind alle darauf aus, unsere eigene Gleichung aufzustellen und die Welt ihr anzupassen. Wie gedankenlos!

In der realen Welt ist nichts tief genug, um alles, was in deinem Innern lebt, fassen zu können. Aber auch du bist mit deinem Leben, deinem Sterben und mit all deinen Träumen in dieser schrecklichen Unendlichkeit der Realität nichts weiter als ein winziger Punkt.

Es war schon dunkel, als sie das Lokal verließ. Wieder war eine Sonntagnacht in den Tropen angebrochen. Rio de Janeiro war vielleicht die einzige Stadt auf der Welt, der die Schwermut in Sonntagnächten nichts anhaben konnte. Die Cariocas konnten keinen Augenblick Einsamkeit, Stille oder Kummer ertragen. Und dennoch ... Für einen Fremden waren die Sonntagnächte immer beängstigend.

Bald würden sich die Straßen mit Menschen füllen, die eine erfrischende kalte Dusche genommen, ein neues Make-up aufgelegt hatten und die, voller Erwartungen, was die Nacht bringen würde, zu neuem Leben erwacht waren. Ein regelrechter Sturm würde auf die Domingueira, die Clubs, Bars, Lokale und Strandkonzerte losbrechen. Unter den zahllosen Alternativen würde sich jeder seine Lieblingsecke und seinen bevorzugten Rhythmus auswählen. Samba, Axé, Bossanova, Tango, Jazz ... Die, die keinen Heller mehr hatten, würden ihre Liegestühle vor den Lanchonetes aufstellen und ihre Kassettenrekorder auf volle Lautstärke drehen. Man konnte vor jeder Tür tanzen, die auch nur halb geöffnet war, sich in jeder dunklen Ecke lieben. Selbst die Obdachlosen würden eine Melodie finden, an die sie sich halten konnten. Der Tod würde sich in der samtig schimmernden Nacht auflösen und verteilen, wie eine Handvoll Farbpulver, das ins Wasser geworfen wird, und seine eigene unsichtbare Signatur in die Dunkelheit schreiben. Leidenschaftliche Briefe würden übergeben werden, ohne sie mit dem Kuvert der Liebe zu kaschieren. Um nur ja die Zeit bis zum Morgengrauen auszufüllen, würde die Stadtbevölkerung alles Mögliche horten – Bierkisten, flaschenweise Cachaça-Rum, Massen von Liedern und farbigen Geliebten –, und sie würde vor der Attacke der Einsamkeit in der Menge Zuflucht suchen. Auch Özgür hamsterte seit Monaten. Kaufte eine Schachtel Zigaretten nach der anderen, legte ihre Kugelschreiber in Reih und Glied nebeneinander, ordnete ihre Erinnerungen und nahm sie auf Tonband auf, um sie in Sätze zu gießen. Genau so, wie sich ein erfahrener Akrobat an seinem Balancestab festhält, so hielt auch sie sich monatelang am Schreibstift fest. Jede Nacht, ausnahmslos jede Nacht, feilte sie mit der Entschlossenheit eines Ritters, der sich sein Schwert umbindet, an ihren Vorstellungen, reihte Buchstabe an Buchstabe, Wort an Wort, türmte Leid auf Leid, und so hatte sie langsam eine Festung errichtet. Eine Festung, deren Wehrhaftigkeit sich beim ersten Ansturm der Wirklichkeit erweisen würde.

Eine Reisende in den Straßen von Rio – Nacht

Ganz langsam bedeckt ein schwarzer Samthandschuh den leuchtenden Rubin am Horizont. Die tropische Nacht, die sogar noch einen Diamanten schleift. Sie leckt den Körper wie eine feuchte Zunge, dringt durch alle Fissuren ins Gewebe ein und wird dort, genau im Inneren, vom eigenen Rhythmus erfasst. Eine Nacht, die bei jedem Pulsschlag mitschwingt.

Eine Reisende, die dem Ruf der Straße und ihrer verlockenden, unerträglichen Leichtigkeit erliegen wird. Sie wird sich einer der Karawanen auf dem Weg ins Totenreich anschließen, um sich im Lärm zu verlieren, im Taumel wieder zu sich zu kommen, um die giftigste aller Leidenschaften zu kosten. In der Ferne das Dröhnen der Trommeln – Tamtams, Atabaques, Marimbas, Pandeiros. Die Reisende wird das gewaltige Lagerfeuer in der Wüste der unendlichen Einsamkeit erreichen. Auch sie wird sich unter die Menge mischen, die tanzt, bis sie in Trance fällt. Befreit von ihren Ketten, trunken, verdammt zum Genuss. Menschen, die verzweifelt tanzen, damit das Lagerfeuer die Nacht, die sie umgibt, und die Nacht in ihrem Inneren erhellt. Ein Rhythmus, eine Wüste, eine Nacht. Menschen im gleichen Schritt, Hand in Hand, Schulter an Schulter, tanzen den Tiefen des Nichts entgegen. Dort liegt ein großes Geheimnis, genau an diesem toten Punkt: Das Leben ist nur ein Traum zwischen zwei Lidschlägen. Nur ein Traum …

»Ekstase, Trommeln, Tanz, Tanz, Tanz, Tanz!«

Und das Feuerwerk beginnt!

Das Schicksal eines jeden Menschen ist nur insofern
ein persönliches, als es etwas zu gleichen scheint,
das schon in seiner Erinnerung existiert.
Eduardo Mallea

Sie befand sich auf dem großen Platz, der zwischen dem ehemaligen Präsidentenpalast und den finsteren Gassen liegt, die in die Favela Morro Azul führen. Die abendliche Brise, die vom Ozean herüberwehte, hatte den eisernen Ring, der ihr den Hals zuschnürte, ein wenig gelockert. Die letzten Zeichen des Tages erloschen mit den nach und nach aufleuchtenden Lichtern der Stadt, zogen sich lautlos aus den Straßen zurück, um der Nacht freie Bahn zu gewähren. Die fliegenden Händler, die Halbedelsteine, Halskettchen mit Tierkreiszeichen, Tukan-, Kolibri-, Papageienfigürchen und billige Bücher verkauften, räumten ihre Verkaufsstände auf. Für die durstigen Reisenden einer unendlich lange währenden Finsternis füllten die Imbissbudenbesitzer ihre Kaffeemaschinen nach und rollten Bierfässer heran; Straßenkinder stopften die restlichen Waffeln und Süßigkeiten auf ihren Tabletts in sich hinein, umklammerten die paar Heller, die sie verdient hatten, ganz fest, brachen zum Abendessen auf und suchten ihre Mütter. Die Busse, die wieder von den Stränden zurückkamen, waren brechend voll mit nach Salz riechenden Fahrgästen mit nassen Haaren, Körper, die die Sonnenstrahlen eines ganzen Tages in sich aufgesogen hatten, hingen schlaff wie nasse Säcke herum; Sandalen, Handtücher und Pareos waren kreuz und quer verstreut. Eine wie aus dem Ei gepellte Menschenmenge wartete gerade mit gezuckertem Popcorn, Cola und Cashewnüssen vor dem Kulturzentrum auf den Einlass für die Vorstellung um halb acht. Özgür überflog kurz die Plakate. Im Stadtzentrum von Rio konnte man, außer in der Cinemathek, nirgends sonst einen wirklich guten Film sehen. Heute auf dem Programm: Bram Stokers *Dracula*.

Ein fünfzehn- bis sechszehnjähriger Junge ging mit wippenden, federnden Schritten, die höchstens für einen Kriegstanz getaugt hätten, an ihr vorbei. Haare, nach dem letzten Schrei wie ein Hahnenkamm senkrecht in die Luft frisiert, ein rötlichgelbes T-Shirt mit Fischmuster, amerikanische Sportschuhe, Shorts mit der Aufschrift »Ein Kind Rios«. Ein Junge, der mit seinem ganzen Gehabe und seiner Aufmachung deutlich signalisierte: »Ich bin ein Favelado, ich liebe Kokain und Cola. Eines Tages werde ich ein gefürchteter Pistoleiro sein.« Eine Melodie drang an ihr Ohr. »Elle foi um bandido ...« Der Text berührte sie wieder aufs Neue; genau wie an jenem Nachmittag, an dem sie der tiefen Stimme des Sängers in Santa Teresa gelauscht hatte. In ihren Augen standen Tränen. Als hätten all die Leiden, die Enttäuschungen und die Tiefschläge der Vergangenheit in einen stecknadelkopfgroßen Punkt ihres Herzens gestochen. Sie war es leid, sich an das Leben zu klammern, sich selbst zu verteidigen und eine Ohrfeige nach der anderen einzustecken.

»Er war ein Bandit, aber ein guter Mensch.« Diese fürchterlichen Sonntagnächte der Immigration; alte, uralte Verkrustungen; eine erstarrte Finsternis. Sie ertrug keine Nacht mehr, ohne zu schreiben. Ein Wanderer kennt die Einsamkeit wie ein Soldat die Angst oder ein Akrobat seinen eigenen Körper. Vor allem eine Reisende in den Straßen von Rio! Eine Reisende ohne Hafen in den Tropen. »Was suchst du nur in dieser Stadt?«, hatte ihre Mutter mit ihrer aus der nördlichen Hemisphäre stammenden, eisigen, besorgten Stimme gefragt. »Warum kommst du denn noch immer nicht zurück?«

Ihre Hand glitt zu der ausgebeulten Stelle in der Tasche, zu dem Heft, das unter dem abgenutzten Leder durch ein leichtes Pulsieren zu erkennen gab, dass es lebte. »Auch wenn ich zwei unendlich lange Jahre vertrödelt habe, habe ich doch wenigstens ein Buch geschrieben. Vielleicht wird es niemandem nutzen, niemanden vor irgendetwas bewahren. Ereignisse, die ich ausgewählt habe, um sie gegen die Wahrheit auszutauschen, Lügen, die meine Wunden reinwaschen. Ein vereinzelt aufflimmerndes Blinken auf einem dunklen Ozean. Zitternd, regelmäßig, magisch. Ich habe geschrieben, weil ich in dieser Stadt, in der ein Menschenleben nur zwischen zehn und vierhundert Dollar wert ist, auf keine andere Art vor dem Tod in Deckung gehen konnte. Jetzt habe ich mein verkrüppeltes Baby, aber ich bin auch einsamer als früher.«

Plötzlich tauchte Eli vor der Pizzeria, der Geburtsstätte des »Nullpunkts«, auf wie Lazarus an seinem Grab. Mit seinem unverwechselbaren Gang bewegte er sich, aufrecht wie ein Indianerkrieger, auf das Kulturzentrum zu. Als würde er sich zu einem nur für ihn hörbaren Rhythmus bewegen. Ganz so, als wäre das Leben ein mit Messern bewaffneter Capoeiratänzer; aber Eli hatte schon vor langer Zeit gelernt, sich vor den äußerst flinken, wohldurchdachten Angriffen seines versierten Gegners zu schützen. Özgür bog rasch in eine der Seitenstraßen ein und war, noch bevor sie aufeinandertrafen, im Dunkeln verschwunden.

Das einzige nicht mit Blut besudelte Foto aus Brasilien, diesem verfluchten, von Schüssen wie ein Sieb durchlöcherten riesigen Land, zeigte Eli. Der einzige Name, der sie davon abhielt, eine ellenlange Liste mit einem hasserfüllten großen X durchzustreichen. Dabei war er ein echter Sprössling der Gewalt. Er war im Afrika Südamerikas, im alten Sklavenhafen, dem siebentorigen Salvador, geboren. »An meine Mutter kann ich mich nicht mehr erinnern, sie starb schon, bevor ich krabbeln konnte, und sehr wahrscheinlich wusste sie nicht, wer mein Vater war«, hatte er erzählt, und statt einen Punkt am Ende des Satzes zu machen, hatte er ein bitteres, spöttisches und anrührendes Lächeln aufgesetzt. »Ich muss etwa fünf Jahre alt gewesen sein, als ich das erste Mal vergewaltigt worden bin. Nachdem sie mich aus den Fängen meines Onkels und seiner vier Freunde gerettet hatten, musste ich genäht werden, damit ich nicht verblutete. Sogar am Mund ... Dieser Tag ist aus meinem Gedächtnis gelöscht, aber meinen Onkel habe ich nie vergessen. Man sagt doch: Die erste Liebe vergisst man nie.« Die klarste Erinnerung an seine Kindheit, die er als »pechschwarzen Stein« beschrieb, der immer noch in seinem Hals stecke, waren die Nächte in einem armseligen Waisenhaus, in denen er gegen den Schlaf ankämpfte, weil er Bettnässer war. Da er diesen Kampf immer verlor, wurde er bis zum vierzehnten Lebensjahr jeden Morgen mit einer Eisenstange verprügelt. Der Hunger, der sich tiefer in seinen Körper als in sein Gedächtnis gegraben hatte; die Misshandlungen, die er, als er stark genug war, nicht mehr als Opfer, sondern als Täter erlebte; der warme, nach Ozean duftende Regen, der durch die zerbrochenen Fensterscheiben in den Schlafsaal drang; der Wind, der das Blasen der Nebelhörner und den Ruf der Glocken zu fernen Ufern mit sich trug. Das andere Geschlecht hatte er mit achtzehn kennengelernt. Er hatte es erforscht wie ein europäischer Biologe die Affen vom Amazonas, jedoch keinen Hinweis auf seine eigene Welt gefunden. Nach unzähligen Brasilianerinnen, die wie Kletten an ihm klebten und die Homosexualität dieses schwarzen Herkules als fürchterliche Verschwendung, ja sogar als Beleidigung ansahen, war die introvertierte, schmalbrüstige

Özgür, diese Gringa von weit entfernten Küsten, ein sicherer Hafen für ihn.

Sie waren sich in Flamengo im Kurs für die »Afrikanischen Tänze« begegnet. An dem Tag, als sie das erste Mal den Tanzsaal betreten hatte, war sie mit weichen Knien an einer Gruppe professioneller Tänzer vorbeigegangen – ausnahmslos alle schwarz und schwul –, die sie anstarrten, dass ihr das Blut stockte. Begleitet von Rufen wie etwa: »Wieder so eine Weiße, die tanzen möchte wie die Schwarzen!« »Vorher müsste sie aber erst mal von einem Schwarzen flachgelegt werden, Junge!« »Stell dir mal ihr Gewinsel vor: Oh, hör auf, du tust mir weh!« Sie hatte sich hinter der einzigen Person versteckt, die ihr zulächelte. So lernte sie Jazztanz, die traditionellen afrikanischen Tänze und Candomblé. Und sie lernte das einzige Geheimnis des Körpers kennen, das nur der Schwarze Kontinent kennt, den Rhythmus – indem sie ihre Augen auch nicht für einen Augenblick von Elis muskulösem Rücken abwandte, seine außergewöhnlich geschmeidigen Bewegungen nachahmte, seinen Tanz verfolgte, der jeden Trommelschlag unterstrich. Sie waren das interessanteste Paar in der Tanzgruppe: der pechschwarze Candombletänzer, mit der Statur eines griechischen Gottes, und die spindeldürre, elfenbeinfarbene Ballerina. Die Harmonie, die sich zwischen den beiden im Laufe der Zeit entwickelt hatte, war wirklich außergewöhnlich. Selbst die anderen aus dieser unbarmherzigen Gruppe fingen irgendwann an, Özgür ernst zu nehmen trotz ihrer drei Todsünden, eine Weiße, eine Frau und eine Gringa zu sein. »Es gibt nur einen Weg, den Candomblé zu tanzen«, hatte Eli gesagt. »Du darfst keine Hemmungen haben, nichts verbergen, keine Scheu zeigen. Du musst tanzen, als würdest du sofort sterben, nachdem die Musik aufgehört hat zu spielen, nicht erst nach vierzig Jahren und auch nicht morgen, sondern sofort!«

Schließlich klammerte sie sich an Eli, begeistert, jemanden gefunden zu haben, dem sie ohne großes Risiko ihre Liebe schenken konnte, und Eli klammerte sich an sie. Ihre Beziehung war frei von Ansprüchen, Grausamkeiten und Spielchen, von einer Spontaneität wie unter Kindern. Eine Reinheit und Unschuld, die ihr in Rio so schmerzlich fehlte. Eigentlich glaubte Özgür nicht sonderlich an pathetische Begriffe wie »Unschuld«. Sie konnte sich auch nicht recht erklären, was Unreinheit eigentlich bedeuten sollte. Mit Sicherheit war die Liebe, die sie für Eli empfand, nicht rein platonisch. Ganz im Gegenteil. Ihr Begehren nach ihm ließ sie erzittern, als wäre sie ein Blatt im Wind. Trotzdem ... Trotzdem, wenn sie nur in Elis schmalem Bett lag und wenn ihr Kopf auf seiner Brust ruhte, fühlte sie sich beinahe so, als hätte sie das verlorene Paradies gefunden, an dessen Existenz sie nicht glaubte, von dem sie nicht einmal wusste, was es sein sollte.

Nachdem Eli den broadwayerfahrenen, angesehenen Regisseur Sergio Mancini verführt und sich dann den Launen dieses vergnügungssüchtigen, über sechzigjährigen Mannes gefügt hatte, spielte er in dessen sadomasochistischen Fantasien die Hauptrolle. So hatte er auch die Rolle des Romeo im »Musical des Jahres« ergattert. Jetzt bekam Özgür seinen schwindelerregenden Aufstieg in der Theaterwelt nur noch über die Zeitungen mit. Als sich die Eifersucht des ergrauten Wolfes mit Elis früh erlernter Überlebenskunst vereinte, wurde er ihr plötzlich entrissen.

Es war in der Nacht des heidnischen Freudenfestes Juninho, in der von Kerzen beleuchtete Ballone der Reihe nach am Himmel zerplatzen. Sie hatte in dieser schrecklichen Kneipe in Cinelândia auf den letzten Bus nach Santa Teresa gewartet. Das *De Profundis* hatte sie weggeworfen und war Roberto begegnet. Und der hatte ihr gesagt: »Du kannst es einfach nicht lassen, dem nachzujagen, vor dem du dich am meisten fürchtest, nicht wahr?«

Sie hatte Eli nie mehr angerufen, nur über ihn geschrieben. Damals dachte sie, ihr Leid sei tief, wie das einer Mutter, die ihren Sohn verloren hat. Dabei hatte sie gar kein Kind. Das Einzige, was sie besaß, das sie mit der Liebe zu einem Kind vergleichen konnte, war *Die Stadt mit der roten Pelerine.* Aber mittlerweile vermisste sie den Eli, von dem sie in ihrem Roman erzählte, mehr als den wirklichen Eli. Lieber Eli! Eli, der tanzte, als würde er sofort sterben, wenn die Musik zu Ende ging, der ohnehin so tanzte, als wäre er schon viele Male gestorben, der aber mit fünf Jahren gelernt hatte, wie man überlebt! Lama sabachtani – Warum hast du mich verlassen?

Eine Straßenlaterne, die früher als andere leuchtete, stand am Anfang des schmalen Pfades in die Favela und beschien einen Mann in einer Lederjacke, der unbewegt wie eine Marmorstatue dastand. Sie standen sich gegenüber. Wie nasse Regenwürmer glitten seine Blicke musternd über Özgürs Körper, als hätte er es mit einem stinkenden, unbedeutenden Käfer zu tun. Sein Gesicht, das eine verborgene Flamme geschwärzt hatte, barg weniger Leben in sich als ein Zombie. Bei Özgür klingelten alle Alarmglocken. Selbst bei Verrückten hatte sie noch nie so eine Leere und Stumpfheit gesehen. »Dieser Mann muss völlig seelenlos sein. Ein Mörder ... Ein Mörder, der nicht wegen Geld oder zum Vergnügen tötet, sondern den Mord als Lebensform begreift, als eine Art, sich selbst darzustellen. Als wäre er der *Stadt mit der roten Pelerine* entsprungen.« Erst als ihr klar wurde, dass der Mann sich nicht für sie interessierte, sondern lediglich die Lastwagen beobachtete, die nach Morro Azul hinauffuhren, beruhigte sie sich. Wahrscheinlich war er ein ziviler Polizist vom Hauptrevier in Catete.

FEUERWERK! Özgür war im Feuerregen eingeschlossen; sie

blieb wie angewurzelt auf dem Gehsteig stehen, der von der schrecklichen Knallerei bebte. Sie wusste nicht mehr, wo sie war, wohin sie wollte, ja nicht einmal mehr, wer sie war. Tiefblaue, phosphoreszierende Flammen umzüngelten ihr Bewusstsein. Plötzlich hatte das Feuerwerk in der Favela Morro Azul den dunklen Himmel mit bunten Kometen, funkensprühenden Fontänen, aufflammenden Lotosblüten und blinkenden Edelsteinen, die herabregneten wie Perlen einer gerissenen Gebetskette, bedeckt. Sie wurden in den Zenit der unendlichen Leere und in die Tiefen der Nacht geschleudert; hinterließen ihre glitzernden Fährten, während sie den kürzesten Weg ins Nichts nahmen, den kürzesten Weg zu dem Moment, in dem eine mit Pulver gefüllte Rakete einen Kosmos von außergewöhnlicher Schönheit gebiert, in dem sich Kürbisse in Kutschen und Mörder in Engel verwandeln oder *Die Stadt mit der roten Pelerine* zum Märchenland wird; den kürzesten Weg zu dem Wunder, in dem die Musik des Orfeu Negro allen Lärm, alles Klagen und Wimmern der Welt übertönt. Genau in diesem Moment sah Özgür, dass eine im Nichts leuchtende Traummaske ein- und ausatmete.

Als die Lastwagen mit ihren Kokainladungen den Morro Azul erreicht hatten, kam ihr eine überraschende, erschütternde Erkenntnis. Die Feuerwerkskörper hatten mit ihren zitternden, magischen Spuren des Erlöschens das Bild der Finsternis gezeichnet und Özgür dabei gleichzeitig in die Vergangenheit katapultiert. Wie ein Schrei, der die Nacht ruft und sie zugleich zerreißt. Özgür hatte begriffen, dass sie sich in dieses Rio de Janeiro verliebt hatte, in dem das Wort »Liebe« seine Bedeutung bereits verloren hat, noch bevor es ausgesprochen wird. Sie hatte begriffen, dass sich ihr Schicksal mit den Abgründen der Stadt vereint hatte, seit sie das erste Mal diese knallbunte, kuriose Postkarte gesehen hatte. Die Stadt der Abgründe, der Kadaver, der Adler. Rio, das waren Regentropfen, so schneidend wie Rasierklingen; das waren die Busse nach Santa Teresa, voller Säufer und Banditen, die einstimmig miteinander sangen; das nervenzerreißende Schlagen der Karnevalstrommeln; die melancholische schwarze Stimme, die sie schon vom ersten Tag an mitgerissen hatte; die gutherzigen Gauner; Eduardos Geschenke; die Mangobäume der Ballettschule, in deren Ästen die Affen sprangen; die Muscheln, die mit dem Windhauch aus dem Tal klirrten; Elis Lächeln am ersten Tag, das nie vergehen würde; die Guanabarabucht, die das entsetzliche Gelächter des Ozeans überdeckt; der Dschungel, der in seinem schrecklichen Durst nach Licht immer weiter vordringt und schließlich auch in ihrem Herzen wucherte. Sie hatte sich in die gefährlichen höllischen, traurigen Tropen verliebt.

Das war eine Liebe, die nur für sie selbst existierte; ärmlich, verwundet, unbewusst, am Rand des Wahnsinns, zum Bersten beladen mit Abscheu und Ekel – eine Liebe, deren Schicksal es ist, die Vernichtung zu suchen, wie eine unter einem Glassturz verwelkende Blume, vergiftet, ohne berührt worden zu sein. und auf die menschlichste Art und Weise beschmutzt.

An jeder Ecke war ihr der Tod begegnet, ein feister, gefräßiger, wankelmütiger Tod, der in jedes der Worte, das sie geschrieben hatte, eingesickert war. Aber es war etwas anderes, dem sie durch dunkle Labyrinthe nachgejagt war, um ein Stückchen davon zu erhaschen, etwas anderes, was sie in den bettelarmen Favelas, hinter Karnevalsmasken, hinter den trüben Blicken der Obdachlosen gesucht hatte: die verzweifelte Lebenslust des Körpers, die älter und stärker ist als alle Worte. Genau das war es, was sie Tag für Tag und Minute für Minute durch die Straßen trieb wie eine Schlafwandlerin. Der Rhythmus, der im Herzen der *Stadt mit der roten Pelerine* schlug; der Rhythmus, der vom lodernden Gehsteig in den Körper stieg; der Rhythmus, der auf den Lehmböden in den Hütten der Sklaven entstanden war, die sich über Jahrhunderte der Peitsche beugten. Es war Orfeu Negro, der, wenn sich die Dunkelheit senkte und sein Körper nur ihm gehörte, sein trauriges Lied sang. Sie hatte seine Melodien gehört, hatte seine Traumbilder gesehen und in sich getragen, aber sie hatte sie nicht in Worte fassen können.

Sie hatte *Die Stadt mit der roten Pelerine* geschrieben, hatte dem Tod ihren ganz persönlichen Sieg abgerungen. Einen bedeutungslosen, anmaßenden, jämmerlichen, trügerischen Sieg. Aber das verstand sie erst jetzt, wie ein Gott, der in dem fehlerhaften Kosmos, den er erschaffen hat, sich selbst erkennt. Es war ihr nie gelungen, das Leben nur um des Lebens willen zu lieben. Sie hatte sich auch nie mit ihm versöhnen können. Aber schließlich, als sie am »Nullpunkt« ihre Augen öffnete, hatte sie es heiligen können.

Die Straße, auf der sich leere Kisten, Säcke, Pappschachteln und Abfallkanister stapelten, war der reinste Autofriedhof. Man hatte ausgeschlachtete Autos wie Folteropfer auf die Gehsteige gekippt. Chevrolets und Dodges aus den Sechzigern; einen Buick mit ausgestochenen Augen, der mit seinem zahnlosen Maul wie ein Kadaver lächelte; ein halb verbranntes Blechskelett. (Özgür erkannte zwar nicht, um welche Marke es sich handelte, aber das hintere Nummernschild war immer noch an Ort und Stelle.) Sie nahm den Geruch nach verbranntem Holz wahr, der aus der Unterwelt aufstieg und der wie eine Wolke durch die Straße zog. Vorsichtig bahnte sie sich ihren Weg durch herumliegende Nägel, Schrauben, Karosserieteile, Glassplitter, Öllachen und spürte, wie sich die Wärme des mit der Hitze des Tages vollgesogenen Asphalts auf ihren Sohlen ausbreitete. Ein Lagerraum blies ihr eiskalte Luft ins Gesicht. Irgendetwas an dieser Straße kam ihr sehr vertraut vor. Vielleicht war es auch der Geruch. Immer, wenn ihr Vater von der Arbeit heimgekommen war, hatte er den Geruch der Fabrik, den Geruch von Maschinen und Kabeln ins Haus getragen. In Özgürs Augen war das eine große, männliche, Sicherheit verheißende Welt, die nur bei großen und wichtigen Dingen erkennbar wird. Warum hatte sie seit Monaten, seit sie ihren Roman begonnen hatte, keinen einzigen Brief mehr geschrieben? Warum hatte sie Eli nicht wenigstens einmal angerufen? Seinen leeren Platz zu bewahren und über ihn zu schreiben, zog sie dem wirklichen Eli vor.

Diese einzigartige Erregung, ausgelöst durch das Feuerwerk, war so blitzschnell wieder in sich zusammengefallen wie ein Ballon, den man mit einer Nadel zum Platzen bringt. Der Moment, in dem sie in den Kern der Wahrheit eingedrungen war und die Unendlichkeit in ihren Händen gehalten hatte, war ihr schon längst wieder zwischen den Fingern zerronnen. Das Leben hatte sich erneut in seinen Schleier gehüllt, der aus verschiedenen Formen, Symbolen und Begriffen gewoben ist. Vielleicht waren auch die abgedroschenen Liedtexte, die traurigen Sänger, die Trommeln, die Feuerwerkskörper die verkannten Lotsen des Lebens. »Ich spiele wieder die Rolle der Anne Frank. Die typische Sentimentalität der Migranten und meine Weinerlichkeit. Wenn unsere Einsamkeit zu schmerzlich für uns wird, dann gießen wir das Leid immer wieder von einem Topf in den anderen. Und mit welcher Tiefgründigkeit überfrachten wir das Leben, das doch eigentlich völlig bedeutungslos ist?« Die technischen Details ihres Romans gingen ihr durch den Kopf. So war sie zum Beispiel unentschlossen, ob sie die Teile, die aus der Perspektive der Ich-Erzählerin geschrieben waren, dem Text hinzufügen sollte. Sie wusste auch nicht, wo sie den »Nullpunkt« bringen sollte. In dieser Phase war ihr Werk so instabil wie ein Kartenhaus. Beim ersten Fehler würde es in sich zusammenfallen. In einem Winkel ihres Gehirns hatte sich eine Randbemerkung eingenistet: »Hanabi, die japanische Bezeichnung für Feuerwerk. Hana heißt Feuer und steht für den Tod, Bi ist die Blume und symbolisiert das Leben.«

»He, du! Her mit deiner Tasche, oder ich schneide dir die Kehle durch!« Verwirrt wie eine Kranke, die man mitten in der Nacht aus dem Schlaf gerissen hat, hob sie den Kopf. Sie verstand nicht, warum man sie störte. »He, Tante! Ich red mit dir! Her mit der Tasche!« Das junge Mädchen, das da vor ihr stand, war eine ausgesprochen kleine, dralle Mulattin. Sie reichte Özgür gerade mal bis ans Kinn, hatte ziemlich dunkle Haut, die im Licht der Straßenlaterne schimmerte, und riesige, im Dunkeln leuchtende Zähne. Ihre Augen erinnerten an ein Eichhörnchen, sie schielte auch leicht. Sie war sicher nicht älter als achtzehn, aber ihr Gesicht war gealtert, noch bevor es sich von seinen Aknepickeln befreit hatte. Das Mädchen trug eine grelle pinkfarbene Bluse. »Was für eine unheilvolle Farbe!«, dachte Özgür. Sie hasste Pink. Da hörte Özgür eine Stimme sagen, als würden weder diese Stimme noch die Worte von ihr selbst stammen: »Nein, Schätzchen! Die geb ich dir ganz bestimmt nicht!« »Rück sie raus, oder ich schneid dir die Kehle durch!«

Lässig und halbherzig schwang sie die zerbrochene Flasche, die sie in ihrer Hand hielt. Staub, der vom Wind aufgewirbelt wurde, blinkte für einen kurzen Augenblick im Halbdunkel auf und zeichnete einen funkensprühenden Bogen. Ihre Drohgebärde war so wenig überzeugend, dass Özgür sofort begriff, wie unerfahren das Mädchen war. Sie konnte die Angst der Mulattin, verborgen hinter einem Pokerface, schon an ihrer Körperhaltung ablesen. Ein Schuss aufgesetzte Kühnheit, von einer, die sich vorgenommen hatte, entschlossen zu wirken. Özgür fühlte Mitleid, sie wollte alles teilen, was sie besaß. Sie bedauerte es sogar, dass sie nur noch zwei oder drei Real hatte. Beide hielten inne, wussten nicht, wie es weitergehen sollte. Nach ein paar Sekunden, die sich eine Ewigkeit hinzogen, wiederholte das junge Mädchen mit dumpfer Hartnäckigkeit, wahrscheinlich, weil ihm nichts Besseres einfiel. »Ich habe gesagt, du sollst mir deine Tasche geben! Kapiert?«

Plötzlich blitzten die Augen der Mulattin auf. Wenn auch ihre Intelligenz durch Hunger und Schläge allmählich verkümmert war, so hatte sie doch jahrelang auf den Straßen von Rio überlebt. Sie war so listig wie ein gejagtes Tier, das man schon einige Male in die Enge getrieben hatte. Außerdem kannte sie die Menschen, wusste alles von ihnen … Sie hatte schnell erkannt, dass diese apathische, magere, unscheinbare Frau, die sie da vor sich hatte, eine Ausländerin war.

»Dollars! Dollars! Understand?«

»Ich habe keine Dollars, Süße!«, antwortete Özgür auf einmal in fließendem Portugiesisch. Man konnte sie nun nicht mehr so einfach für eine Touristin halten.

»Ich schneid dir die Kehle durch!«

Jetzt schwang das Mädchen die Flasche geschickter als beim ersten Mal. Der Staub blitzte wieder auf. Die Tatsache, dass ihr Opfer eine Ausländerin war, hatte ihr Selbstbewusstsein gestärkt, ihren Hass noch mehr angestachelt. Sie verzog ihren Mund zu einem unverschämten Grinsen. Özgür starrte auf die riesigen Brüste, die aus dem weiten Ausschnitt der pinkfarbenen Bluse quollen. Da Özgür größer war als das Mädchen, konnte sie sogar dessen Brustwarzen erkennen. Es waren die reizvollsten Brüste, die sie je gesehen hatte. Prall, als seien sie mit Milch gefüllt, voller Lebenssaft, verlockend. Irgendwie war ihr das peinlich, weil sie selbst so flach war wie ein Bügelbrett. Fasziniert starrte sie auf die muskulösen Schultern des Mädchens, die so wirkten, als habe es keinen Hals, starrte auf die kräftigen Metzgerarme und auf den Bauchnabel, der den Reißverschluss zu sprengen drohte. Das Mädchen sah nicht wie jemand aus, der Hunger litt. Jedenfalls nicht im Vergleich zu Özgür.

Noch einmal wurde es hell am Himmel, noch einmal ließen die letzten Feuerwerkskörper, die die eigentliche Show verpasst hatten, die Straßen erbeben. Özgür glaubte sich plötzlich in ein Musical versetzt. Gleich würde sie sich bei dem Mädchen unterhaken, sie würden Lieder trällern und zwischen Schrottautos Pirouetten drehen, Luftsprünge machen, zusammen komplizierte Figuren tanzen und dabei funkelnde Flaschen schwingen. Eine für Rio adaptierte *West Side Story!*

Die Mulattin, die offensichtlich ihren ersten Überfall verübte, hatte Özgürs Blicke fehlgedeutet und glaubte nun, sie würde die Stärke ihrer Gegnerin im Falle eines Kampfes auf Leben und Tod abschätzen. Sie umklammerte ihre Waffe noch fester. Jeder Muskel der Mulattin war bis zum Äußersten angespannt, als wäre sie plötzlich gewachsen, und ein hässlicher Ausdruck hatte sich auf ihrem Gesicht breitgemacht.

»Ich-muss-einen-küh-len-Kopf-be-wah-ren! Ich-muss-mir-et-was-ein-fal-len-las-sen!« Diese Worte ratterten wie Morsezeichen durch Özgürs Gehirn. Die weit ausladenden, schamlosen Brüste hatten sie abgelenkt. Auf einmal spielte Özgür die Hauptrolle in einem zweitklassigen Melodram. Aber sie kam sich vor wie eine Zuschauerin, die man gewaltsam ins Theater geschleift hatte, obwohl sie das Stück überhaupt nicht interessierte. Sie war halb abwesend. Wie in einem Albtraum verfolgte sie bis zum unentrinnbaren Ende jeden Schritt der Person, die doch, wie sie wusste, sie selbst war, und war einfach nicht in der Lage einzugreifen.

»Dollars, Gringa! Dollars!«

Özgür fuhr wie von einem Peitschenhieb getroffen zusammen. Durch das Wort »Gringa« war ihre sonderbare Trunkenheit verflogen. Diese unreife Göre mit ihrem Spatzenhirn und ihren kuheutergroßen Brüsten hielt Özgür für eine Touristin und erkannte nicht, dass sie selbst am Hungertuch nagte. Sah sie denn nicht ihre abgewetzte Tasche und ihre zerrissenen Hosenbeine? Warum begriff sie denn nicht, dass Özgür auf Seiten der Obdachlosen stand, dass sie die Pflicht übernommen hatte, das Sprachrohr der Geknechteten, Unterdrückten und im Stich Gelassenen zu sein? Sie war keine Touristin, sie war eine heimatlose Nomadin. Jetzt war der Kampf eröffnet, und Özgür reagierte sofort. Sie schnappte sich eine zerbrochene Flasche, die sie am Gehsteigrand entdeckt hatte. GRINGA! Beinahe hätte sie hasserfüllt, empört und wütend losgebrüllt: »Dann nimm dir die Tasche doch! Wenn das so einfach ist! Mein Name ist nicht Gringa! Hörst du? Ich heiße nicht GRINGA!«

Sie keuchte, als hätte sie einen Asthmaanfall. Ihre Augen waren zusammengekniffen. Sie fletschte die Zähne. Jetzt hatte sie denselben Gesichtsausdruck wie kurz zuvor die Mulattin. In diesem Moment dachte sie überhaupt nicht darüber nach, dass sie sterben, dass sie umgebracht werden könnte. Der Tod, an den sie sich ihr Leben lang wie Efeu geklammert hatte, war völlig vergessen. Ihr Trancezustand kam fast dem Wahnsinn gleich. Sie sah nur noch diese heftig pulsierende Halsschlagader und die dunkelbraune, formlose, weiche Kehle vor sich, sonst nichts. Und die Brüste, die aus der unglückseligen Bluse quollen.

Das Gesicht des Mädchens war wie versteinert. Nur seine Augen verrieten eine kurze, unbestimmte Verwunderung, die gleich wieder verflog. Fixierte die Mulattin Özgür? Nein, es war irgendetwas hinter Özgür. Sie hörte Schritte, die näher kamen ... Eins, zwei, drei ... fünf Schritte. Wie die Schritte, die ein Verurteilter in der Todeszelle am Morgen seiner Hinrichtung hört. In einem ohrenbetäubenden Lärm, als stürze tief innen in ihrem Gehörgang eine riesige Stadt ein, zählte Özgür fünf Schritte. Vielleicht waren auch wieder Feuerwerkskörper explodiert. Eine eiserne Hand packte ihr Herz und stieß es brutal nach unten, zum Magen hin. Ein leichtes Sausen. Das unentrinnbare, tödliche Sausen einer Kugel, die aus einem Gewehrlauf getrieben wird. Eine unumkehrbare, grausame, absolute, unbestreitbare Wahrheit. Es war wie ein Zischen. Dasselbe Zischen, das sie schon einmal an dem Tag gehört hatte, an dem sie von Santa Teresa heruntergekommen war und der riesige Vogel hinter ihr seine Flügel geöffnet hatte. Der Kerl mit der Mörderfratze! Natürlich waren sie zu zweit! Die gängigste Methode bei Überfällen in Rio! Wie hatte sie nur auf diesen Trick hereinfallen können, den doch sogar die unerfahrensten Touristen kennen. Da war etwas Warmes an ihren Beinen, das sich anfühlte wie zerlassene Butter. Seit sie denken konnte, hatte sie jetzt zum ersten Mal in die Hosen gemacht.

»Es ist noch nicht zu spät. Mir bleibt immer noch eine Chance. Ich könnte die Flasche werfen. Nein, ich stelle sie ganz langsam auf den Boden. Nein! Ich sage zuerst, dass ich mich ergebe, und stelle sie dann hin. Nur keine schnellen Bewegungen! Mach sie nicht nervös! Es muss alles langsam gehen. Los, Mädchen, reiß dich zusammen und sag was! Sag irgendwas!«

Stille. Kein einziges Wort aus ihrem Mund, als wäre sie inmitten eines Vortrags ins Stocken geraten. Die Flasche glitt aus ihrer Hand und zerbrach auf ihrem Fuß, aber Özgür merkte es nicht einmal. Sie legte ihre rechte Hand auf die Tasche und berührte das weiche Leder. Ein Geschenk ihrer Mutter zum achtzehnten Geburtstag. Seit genau zehn Jahren hatte sie nie wieder eine so praktische Tasche gesehen. Sie konnte darin ihre Bücher und die Ballettsachen verstauen, und Geheimfächer hatte sie auch noch. In ihrer Geldbörse mussten doch noch ein paar Real sein. Die Hausschlüssel. Wo würde sie heute Abend schlafen? Sonnenöl, die Armbanduhr, das Heft mit all ihren Adressen und Telefonnummern, die sie sich jemals aufgeschrieben hatte.

Ihre Glückskette. Ihre Finger wanderten über ihre Tasche wie die einer Schwangeren, die ihren Bauch abtastet. Da war etwas Dickes. *Die Stadt mit der roten Pelerine*. Das einzige Exemplar ihres Romans, das grüne Heft mit all ihren Notizen und jedem Wort, das sie während der letzten beiden Jahre niedergeschrieben hatte. Das Einzige, was sie Rio entgegensetzen konnte, das Einzige, was sie sagte, sagen konnte. Das einstimmige Zwiegespräch zwischen ihr und der Welt. »Egal!«, sagte sie auf Türkisch zu sich selbst: »EGAL: ES LOHNT SICH NICHT.«

Zweifellos hatte sie den entsetzlichen Knall vernommen, aber ihr blieb keine Zeit, ihn zu deuten. Das Glück stand ihr bei. Ohne zu bemerken, dass sie getroffen worden war, fiel sie kopfüber auf den Gehsteig, wie von einer schweren Maske nach unten gezogen. Sie starb wortlos, hatte keine unerträglichen Schmerzen zu durchleiden, keinen Todeskampf ausgetragen, und sie starb ohne das schreckliche Bewusstsein des nahen, sicheren Todes. Sie starb genau innerhalb der Zeitspanne, den der Körper eines aufrecht stehenden Menschen braucht, um zu Boden zu stürzen. Ein unauffälliger, einsamer Tod, ohne Zeugen, wie er für ihre Person angemessen war. Ein völlig zufälliger, völlig bedeutungsloser Tod, fern von Gebeten, Hymnen und Glockengeläut. Niemand kann wissen, ob sie litt oder nicht oder was sie in diesem kurzen Augenblick dachte, ob sie sich fürchtete, ob ihr Leben noch einmal wie ein Film an ihr vorüberzog. Ihr letzter leiser Schrei verhallte in der unendlichen Stille des Ozeans.

Die Polizeipatrouille, die am Montagmorgen ihre erste Runde drehte, stellte fest, dass sie ihre Tasche immer noch fest umklammert hielt und dass ihre Augen weit aufgerissen waren. Nicht vor Angst, Schmerz oder Entsetzen, sondern eher als Ausdruck geistiger Konzentration. Als hätte sie in diesem Mo-

ment zu erklären versucht, was das denn sei, das Sterben. In einer Stadt mit dem Namen Rio de Janeiro, an einem gewöhnlichen Sonntag, der von Feuerwerk erschüttert war, an dem sich der Himmel nach dem tropischen Sonnenuntergang erneut der Finsternis unterwarf, sich die drückende Hitze gegen die vom Ozean aufkommende Brise durchsetzte, die Frauen ihr Makeup für den Sonntagstanz, das Lokal oder ein Konzert auflegten, die Busse vom Strand an der Copacabana vollgestopft mit Menschen zurückkamen, die nach Salz rochen und die nasse Haare hatten, die Imbissbudenbesitzer ihre Kaffeeautomaten auffüllten und Bierfässer für die durstigen Nachtschwärmer herbeirollten, die Straßenkinder, die sich für das Abendessen auf den Weg zu ihren Müttern machten, die Favela Morro Azul, die die Stadt informierte, dass sie für den wöchentlichen Kokainverkauf bereit war, und in der Ferne traurige Chöre, die ihre Lieder anstimmten; an so einem gewöhnlichen Sonntag hatte sie in einer Straße mit Schrottautos, Glassplittern und Öllachen zu erklären versucht, was das sei, das Sterben. Erstaunt darüber, das erste und einzige Mal die Hauptfigur einer Tragödie geworden und ganz allein mit einer unbezwingbaren Realität konfrontiert zu sein. Mit ihren weit aufgerissenen Augen suchte sie nach glanzvollen Attributen, dramatischen Bildern und nach Begriffen, die der Wirklichkeit am nächsten kamen. Diesen Moment hatten diese Augen ausdrücken wollen, diesen letzten Augenblick, in dem das Leben so verschwindend klein wird, dass es sich zu einem winzigen Punkt zusammenzieht und sich auf diese Weise unendlich ausdehnt. Eigentlich war sie genau so gestorben, wie sie es gewollt hatte.

Für Eduardo, der in Santa Teresa
von einer verirrten Kugel getötet wurde.

Nachwort

Fremdsprachige Literaturen zur Kenntnis zu nehmen und zu übersetzen, hat in der Türkei eine lange Tradition. So ist die moderne türkische Literatur in der zweiten Hälfte des 19. Jahrhunderts gerade unter dem Einfluss französischer Romane und Theaterstücke entstanden. Im globalen Zeitalter mag es daher nicht verwundern, dass Werke der Weltliteratur ins Türkische übertragen werden. Lateinamerikanische Literatur wird beispielsweise seit mehreren Jahrzehnten in der Türkei rezipiert. Dass diese weit entfernte Region als Schauplatz eines türkischen Romans in Erscheinung tritt, ist allerdings ein Novum. Der 1998 erschienene Roman *Die Stadt mit der roten Pelerine* von Aslı Erdoğan ist wohl der erste türkische Roman, der in einem lateinamerikanischen Land spielt. Rio de Janeiro dient darin nicht nur als Szenerie, vielmehr lässt sich das Werk auch als Aneignung einer fremden – der brasilianischen – Kultur lesen.

Die Protagonistin Özgür, deren Name so viel wie »die Freie, die Unabhängige« bedeutet, ist eine blasse, introvertierte, akademisch gebildete junge Türkin, die sich auf diese ihr fremde Welt einlässt. Obwohl sie in Rio de Janeiro sozial abgleitet, kann sie sich von der ebenso faszinierenden wie bedrohlichen Stadt nicht lösen. Der alltäglichen Gewalt, der Armut und dem Chaos, dem allgegenwärtigen Tod kann sie nicht entrinnen. Sie fühlt sich vielmehr angezogen von der scheinbar grenzenlosen Freiheit und der Lebensfreude der Metropole. Nervlich zerrüttet und gefangen in ihrer Einsamkeit, versucht sie, die anscheinend nicht erfassbare Realität zu begreifen. Das Schreiben darüber wird zur Passion. Der so entstehende Roman im Roman ist die Geschichte Ö.s. Die beiden Ebenen vermischen sich bis zur Unkenntlichkeit, sodass sich die Bezüge zwischen Authentizität (Özgür) und Fiktion (Ö.) nur schwer auflösen lassen.

Die Wahl des ungewöhnlichen Schauplatzes lässt sich durch den Lebensweg der Autorin erklären. Die Protagonistin Özgür/Ö. ähnelt in vielen Charakterzügen der Verfasserin und deren Biografie. Aslı Erdoğan wurde 1967 in Istanbul geboren. Ihre Schulzeit verbrachte sie an renommierten Istanbuler Schulen. Anschließend studierte sie Informatik an der englischsprachigen Bosporus-Universität. Nach ihrem Studienabschluss 1988 war sie dort Wissenschaftliche Mitarbeiterin im Fachbereich Physik. Als Diplomandin folgte 1992 ein zweijähriger Aufenthalt in der Schweiz an der in Genf ansässigen Europäischen

Organisation für Kernforschung CERN. Eine glänzende Karriere als Physikerin zeichnete sich ab. Sie machte den Master in Physik und erhielt darauf eine Assistenz an der Bosporus-Universität, ihr folgte eine Anstellung an der Katholischen Universität in Rio de Janeiro von 1994 bis 1995, wo sie gleichzeitig mit der Arbeit an einer Dissertation begann.

Neben der wissenschaftlichen Laufbahn schlug Aslı Erdoğan Ende der 1980er-Jahre noch einen anderen Weg ein: Sie begann zu schreiben. Erste Erzählungen erschienen ab 1991. Viel beachtet wurde die Erzählung *Holzvögel*, für die sie 1997 den ersten Preis der Deutschen Welle erhielt. Ihren Aufenthalt in der Schweiz beschreibt die junge Schriftstellerin in Interviews als schwierige Lebenssituation. Grund hierfür sind enorme Arbeits- und Leistungsanforderungen und unkollegiale Verhaltensweisen im Konkurrenzkampf der Wissenschaftler vorwiegend männlichen Geschlechts. Nach langen Arbeitstagen in sterilen Physiklabors verfasste sie nachts ihren ersten Roman *Der Muschelmann*. Zurück in Istanbul, setzte sie dieses Doppelleben fort. Sie brach ihre naturwissenschaftliche Karriere erst in Brasilien ab, obwohl sie bereits die Zeit am CERN als Wendepunkt in ihrem Leben beschreibt. Die Welt der physikalischen Forschungseinrichtungen vergleicht Aslı Erdoğan immer wieder mit einem Gefängnis, einem Getto. Nach eigenen Aussagen inspirierte vor allem Rio de Janeiro ihr schriftstellerisches Schaffen. Aus der familiären Enge geflohen, durch die fremde Kultur angeregt, gab es zunächst kein Land, in das sie zurückkehren mochte. Rio de Janeiro wurde ihr zum freiwillig gewählten Exil. Die Welt der Physik war ihr fremd geworden.

Während Aslı Erdoğan sich in Brasilien aufhielt, erschien in Istanbul 1994 ihr erstes Buch *Der Muschelmann*. In diesem Roman in Ich-Form verbringt eine junge Physikerin zwei Wochen in einer Summer-School auf den Karibischen Inseln. Der Kontakt zu einem Einheimischen ermöglicht ihr, Sexualität und menschliche Nähe zu erfahren. Reflektiert werden hier außerdem die Arbeitsbedingungen und Lebensumstände junger Naturwissenschaftler. Wie *Die Stadt mit der roten Pelerine* hat dieser Erstlingsroman eine autobiografische Komponente.

Zwei Jahre blieb Aslı Erdoğan in Rio de Janeiro. Nachdem sie die Universität verlassen hatte, arbeitete sie als Programmiererin, Englischlehrerin und Tänzerin, um ihren Lebensunterhalt zu verdienen. Sie bereiste Länder in Lateinamerika, Europa und Afrika und lebt seit 1996 wieder in Istanbul. *Die Stadt mit der roten Pelerine* wurde nicht in Brasilien geschrieben; erst aus der Distanz heraus, in Istanbul, entstand der Rio-Roman. Nach ihren eigenen Aussagen machte sie sich vor Ort keine Notizen. In diesem komplexen Text ist auch ihre eigene Lebensgeschichte verborgen.

Von 1998 bis 2001 verfasste Aslı Erdoğan wöchentliche Kolumnen für die linksliberale Tageszeitung *Radikal*, die mittlerweile auch als Buch mit dem Titel *Wann endet eine Reise?* (2000) vorliegen. Neben den Romanen *Der Muschelmann* (1994) und *Die Stadt mit der roten Pelerine* (1998) erschien der Erzählband *Der wundervolle Mandarin* (1996). Als lyrische Prosa bezeichnet sie ihren zuletzt veröffentlichten Band *Die Stille des Lebens* (2005). Mit Übersetzungen in mehrere europäische Sprachen machte sich Aslı Erdoğan nicht nur in der Türkei einen Namen: Die junge türkische Autorin trug und trägt dazu bei, dass türkische Literatur weit über die Grenzen ihres Heimatlandes hinaus wahrgenommen wird. Sie gehört zu jenen Schriftstellerinnen und Schriftstellern, durch die türkische Literaten und ihre Werke Eingang in die Weltliteratur finden. Nicht zuletzt steht Aslı Erdoğan mit ihrer Biografie und ihrem literarischen Werk exemplarisch für eine neue Generation unabhängiger Frauen in der Türkei.

Rio de Janeiro: die Stadt des Karnevals, der Tropenkrankheiten und der Armut, des organisierten Drogenhandels und der Slums, brasilianische Metropole mit einem bunten Völkergemisch. Die Labyrinthe des städtischen Raums, Chaos und Dschungel, Begegnungen mit dem Tod bestimmen den Roman und seine Protagonistin – ihr Denken und Handeln, die Schöpfung ihrer fiktiven Doppelgängerin, ja geradezu alle Facetten ihres Seins sowie die Art und Weise ihres Schreibens. Nicht wie eine Touristin führt Özgür den Leser durch die Großstadt, vielmehr wie eine Migrantin, die das zunächst Fremde bereits als Vertrautes und Eigenes angenommen hat. Im Alltäglichen verhält sie sich wie eine Einheimische. Einzelne Figuren, die stets den marginalisierten, unteren Gesellschaftsschichten oder der Künstlerszene angehören, haben sie akzeptiert. Trotz alledem bleibt sie für die Einwohner der Metropole eine Gringa, eine Ausländerin.

Ihre Versuche, sich in der fremden Umgebung einen privaten Raum zu schaffen, scheitern. Weder die Geräusche in ihrem gemieteten Zimmer noch die Gestaltung der Wände kann sie selbst bestimmen. Das Schreiben bildet die einzige private Sphäre, die jedoch von der Großstadt und ihrem Treiben vereinnahmt, ja geradezu verschlungen wird.

Eine Existenz jenseits des großstädtischen Raums gibt es nicht. Im Verhältnis von Öffentlichem und Privatem wird bereits deutlich, wie sich Özgür einerseits das Fremde aneignet und andererseits Fremdes als fremd belässt.

Der Leser lernt Özgür an einem brütend heißen Sonntag im Dezember in ihrer Wohnung kennen, als sie einen Nervenzusammenbruch erleidet, und begleitet sie dann bei einem Spaziergang durch die Stadt. Sie macht halt an verschiedenen Stationen und wird nach Einbruch der Dunkelheit überfallen. Eingebettet in diese Rahmenhandlung sind die kursiv gesetzten Passagen, Auszüge aus ihrem Roman *Die Stadt mit der roten Pelerine*. Diesen hat sie in ein grünes Heft geschrieben. Mal liest sie den fertigen Text, mal schreibt sie ihn weiter. Immer wieder thematisiert Özgür bzw. Ö. diese Schreibsituation. Formal und inhaltlich sind die beiden Erzählebenen auf mannigfache Weise miteinander verflochten. Die Grenze zwischen Fiktion und Realität wird unscharf und verwischt. Das Schreiben bedeutet für Özgür nicht nur Überlebensstrategie und letzte Rettung in einer Krisensituation, sondern dient ihr zugleich als Therapie, die es ihr ermöglicht, die Schreckenserfahrungen von Gewalt und Armut zu erdulden und zu verarbeiten. Wie eine Süchtige klammert sie sich daran fest.

Als abenteuerlustige Frau aus der Mittelschicht – eine verwestlichte Türkin, die aus jedem Land Europas stammen könnte – ist sie zu einer Reise auf der Suche nach sich selbst aufgebrochen. Diese Suche bleibt – anders als in vielen anderen Romanen, in denen Frauen sich in exotische Länder begeben – erfolglos. Ganz im Gegensatz zu diesen Reiseberichten: Die Erinnerungen der Protagonistin verblassen, das Ich wird sich immer fremder, ja sogar die eigene Sprache wird ihr fremd. Verhaltensweisen und Vorstellungen passen sich an die neue Umgebung an, und am Ende des Romans geht das Ich in den Labyrinthen der todbringenden Stadt verloren. Entgegen anderen Berichten von Frauen, die in weit entfernte Gegenden reisen, wird ihre Geschichte keine Überlebensgeschichte: Sie endet tödlich.

Die Fremdheitserfahrungen im Roman bleiben immer eine Schwellenerfahrung. Fremdes zeigt sich in allen denkbaren Facetten – zwischen Faszination und Schrecken, als das Unbekannte, Undenkbare, Nichtvorstellbare sowie als das Fremdartige und Befremdliche. Die Stadt ist Leben und Tod, grenzenlose Freiheit und Gefangensein. Sie ist wild, zügellos, barbarisch, unzugänglich und nicht greifbar. Wenngleich der erste Eindruck täuschen mag, so hat Özgür/Ö. dennoch vieles aus der Kultur der brasilianischen Metropole verinnerlicht. Der Erzähltext ist analog dazu gestaltet.

Angeeignet hat sich die Protagonistin Sprachkenntnisse des Portugiesischen. Ihre anfänglichen Kenntnisse, die als eher spärlich zu bezeichnen sind, kann sie im Laufe der Zeit so weit ausbauen, dass sie bei jenem Sonntagsspaziergang durch die Stadt fast alles versteht, aber immer noch nicht flüssig sprechen kann. Immer wieder vergleicht sie Türkisch und Portugiesisch und bedauert ihre mangelnden Kenntnisse des portugiesischen Straßenslangs. Sich nur begrenzt ausdrücken zu können, verändert ihre Persönlichkeit. Trotz dieser sprachlichen Defizite zeigt der Romantext zugleich, wie differenziert die Protagonistin das Portugiesische mit seinen sprachlichen Feinheiten wahrnimmt – so ihre Ausführungen zu den Favelas, den Elendsquartieren und den Bedeutungsschichten des Begriffs. Einzelne Wörter erlernt sogar der Leser bei der Lektüre des Romans.

Auf Elemente der afrobrasilianischen Kultur wie beispielsweise Gottheiten und Rituale des Candomblé, mit denen sich die Autorin intensiv auseinandersetzte, sowie auf den Kampftanz Capoeira verweist der Roman hier und da direkt. Diese werden auch als Folie für die Handlungsführung eingesetzt. Die erste Station Özgürs beim sonntäglichen Gang durch die Stadt, der Kiosk, an dem sie mit zwei Favelados und einem missmutigen portugiesischen Verkäufer konfrontiert wird, lässt sich als nicht vollendeter Todestanz, als Capoeira, lesen. Unter afrobrasilianischen Sklaven als Kunstform des Kampfes gegen ihre Herren entstanden, handelt es sich dabei um einen Kampftanz, bei dem die Gegner sich auf keinen Fall gegenseitig berühren dürfen. Sie greifen gleichzeitig blitzschnell an, und ebenso plötzlich ziehen sie sich wieder zurück.

Religiöse Vorstellungen sind in Rio de Janeiro allgegenwärtig. Ganz allgemein kann man sehen, dass auch Özgür/Ö. sich dem Religiösen nicht entziehen kann, obwohl sie aus einem säkularen Elternhaus stammt und sich selbst als nicht-gläubig begreift. Mit kurzen Stoßgebeten und Bibelzitaten werden religiöse Bezüge angedeutet. Aber auch implizit ist christliches Gedankengut eingearbeitet. So lassen Ö.s Erfahrungen am sogenannten Nullpunkt das Bild eines weiblichen Christus entstehen. Am Ostersonntag entdeckt sie eine tote Mulattin, die an einer belebten Straße, an einen Strommast gelehnt, von niemandem beachtet wird. Erst nach mehrmaligem Vorbeigehen erkennt sie, dass die scheinbar Schlafende ermordet wurde. In diesem Moment beginnt sie, das Leid der Welt zu erfassen und zu begreifen. Diesem steht sie völlig hilflos, sprachlos und ohnmächtig gegenüber. Danach gibt es für Ö. kein Zurück mehr, und der Verfall, die Zerstörung ihrer selbst setzt ein. Ihre Gefühle der Mitmenschlichkeit münden nicht im Trost und Gnade spendenden Gedanken von einem wie auch immer gearteten Gott. Vorstellungen von einer Erlösung der Menschheit und einem sich des Menschen erbarmenden Gott stellen sich nicht ein. Die Erfahrungen an diesem Nullpunkt übernehmen noch eine andere Funktion: Sie sind Anlass und Motivation zum Schreiben.

Neben der ermordeten Mulattin, die ihr als weiblicher Christus erscheint, zeigen sich weitere Bezüge zu christlichem Gedankengut. Özgürs Gang durch die Stadt kann analog zum Kreuzweg gelesen werden, und zahlreiche Parallelen finden sich zwischen dem Erzähltext und der Passionsgeschichte Jesu Christi. Kreuzwegartige Stationen kristallisieren sich im Lauf der Lektüre heraus: ihr Einzug in die Stadt, ihre Gefangennahme, das Gespräch mit der Mutter, eine kurzzeitige Linderung des Leids bis hin zum Tod von Ö. Die Vollendung des Romans bildet die letzte Station: Es ist ihr persönlicher Sieg über den Tod. Zentraler Aspekt der Parallelisierung ist die Überwindung von Leid und Tod. Auch der Titel des Romans lässt sich hier einordnen. Die rote Pelerine des Titels wird zum Purpurmantel Jesu Christi. Der Umhang der Stadt symbolisiert zugleich mit seiner Farbe Blut. Mit dem roten Gewand steht die Stadt Institutionen der Gerichtsbarkeit nahe: Sie wird zur Herrin über Leben und Tod.

Die Großstadt als Matrix des menschlichen Seins ist Leben und Tod, Himmel und Hölle zugleich. Analog hierzu steht Musik jeglicher Couleur – die in Rio de Janeiro eine außerordentlich wichtige Rolle einnimmt – stets für Todessehnsucht *und* Lebenswille. In diesem Punkt treffen sich die verschiedenen Kulturen, und Musik an sich wird zur universellen Größe. Im sonderbaren tropischen Ambiente tanzt Özgür klassisches Ballett, eine aristokratische, sehr europäische Kunstform. Zuflucht bietet ihr das Ballettstudio, und der Tanz selbst erhält eine religiöse Dimension, wird zum rituellen Zeremoniell. Ähnlich verhält es sich, als sie die Tänze des Candomblé, einer stark mit der Sklaverei verbundenen Kultur, erlernt. Sie ist in der Gruppe homosexueller Männer nicht-weißer Hautfarbe »die Andere«: als einzige Frau, einzige Weiße und einzige Ausländerin. Im Tanz, als ob der Todesmoment nahte, in Todessehnsucht erschafft sich Özgür ein kurzlebiges, verloren gegangenes Paradies und erfährt die notwendige soziale Anerkennung. Todessehnsucht und Lebenswille werden durch das Medium der Musik verbunden.

Diese eigenartige Verbindung von Leben und Tod an der Grenze zum Tod wird im Roman mehrfach thematisiert. Hinter aller Liebe in Rio de Janeiro steht der Tod analog zu der Liebe, die Orpheus für Eurydike in dem Moment empfindet, als er sich umblickt. Den griechischen Mythos von Orpheus greift die Autorin mehrere Male auf. Sein Gesang und Spiel rühren die Götter der Unterwelt so sehr, dass sie seiner verstorbenen Frau Eurydike die Rückkehr aus dem Reich der Toten erlauben. Als er beim Gang aus dem Totenreich das Verbot, sich umzuschauen, aus Liebe übertritt, muss sie zurückbleiben. Die Wirkung von Musik und Kunst, starke Gefühle hervorzurufen – wie es Orpheus gelingt –, ist eine Dimension des Mythos. Eine andere ist die Verbindung von Liebe und Tod, lebensrettender und todbringender Liebe. Das Reich der Toten bilden die Favelas. Sie sind die Unterwelt, deren Besuch zum Grenzgang zwischen Leben und Tod wird. Jenen Augenblick der Grenzüberschreitung zwischen Leben und Tod kann die Kunst erfassen, wie das im Roman erwähnte Poster einer Ballettszene verdeutlicht. Die Autorin stellt dies mit dem Ende des Romans infrage. Im realen Leben ist das Erfassen des Todesmoments nicht möglich. Ö.s Tod ist ein von Özgür erschaffener Tod, Produkt ihrer Fiktion. Der Tod bleibt das nicht zugängliche Fremde.

In diesem Verständnis kehrt Özgür mit dem Schreiben des eigenen Todes zum Leben zurück. Bereits mit dem Roman *Sich hinlegen und sterben* (1973) von Adalet Ağaoğlu ist solch ein Gedanke in der türkischen Frauenliteratur angelegt. In beiden Werken ist die Auseinandersetzung mit dem eigenen Tod eine Suche nach der eigenen Identität. Diese Suche ist eng mit Fragen nach Weiblichkeit und dem Frausein verbunden. Jedoch folgt Aslı Erdoğan hier nicht den Mustern der klassischen Frauenliteratur. Ihre Auseinandersetzung mit dem Tod mündet nicht in der Selbstfindung als Frau. Unter dem Stichwort »Weiblichkeit« ist all das zusammenzufassen, was Özgür/Ö. von den Frauen Rio de Janeiros trennt. Ihr Verhältnis zum eigenen Körper, zur Sexualität und zur Repräsentation des Körpers ist ein völlig anderes, obwohl sie sich hier und da analog zu den Mulattinnen der Metropole und ihrer Geschichte in die Nähe einer Sklavin rückt. Weit entfernt hat sich die junge Frau von der traditionellen Frauenrolle, wie sie im Islam im Allgemeinen oder in der Türkei im Speziellen vorzufinden ist. Weder ihre Werte und Moralvorstellungen noch ihre Auffassung der Geschlechterrollen lassen sich in traditionelle Vorstellungen einordnen. Dies gilt für alle Spielarten des Frauenbildes in der Türkei: kemalistisch, sozialistisch, feministisch oder islamisch orientiert. Alles, was mit der Mutterrolle in Verbindung zu bringen ist, wird von Özgür/Ö. verabscheut und verweigert. Die Zugehörigkeit zum weiblichen Geschlecht spielt für sie überhaupt keine Rolle. Ihre Identität speist sich eher aus dem allgemein Menschlichen.

Und auch ihre kulturelle Sozialisation verweist auf eine viel eher westliche bzw. europäische als auf eine türkische Bildung. Musikwerke und Komponisten, Schriftsteller und Philosophen, Zitate und Liedtexte, die im Roman genannt werden, entstammen zum überwiegenden Teil der europäischen und der lateinamerikanischen Kultur. Türkisches nimmt dagegen nur eine marginale Position ein. Ein als Epigraf verwendetes persisches Sprichwort, die nach Rio de Janeiro mitgebrachten Bücher – darunter neben Übersetzungen ins Türkische auch Werke von Nâzım Hikmet – verdeutlichen, dass die Schriftstellerin zwar auf türkische bzw. orientalische Kulturgüter zurückgreifen kann und dass sie über ein Wissen in diesen Literaturen verfügt, dieses aber nur selten mit konkreten Bezügen nutzt. Weit mehr rückt sie den griechischen Mythos von Orpheus sowie seine musikalische Bearbeitung als Ballett in den Mittelpunkt. Hier und da knüpft sie an Nietzsches Philosophie an. Beim sonntäglichen Spaziergang durch die Stadt trägt Özgür neben dem grünen Heft mit eigenen Aufzeichnungen den Roman *Rayuela. Himmel und Hölle* des argentinischen Schriftstellers Julio Cortázar bei sich, in dem sie Kokain versteckt. Zahlreiche sprachliche Bilder lassen an die Werke von Clarice Lispector, einer brasilianischen Schriftstellerin russischer Herkunft, denken. Es entsteht das Bild einer jungen Weltbürgerin, die sich kosmopolitisch in allen Literaturen bzw. Kulturen der Welt heimisch fühlt und dadurch zugleich heimatlos ist. Mit solch einer Haltung ist Aslı Erdoğan eine der türkischen Intellektuellen, die schon lange in Europa und in einer globalisierten Welt angekommen sind.

Lassen Sie sich mitnehmen auf eine Reise in die Straßen Rio de Janeiros und faszinieren von den Labyrinthen der Stadt, von den Tiefen der menschlichen Seele. Mit unpathetischen, prägnanten und eindrucksvollen Beschreibungen der Menschen, mit detaillierten Schilderungen einzelner Orte und Begebenheiten wird der Leser in den Bann der Stadt gezogen. Da die Umstände des Schreibens immer wieder thematisiert werden, ist es möglich, sich in den Text hineinzufühlen. Erklärende Passagen ermöglichen dem Leser ein besseres Verständnis für die fremde Kultur. Die Sprache der Verfasserin bewegt sich auf vielen verschiedenen Sprachebenen mit dem dazugehörigen Vokabular: von der Vulgärsprache bis hin zu Klassikern der englischen Poesie, vom jugendlichen Sprachjargon bis hin zu philosophischen und literaturwissenschaftlichen Abhandlungen. So bunt und multikulturell wie die Stadt sich zeigt, so vielfältig ist auch die Ausdrucksweise im Roman: Passagen, die aus einem Reiseführer stammen könnten, folgen absurd anmutenden Szenen; humorvoll-satirischen Momenten schließen sich schreckliche Zeitungsmeldungen an. Nuanciert findet die Verfasserin den angemessenen Tonfall zwischen journalistisch klingenden Ausführungen und persönlichen Bekenntnissen in einer lyrischen Sprache, die Phasen intensiver Selbstbegegnung nachzeichnet. Ganz im Sinne der Stadt des Karnevals verbirgt sich alles hinter einer Maske. Doch hinter dieser Maske kann eine weitere stecken, und was solide erscheint, stellt sich als vollkommen dekadent heraus. Mit einem Wechsel der Perspektive verwandelt sich der erste Eindruck manchmal sogar in sein Gegenteil. Rio de Janeiro, die Meisterin im Spiel der Täuschungsmanöver, der Zufälle und der Maskerade, lässt – ganz in postmoderner Manier – selbst den Teufel weit hinter sich zurück. In diesem sehr komplexen Werk werden Sie also noch vieles mehr entdecken können.

Karin Schweißgut

Umschlagmotiv

Elvan Alpay, geboren 1968 in Ankara, studierte an der Marmara-Universität in Istanbul Kunst und arbeitete 1990 für kurze Zeit an der Kunstakademie in Salzburg. Seit 1990 stellt sie regelmäßig in der Türkei aus und nimmt an Gruppenausstellungen im Ausland teil. In ihren dreidimensional angelegten Werken kontrastiert sie mit Vorliebe Dinge aus dem Alltag oder auch Blumen mit scharfen Gegenständen wie beispielsweise Dolchen. Die Künstlerin lebt und arbeitet in Istanbul.

Nachwort

Karin Schweißgut, geboren 1964, studierte Islamwissenschaft, Arabistik und Politologie an der Freien Universität Berlin, wo sie 2004 im Fach Turkologie promoviert wurde. Die moderne türkische Literatur steht im Zentrum ihrer wissenschaftlichen Arbeiten: In ihrer Magisterarbeit befasste sie sich mit Leylâ Erbils Roman *Eine seltsame Frau*, und in ihrer Dissertation *Fremdheitserfahrungen. Untersuchungen zur Prosa türkischer Schriftstellerinnen von 1980 bis 2000* setzt sie sich mit der jüngsten Frauenliteratur aus der Türkei auseinander, darunter auch mit Aslı Erdoğans *Die Stadt mit der roten Pelerine*. Seit Ende 2004 lehrt und forscht sie als Wissenschaftliche Assistentin am Institut für Turkologie an der Freien Universität Berlin. Derzeit arbeitet Karin Schweißgut an ihrer Habilitation.

Aslı Erdoğan im Unionsverlag

Der wundersame Mandarin

»Die Altstadt von Genf um Mitternacht: Gepflasterte Straßen, Statuen, Brunnen, Straßenlaternen mit gelblichweißem Licht, Läden mit beleuchteten Schaufenstern, Antiquariate, Galerien, Bücher, die im letzten Jahrhundert gedruckt wurden, Kerzenständer, Kronleuchter, Klaviere, Schreibmaschinen, Grammophone, Porzellanfiguren, chinesische Schachteln, Skulpturen aus Afrika, venezianische Masken, Maria und ihr gekreuzigter Sohn, silberne Aschenbecher, beleibte Buddhas, Elefanten aus Kristall, indische Stoffe. Unter diesen tausend Gegenständen ist, warum auch immer, kein einziger dabei, der mich an Istanbul, an meine Kindheit und meine zweifellos unglückliche, unbewegte und vertane Jugend erinnert. Einzig und allein die Rosskastanien, denen ich hin und wieder auf den Bürgersteigen begegne …«

»Eine außergewöhnlich feinfühlige und scharfsichtige Autorin, ihre Romane sind vollendete Werke.« *Orhan Pamuk*

»Aslı Erdoğan zählt unbestritten zu den spannendsten Stimmen der jungen türkischen Literatur.« *Westdeutscher Rundfunk*

Der wundersame Mandarin ist im Unionsverlag als E-Book lieferbar.

Mehr über Autorin und Werk auf *www.unionsverlag.com*

Ahmet Hamdi Tanpinar *Seelenfrieden*
Der junge Historiker Mümtaz ist der alten Sultansmetropole geradezu verfallen: ihren Bauwerken, dem Basar voller rätselhafter Dinge, der Poesie, der klassischen Musik. Als er Nuran kennenlernt, erwacht in dieser Liebe einen Sommer lang der Zauber der alten osmanischen Kultur zu neuem Leben. Aber das Glück ist nicht von langer Dauer.

Ayşe Kulin *Der schmale Pfad*
Die Journalistin Nevra Tuna steckt in einer privaten und beruflichen Krise. Ihre ganze Hoffnung setzt sie auf ein Interview mit der inhaftierten kurdischen Politikerin Zelha Bora, das ihre Karriere retten soll. Doch zwischen den beiden Frauen stehen nur Vorurteile und Vorwürfe. Dann entdecken sie: In ihrer Kindheit waren die beiden engste Freundinnen.

H. Adak und E. Glassen (Hg.) *Hundert Jahre Türkei*
Zeitzeugen berichten von ihren Erlebnissen und gehen den Fragen nach, die seit je die türkische Gesellschaft umtreiben: sei es der türkische Nationalismus mit all seinen Facetten, der Umgang mit den Nationalitäten, die Stellung der Frau, sei es die Überlegung, wohin die kemalistische Revolution geführt hat. – Eine Geschichte der Türkei aus erster Hand.

Tevfik Turan (Hg.) *Von Istanbul nach Hakkari*
Die Geschichten sind so gegensätzlich und vielfältig wie dieses Land selbst. In einer literarischen Rundreise führen uns Autorinnen und Autoren aller Generationen von der schillernden Metropole Istanbul in die Welt der ägäischen Mittelmeerwinde, in die jüngere Vergangenheit und Gegenwart ihres Landes.

Mehr über alle Bücher und Autoren auf *www.unionsverlag.com*

Adalet Ağaoğlu *Sich hinlegen und sterben*
Die Dozentin Aysel steckt in einer privaten Lebenskrise. Sie hat ein Verhältnis mit einem ihrer Studenten angefangen. Entschlossen, ihrem Leben ein Ende zu setzen, zieht sie sich in ein Hotelzimmer zurück und lässt noch einmal ihr Leben Revue passieren. – Ein facettenreicher Bilderbogen, der dreißig Jahre republikanische Geschichte umspannt.

Halide Edip Adivar *Mein Weg durchs Feuer*
Halide Edip Adivars Lebensgeschichte spiegelt den stürmischen Umbruch ihres Landes. Mit wachem Blick verfolgt sie den Untergang des Osmanischen Reichs und das Erstarken der Nationalen Bewegung. Die emanzipierte und eigensinnige Schriftstellerin stellt sich in den Dienst der neuen Türkei, bewahrt jedoch ihren kritischen Blick.

Murathan Mungan *Palast des Ostens*
Alle Paare dieser fünf Erzählungen sind Liebende: Der Hirte und der Räuber. Der Todesengel Azrail und der kühne, rebellische Brückenbauer. Der alevitische Tänzer und die Prinzessin. Ja sogar der osmanische Großwesir und der stumme Bote erfahren das Geheimnis der Liebe bedrohlich und beglückend zugleich.

Yaşar Kemal *Memed mein Falke*
In den Dörfern am Rande des anatolischen Taurusgebirges herrscht der Grundbesitzer Abdi Aga. Der Boden ist so elend, dass fast nur Disteln auf ihm wachsen. Und von jeder Ernte fordert der Aga zwei Drittel. Memed, der Bauernsohn, hat seinen Hass auf sich gezogen. Aus dem schmächtigen, ängstlichen Knaben wird ein Räuber, Rebell und Rächer des Volkes.

Mehr über alle Bücher und Autoren auf *www.unionsverlag.com*

Bücher fürs Handgepäck
Ägypten · Argentinien · Bali · Bayern · Belgien · Brasilien · China · Dänemark · Emirate · Finnland · Himalaya · Hongkong · Indien · Indonesien · Innerschweiz · Island · Japan · Kalifornien · Kambodscha · Kanada · Kapverden · Kolumbien · Korea · Kreta · Kuba · London · Malaysia · Malediven · Marokko · Mexiko · Myanmar · Namibia · Neuseeland · New York · Norwegen · Patagonien und Feuerland · Peru · Provence · Sahara · Schottland · Schweden · Schweiz · Sizilien · Sri Lanka · Südafrika · Tessin · Thailand · Toskana · Vietnam

Aslı Erdoğan Die Stadt mit der roten Pelerine (UT 819)
Jørn Riel Sorés Heimkehr (UT 816)
Dagmar Bhend (Hg.) Weihnachten in der Schweiz (UT 815)
Johannes Merkel (Hg.) Das Mädchen als König (UT 814)
Maurice Maeterlinck Das Leben der Bienen (UT 813)
Sally Morgan Ich hörte den Vogel rufen (UT 812)
Yaşar Kemal Memed mein Falke (UT 811)
Nagib Machfus Die Kinder unseres Viertels (UT 810)
Kobo Abe Die Frau in den Dünen (UT 809)
Avtar Singh Nekropolis (UT 808)
Colin Dexter Eine Messe für all die Toten (UT 807)
Colin Dexter Zuletzt gesehen in Kidlington (UT 806)
José Eduardo Agualusa Das Lachen des Geckos (UT 805)
Patrick Deville Äquatoria (UT 804)
Fiston Mwanza Mujila Tram 83 (UT 803)
A. Djafari / J. Boos (Hg.) Vollmond hinter fahlgelben Wolken (UT 800)
Juri Rytchëu Die Suche nach der letzten Zahl (UT 799)
Johannes Merkel (Hg.) Löwengleich und Mondenschön (UT 798)
Christine Brand Mond (UT 797)
Björn Larsson Träume am Ufer des Meeres (UT 796)
Leonardo Padura Neun Nächte mit Violeta (UT 795)
Xavier-Marie Bonnot Im Sumpf der Camargue (UT 794)
James McClure Artful Egg (UT 793)
James McClure Blood of an Englishman (UT 792)
Ken Bugul Riwan oder der Sandweg (UT 791)
Patrick Deville Kampuchea (UT 790)
Christoph Simon Franz oder Warum Antilopen nebeneinander laufen (UT 789)

Mehr über alle Bücher und Autoren auf *www.unionsverlag.com*